Helmut Scharner

Die Mostviertlerin

Mostviertel-Krimi

Sämtliche Protagonisten dieses Romans, ihre Namen und ihre Handlungen sind frei erfunden, etwaige Ähnlichkeiten mit lebenden oder verstorbenen Personen nicht beabsichtigt.

1. Auflage
Marchtrenk, 2022
www.federfrei.at

Umschlagabbildung:
© Andrea - Adobe Stock
Lektorat: E. Reisinger
Satz und Layout: Verlag federfrei
Printed in EU

ISBN 978-3-99074-205-1

04 /24

Helmut Scharner

Die Mostviertlerin

Mostviertel-Krimi

Kriminalroman

federfrei
www.federfrei.at

PROLOG

Stefanie kniff ihre Augen zusammen, verkrampft hielt sie das Lenkrad fest. Das Licht des Fahrzeuges wurde greller. Kleine Nadeln, die immer tiefer in ihren Hinterkopf stachen. Kein Abblenden. Stefanie schrie auf und trat gleichzeitig hart auf die Bremse. Dann, endlich war das Auto vorbei. Die Schmerzen in ihrem Kopf ebbten in kleinen Wellen ab. Sie erkannte wieder die Fahrbahn vor ihr. Stefanie legte den ersten Gang ein und beschleunigte, sie durfte nicht noch mehr Zeit verlieren.

Nach wenigen Minuten passierte sie die Ortstafel. Die Straßen waren nur spärlich beleuchtet, trotzdem tränten ihre Augen noch immer, zu empfindlich waren sie. Die zweite durchgearbeitete Nacht forderte ihren Tribut, doch sie durfte nicht rasten, denn es ging um Leben und Tod. Jede Minute zählte.

Stefanie bog in die Seitengasse ein. Links und rechts säumten hohe Hecken den Weg und verhinderten den direkten Blick auf die dahinterliegenden Einfamilienhäuser. Im Schritttempo lenkte Stefanie ihr Auto an den parkenden Fahrzeugen vorbei, jedes einzelne musterte sie genau.

Jackpot!

Da stand er. Der Polo des Kindermädchens.

Ihr eigenes Fahrzeug parkte Stefanie hinter dem Polo am Straßenrand. Danach griff sie nach ihrem Smartphone, sie brauchte unbedingt Verstärkung, jetzt, wo sich ihr Verdacht bestätigt hatte.

Die lokale Polizei oder Lukas?

Lukas wäre besser, aber er befand sich zu weit weg.

Ein lauter Knall. Vor Schreck fiel Stefanie das Handy aus der Hand. Sie ließ es am Boden ihres Autos liegen, keine Zeit mehr, Verstärkung zu rufen.

Sie musste einschreiten.

Sofort. Entgegen jeder Vorschrift.

Ihr Herz raste, in ihren Ohren rauschte das Blut wie ein Wasserfall. Hastig öffnete sie die Autotür, sprang aus dem Wagen und rannte zum Gartentor. Dort drückte sie die Türklinke hinunter, doch die Tür war verschlossen. Der Garten dahinter lag vollkommen im Dunkeln, aus einem Fenster im Erdgeschoß des Einfamilienhauses jedoch drang Licht. Stefanie schwang sich über die Gartentür, ging dahinter in die Hocke und zog ihre Pistole aus dem Schultergurt. Sie entsicherte sie, dann sprintete sie zur Eingangstür des Hauses.

Bedrohliche Stimmen aus dem Inneren. Die Tür nur angelehnt, mit Gewalt aufgebrochen. Stefanie stieß sie mit ihrer Schulter auf, die Pistole im Anschlag trat sie ein.

»Polizei, keine Bewegung!«

Das Licht im Innern blendete sie, reflexartig schloss sie ihre Augen. Wieder die Nadelstiche im Kopf, Stefanie blinzelte und zwang sich, die Schmerzen in ihrem Hirn zu ignorieren.

Zwei Menschen, zwei Körper, für Stefanie kaum zu unterscheiden. Ein Messer blitzte auf. Mündungsfeuer in Stefanies Richtung. Der Knall, ohrenbetäubend. Auch Stefanie drückte ab, spürte den Rückschlag, hörte nur noch dumpf den Ton der eigenen Waffe.

Beide Körper lagen am Boden.

Stefanie trat näher, die Pistole noch immer auf die beiden vor ihr Liegenden gerichtet.

Blut, zu viel Blut.

Sechs Tage zuvor
Freitag

1

»Wie sollen wir ein zweites Kind zeugen, wenn du nie daheim bist?« Katharinas Worte schwirrten mir seit Tagen im Kopf herum.

»Jetzt bin ich ja da«, murmelte ich.

Trotzdem stürmte ich nicht einfach laut polternd ins Haus, denn Sophie könnte schon friedlich in ihrem Bettchen schlummern. Vorsichtig drehte ich den Schlüssel im Schloss, dann drückte ich die Türklinke hinunter und schob die Tür nach innen auf. Leise piepste die Alarmanlage, eines der beiden Lämpchen blinkte rot. Ich hielt meinen Schlüsselbund mit dem Chipsensor vor das Display und drückte auf das Symbol mit dem geöffneten Vorhängeschloss. Das Piepsen verstummte und das Lämpchen verfärbte sich grün.

Es stimmt schon, was Kathi sagt, gestand ich mir ein. Zwei Wochen war einfach eine zu lange Zeit. Sophie würde sich mit Sicherheit wieder verändert haben, so war es bisher noch jedes Mal gewesen.

Im Haus war es still, totenstill.

Nochmals schaute ich zurück zur Einfahrt. Neben meinem Audi A4 parkte Katharinas Sharan. Auch die Sonnenschutzblende im Puuh-Bär-Design erkannte ich am hinteren Seitenfenster. Mit beiden Händen hob ich nun meinen Koffer über die Türschwelle und stellte ihn geräuschlos auf den hellgrauen Fliesen im Eingangsbereich ab. Danach lehnte ich meine Laptoptasche, in der sich mein Firmenrechner befand, gegen den Koffer. Nachdem ich die Eingangstür endgültig geschlossen hatte, blieb ich unschlüssig im Vorraum stehen.

Nicht einmal Felix begrüßt mich, fiel mir erst jetzt auf. In Zukunft, so schwor ich mir, würde ich die Dauer meiner Geschäftsreisen auf eine Woche verkürzen. Ich prüfte das Display meines Smartphones.

Vor eineinhalb Stunden hatte ich meiner Frau, wie gewohnt, eine SMS gesendet. Sie hätte glauben sollen, ich wäre gerade am Flughafen Wien-Schwechat gelandet und würde von dort direkt zu ihr nachhause fahren. Von meinem Zwischenstopp durfte sie nichts wissen, daher hatte ich die SMS erst Stunden nach meiner Landung abgeschickt. Bisher hatte Katharina nicht geantwortet. War sie sauer auf mich? Hatte sie irgendwie davon erfahren?

Ich nahm mein Smartphone, wählte ihren Namen aus, doch ich erreichte nur ihre Mobilbox.

»Wo seid ihr?«

Während ich die Frage flüsterte, strich ich mir über das Kinn, meine Bartstoppeln kratzten. Bereits vor über sechsunddreißig Stunden hatte ich das Hotel verlassen und mich seither nicht mehr rasiert und auch nicht geduscht. Ich roch bereits alten Schweiß, doch duschen würde ich später. Jetzt musste ich Frau, Kind und Kater finden.

Ich schlüpfte aus meinen schwarzen Lederhalbschuhen, entledigte mich der Socken und ging barfuß ins Wohnzimmer. Dort lagen nicht wie sonst Sophies Stofftiere verstreut herum. Kein Winnie Puuh, kein Tigger und auch kein Ferkel, nicht einmal Kanga. Fast so als hätte Katharina extra für meine Ankunft zusammengeräumt.

Das kann nicht sein!

Das hat Kathi bisher noch nie getan.

Wo seid ihr nur?

Besorgt strich ich mit einer Hand über das Foto im braunen Bilderrahmen. Der Schnappschuss zeigte Kathi, wie sie genüsslich eine der Austern in der Bretagne schlürfte. Ihre hellbraunen Haare waren vom Wind zerzaust, die Haut im schmalen Gesicht braun wie selten zuvor. Daneben am weißen Wandschrank stand der Bilderrahmen mit Sophies Foto. Meine Kleine fütterte gerade eine der Enten am See. Vor Stolz über ihren Mut hatte sie im Kreis getanzt, als ihr der Enterich zum ersten Mal das Maisstangerl aus ihren Fingern stibitzt hatte.

Ich öffnete die gläserne Terrassentür und trat ins Freie. Unsere Gartenmöbel aus dunkelbraunem Rattan wirkten unbenutzt. Die Holzschaukel auf der grünen Wiese hing bewegungslos über dem hoch gewachsenen Rasen. Gleich daneben war die Sandkiste abgedeckt, sodass Felix und auch die herumstreunenden Nachbarskatzen sie nicht als Klo missbrauchen konnten. Das trockene Gras kitzelte meine Fußsohlen, als ich bis zum Jägerzaun lief, der circa fünf Meter vor dem Seeufer dafür sorgte, dass Sophie keinen direkten Zugang ins Wasser hatte. Mit einer Hand stützte ich mich auf den Zaun, mit der anderen schirmte ich meine Augen vor den Strahlen der tiefstehenden Sonne ab. Der Seewirt am schräg gegenüber gelegenen Ufer war noch gut besucht. Unter den bunten Sonnenschirmen des Gastgartens erkannte ich unzählige Köpfe.

»Quack! Quack! Quack!« Der Enterich watschelte auf mich zu. Hinter dem Jägerzaun stehend erwartete er, von mir gefüttert zu werden.

»Heute nicht.«

Ich wandte mich ab. Das Quaken verstummte.

Was sollte ich tun?

Noch abwarten? Jemanden anrufen?

Meine Schwiegereltern? Sicher nicht!

Der rote Löffelbagger!

Sophies Lieblingsspielzeug für die Sandkiste stand seitlich daneben. Erst auf dem Rückweg zur Terrassentür fiel er mir auf. Ich ging in die Hocke und betätigte den Hebel am Arm des Baggers. Er funktionierte einwandfrei.

Wieso bist du nicht daheim, spielst mit deinem Bagger und wartest auf deinen Vater?

Mit einem Seufzer richtete ich mich auf. Sollte ich doch die Schwiegereltern anrufen?

Oder Lea?

Mit einem Mal kitzelte mich etwas an den Waden.

Felix.

Immerhin, unser Kater war retour.

Ich beugte mich zu ihm hinunter und streichelte seinen braun getigerten Rücken. Er schnurrte begeistert.

2

Stefanie drückte den Pappdeckel mit beiden Händen auf den Umzugskarton. Danach streckte sie Beine und Rücken durch und betrachtete den leergeräumten Kleiderschrank. Sie hatte es geschafft, trotzdem stellte sich nicht das Gefühl von Zufriedenheit ein, wie sie es normalerweise nach so einer Kraftanstrengung kannte.

Kein Wunder, ich habe das nicht gewollt. Es ist nicht meine Entscheidung gewesen.

Staub kitzelte ihre Nase. Indem sie mit Daumen und Zeigefinger die beiden Nasenflügel zusammendrückte, verhinderte sie den Niesanfall. Sie schloss die Augen und schluckte mehrmals, öffnete sie wieder und nahm ihre Finger von den Nasenflügeln. Vorsichtig atmete sie wieder durch die Nase. Der Niesreiz hatte sich verflüchtigt.

Neben dem Schrank stand bereits der nur zu einem Drittel mit Wasser gefüllte Kübel bereit. Stefanie griff sich das feuchte Stofftuch und wischte nacheinander die Ablageflächen des Kleiderschranks sauber. Danach landete der nun staubgraue Stofffetzen im Wassereimer.

Am nächsten Morgen würde sie den Kleiderschrank zerlegen, denn sie hatte vor, ihn in ihr neues Zuhause mitzunehmen. Kurz überlegte sie, ob sie nicht den alten Ballast hier in ihrer Wohnung in Wien zurücklassen sollte.

Das würde nichts ändern, mich nur Geld kosten und die Vergangenheit nicht ungeschehen machen!

Nein, Stefanie würde morgen mit dem Akkuschrauber den Kasten und auch das Bett zerlegen und die Einzelteile samt den Umzugskartons dann mit dem geliehenen Klein-LKW in ihr neues Heim überstellen.

Selbst ist die Frau.

Die folgenden Tage musste sie dazu nutzen, die Möbelstücke wieder zusammenzubauen. Die Möbel konnten am wenigsten dafür und sie waren noch in einem zu guten Zustand, um schon jetzt im Altstoffsammelzentrum zu landen.

Stefanie schaute auf ihre Armbanduhr. Es war höchste Zeit, sich zu duschen, zu schminken und neue Kleider anzuziehen. Zwar verspürte sie gerade keinerlei Lust, zur Feier zu gehen, kurz überlegte sie sogar, sich zu drücken und einfach nicht zu erscheinen. Es wäre wahrscheinlich sogar egal, ging es ihr durch den Kopf, denn schlimmer konnte es kaum mehr werden.

Ob Andreas kommt?

Ihn hatte sie auch eingeladen, obwohl er sie seit Wochen ignoriert hatte und er der ausschlaggebende Grund für ihren Umzug war. Stefanie betrachtete das Doppelbett, sie dachte an die vielen schönen Momente mit Andreas.

Das Bett sollte ich hierlassen und ein für alle Mal damit abschließen!

Auf der Matratze lagen der blaue Hosenanzug und die weiße Bluse, die sie zur Feier tragen wollte.

Viel zu brav! Andreas soll noch einmal sehen, was er verpasst.

Sie bückte sich, nahm den Deckel nochmals vom Umzugskarton und griff sich das Kleid, das sie anstelle des Hosenanzugs tragen wollte.

3

Die Menschenmenge an der gegenüberliegenden Uferseite brachte mich auf eine Idee. Bevor ich unsere mobile Mami oder Katharinas Eltern beunruhigen würde, beschloss ich noch zum Seewirt zu marschieren. Seit unserem Umzug vor wenigen Wochen waren meine Frau und ich schon mehrmals mit Sophie beim Seewirt essen und dann auf dem dazugehörigen Spielplatz gewesen. Vielleicht hatten die beiden ja nur die Zeit übersehen und Kathis Akku war leer, und deshalb konnte ich meine Frau nicht erreichen, versuchte ich mir diese einfache Erklärung plausibel einzureden.

Rasch zog ich mir die Socken über die Füße und schlüpfte wieder in meine Schuhe. Kurz darauf lief ich zwischen einer Allee aus Birkenbäumen die schmale Straße entlang, die zwischen den beiden Seen verlief. Die meisten Badegäste packten gerade ihre Liegen und Handtücher zusammen. Nur eine

Gruppe Jugendlicher schien es noch nicht eilig zu haben, und ein Pärchen lag eng umschlungen im Schatten eines der Bäume und schmuste, ohne sich darum zu kümmern, was rundherum geschah.

Mir setzte die Hitze zu, mein Puls beschleunigte sich. Es wäre besser gewesen, in eine kurze Hose zu schlüpfen, aber ich hatte keine Zeit verlieren wollen. Weit und breit war niemand zu sehen, der nicht mit leichter Freizeit- oder Badebekleidung unterwegs war. Für all die anderen musste ich ein groteskes Bild abgeben. Die Gäste des Seewirtes würden mich anstarren, als wäre ich ein Außerirdischer. Das war mir jedoch egal. Ich musste Katharina und Sophie finden.

Eine Fliege brummte lästig um meinen Kopf. Mit beiden Händen versuchte ich sie zu verscheuchen. Doch sie gab nicht auf. Ich begann zu laufen. Nach geschätzten fünfzehn bis zwanzig Metern war ich sie los. Außer Atem wischte ich mir den Schweiß von der Stirn und reduzierte das Tempo, während ich die Abkürzung über die Wiese nahm und zwischen den beiden Fußballtoren des verwaisten Spielplatzes hindurchmarschierte. Für Ballspiele außerhalb des Wassers war es den Kindern noch zu heiß. Oder sie waren schon daheim und bereiteten sich darauf vor, ins Bett zu hüpfen.

Ich hielt Ausschau nach Sophie. Auf den Sprossen der Leiter, die zur dunkelblauen Rutsche unter dem Fichtenbaum führte, kletterte sie nicht hinauf. Genau diese Rutsche hatte sie zuletzt so sehr geliebt, dass wir immer viel mehr Zeit als ursprünglich geplant auf dem Spielplatz verbracht hatten. Auf der danebenstehenden Schaukel wippte kein Kind vor und zurück.

Mir blieb nichts anderes übrig, als den Gastgarten des Seewirts zu betreten. Unter den blau-roten Sonnenschirmen mit dem Schöller-Eis-Aufdruck ließen tatsächlich noch viele Gäste den Badetag ausklingen. Zigarettenrauch stieg mir in die Nase.

Die Gäste tranken Bier und Weiße Gespritzte, auch Eisbecher gehörten zu den Hauptumsatzbringern an diesem Abend. Nacheinander prüfte ich die Gesichter der Anwesenden. Der Glatzkopf starrte mich an, die Frau im roten Bikini wendete ihren Blick ab und die fünf Pensionisten ignorierten mich. Auch die anderen Gäste kannte ich nicht.

»Entschuldigung!«, hielt ich die Kellnerin auf.

»Einen Moment bitte!«, wiegelte sie ab.

Verständlich, denn sie balancierte ein volles Tablett mit Biergläsern an mir vorbei und verteilte diese am nächstgelegenen Tisch.

»Bitte?«, fragte sie mich freundlich, als ihr Tablett wieder leer war. Sie wischte sich die verschwitzten Haare aus der Stirn.

»Ich, wir, meine Frau und ich sind mit meiner Tochter schon öfter hier gewesen.«

Die Frau nickte. »Stimmt, kann mich gut an die Kleine erinnern.«

Jetzt zögerte ich. Wie würde es wirken, wenn ich nicht wusste, wo sich Frau und Kind aufhielten?

»Ich wollte mich heute hier mit den beiden treffen, bin aber spät dran«, erklärte ich. »Und mein Akku vom Handy ist leer«, fügte ich hinzu. »Sind die beiden schon dagewesen?«

Die Frau dachte nach, kurz hegte ich Hoffnung, doch schließlich schüttelte sie ihren Kopf. »Es ist zwar viel los gewesen«, sagte sie, »aber die beiden hätte ich nicht übersehen.«

Ich bedankte mich für die Auskunft und zog enttäuscht und entmutigt von dannen. Nun würde wohl doch kein Weg daran vorbeiführen, meine Schwiegereltern anzurufen. Etwas, das ich normalerweise unter keinen Umständen tat. Zu viel Porzellan war zwischen uns schon zerbrochen worden. Jetzt konnte ich ihre Tochter und ihre Enkelin nicht finden! Mir graute regelrecht vor dem Gespräch.

Wo seid ihr nur? Kathi, melde dich!

Nochmals rief ich Kathi am Handy an. Wieder kam ich nur auf ihre Mobilbox. Mehr und mehr befürchtete ich, dass etwas Schreckliches passiert sein könnte. Meiner Tochter und meiner Frau könnte etwas zugestoßen sein. Etwas, das unser Leben für immer verändern würde. Während ich zurück zum Haus lief, überlegte ich fieberhaft, doch ich hatte keinerlei Ahnung, was genau den beiden widerfahren hätte können – mitten in unserer grünen Oase am See. Mitten im Paradies. Doch meine Angst verstärkte sich mit jedem weiteren Schritt, mit dem ich unserem Haus wieder näher kam.

Noch immer parkte Katharinas Auto in der Auffahrt.

Vielleicht sind sie ja jetzt daheim und wundern sich darüber, wo ich geblieben bin?

Wie gewohnt, steckte ich den Haustürschlüssel ins Schloss und versuchte ihn zu drehen, doch sofort spürte ich den Widerstand. An ein Drehen gegen den Uhrzeigersinn war nicht zu denken.

Sie sind zuhause!

Erleichtert atmete ich aus. Ich war mir hundertprozentig sicher, dass ich zuvor die Haustür versperrt hatte. Sie nun unversperrt vorzufinden, konnte nur bedeuten, dass Katharina und Sophie – von wo auch immer – zurückgekehrt waren! Mit einem Mal fühlte ich, wie sehr mir die Ungewissheit innerhalb der letzten halben Stunde zugesetzt hatte. Nur schwer konnte ich Tränen der Erleichterung unterdrücken und schalt mich einen Idioten, gleich den Teufel an die Wand gemalt zu haben, weil ich Katharina nicht sofort erreicht hatte.

»Der Schlafentzug ist schuld daran«, sagte ich mir leise vor. »Und das Handyzeitalter.«

Ich rieb mir beide Augen trocken und betrat das Haus. Die Alarmanlage blieb stumm.

»Kathi! Sophie! Wo seid ihr?«, rief ich.

»Hier draußen!«

Die weibliche Stimme konnte ich nicht zuordnen. Eines war jedoch sicher: Katharina hatte mir nicht geantwortet.

»Papa! Papa!«

Die zweieinhalbjährige Sophie kam mir wie ein Wirbelwind entgegen. Ich hob sie hoch und küsste sie auf beide Wangen, danach drückte ich sie an meine Brust und atmete den vertrauten Geruch ihrer Haare ein. »Meine Heldin, du hast mir ja so gefehlt!«

Nach Sophie trat Lea von der Terrasse ins Wohnzimmer. Wieder einmal wunderte ich mich, wie es unsere mobile Mami schaffte, derart schlank zu bleiben. Ihre langen Beine steckten in kurzen Jeanshosen, dazu trug sie ein blauweiß-gepunktetes Top. Die schulterlangen, pechschwarzen Haare wischte sie sich mit der linken Hand aus dem blassen Gesicht. Mit der anderen hielt sie mir demonstrativ ihr Smartphone entgegen.

»Dich wollte ich gerade anrufen!«

Noch immer drückte ich Sophies Kopf gegen meine Brust und atmete ihren Geruch ein. Erst nach einigen Sekunden blickte ich wieder zur mobilen Mami. Lea stieg abwechselnd von einem Bein auf das andere, und wirkte so, als müsse sie unbedingt etwas loswerden. Ich stellte daher Sophie auf ihre beiden kleinen Füßchen auf den Parkettboden.

»Was ist los? Wo ist Kathi?«, fragte ich.

Leas Hand landete vor ihrem Mund, ihre ohnehin schon großen Augen weiteten sich. Sofort spürte ich wieder die fast schon erdrückende Last auf meinen Schultern.

Nun löste sich Leas Hand von ihrem Mund.

»Ich«, stammelte sie. »Ich habe gehofft, du wüsstest, wo deine Frau ist.«

4

Andreas wird mich kaum wiedererkennen.

Stefanie schaute in den Spiegel und versuchte zu lächeln, doch es wirkte gequält in ihrem zu schmalen Gesicht. Die leichten Krähenfüße um ihre Augen hatte sie übertüncht, die Wimpern mit Mascara verstärkt und ihre normalerweise blasse Haut schimmerte nun zartrosa. Der aufgetragene Lippenstift leistete ganze Arbeit. Die Farbe ihres Mundes passte perfekt zum neuen Rot ihrer Kurzhaarfrisur. Der Stoff ihres dunkelblauen Kleides schmiegte sich eng um ihren Körper. Der Saum des Kleides endete knapp über ihren Knien. Stefanie entschied sich, keine Strümpfe zu tragen.

In einer derartigen Aufmachung hat mich bisher nur Andreas gesehen, meine Kollegen werden Augen machen!

Stefanie schlüpfte in ihre Pumps, danach verstaute sie die Geldbörse in der zum Kleid passenden Handtasche, die sie auch noch schnell aus einem der Umzugskartons hervorgekramt hatte. Ihr war vollkommen klar, dass sie sich nur für ihren Ex derart herausgeputzt hatte.

Andreas soll sehen, was ihm entgeht. Und wer weiß, vielleicht wird er noch einmal schwach.

Jetzt musste sie grinsen, und diesmal war sie sicher, dass ihr Lächeln ganz und gar nicht mehr gequält wirkte, auch wenn sie sich nicht durch einen Blick in den Spiegel vergewisserte.

Ja, einmal noch würde sie mit dem Schuft schlafen und dann würde sie ihn vor die Tür setzen. Keine Minute nachdem er sie befriedigt hatte, würde er aus ihrem Leben verschwinden und zu seiner Frau zurückkriechen müssen. Nichts anderes hatte er verdient.

Stefanie ging die paar Schritte zur Wohnungstür und griff nach dem Autoschlüssel, ließ ihn dann jedoch auf der Vorzimmerkommode zurück. Sie würde die U-Bahn nehmen und sich von Andreas zu ihrer Wohnung zurückbringen lassen. Eines würde zum anderen führen. Andreas würde überhaupt keine Chance haben, dem Unvermeidlichen zu entgehen, wenn er zur Feier erschien.

5

Sophie steckte einen bunten Legobaustein auf den anderen. Voller Stolz zeigte sie mir, wie hoch der Turm schon in die Höhe ragte. Wäre Lea nicht mit meiner Tochter aufgetaucht, hätte ich mittlerweile schon versucht, mich mit einem Bier zu beruhigen und mich für das anstehende Gespräch mit Kathis Eltern zu stärken. Doch zu meiner Erleichterung hockte Sophie neben mir auf dem Parkettboden. Lea lehnte mit dem Rücken an der verglasten Terrassentür und ich hatte meine Füße im Schneidersitz übereinandergeschlagen. Anstelle des Gerstensaftes nippte ich an meinem schwarzen Espresso, den ich mir selbst heruntergedrückt hatte. Dass das Koffein meinem Körper guttun würde, bezweifelte ich zwar, doch irgendetwas, das mir Energie lieferte, brauchte ich, und da war der Kaffee nun einmal die schnellste und unverfänglichste Alternative.

»Gut gemacht, ein Baustein geht noch! Wie wäre es mit diesem roten?«, spornte ich Sophie an. Die Kleine griff sich stattdessen den lila Stein, der gleich neben ihr lag, und drückte ihn oben auf die Spitze des bunten Turms.

»Kathi hat dich also angerufen«, brachte ich das Gespräch wieder auf meine verschollene Frau.

»Das war so gegen sechszehn Uhr«, bestätigte Lea. »Sie musste noch was erledigen.«

»Was genau?«

»Hat sie nicht gesagt.«

»Wie lange sollte es dauern?«

»Ungefähr zwei Stunden, hat sie gemeint.«

Ich überlegte. Was genau hätte Kathi in dieser Zeit tun können? Ohne den VW.

»Ist sie mit dem Auto gefahren?« Die Frage war zwar widersinnig, denn ihr Wagen parkte vor unserem Haus, doch sie hätte ja nach Beendigung ihres ursprünglichen Plans wieder zurückkommen können. Dann wäre ihr Verschwinden aber noch rätselhafter, als es sich ohnehin schon darstellte.

Lea zuckte mit den Achseln. »Der Wagen steht doch draußen«, erwähnte auch sie das Offensichtliche. »Ich bin mit Sophie noch vor Katharina weg. Wir haben eine Runde mit dem Dreiroller gedreht. Als wir gegen halb sieben zurückgekommen sind, stand das Auto da, aber Katharina war nirgends zu finden.«

»Was hast du dann gemacht?«

»Sie angerufen.«

»Du hast sie nochmals gesprochen?«

Lea schüttelte den Kopf. »Nicht erreichbar. Entweder kein Empfang oder sie hat das Handy ausgeschaltet.«

Da erzählte sie mir nichts Neues. Ich hatte weiterhin keinen Anhaltspunkt, Leas Auskunft half mir kaum weiter. Es war zum aus der Haut Fahren!

»Wieso hast du nicht sofort mich angerufen?«

»Du bist doch irgendwo in Amerika gewesen.«

Ich hatte mich auf dem Rückweg befunden, aber das musste Lea nicht unbedingt gewusst haben.

Außerdem, was hätte ich schon tun können? Normalerweise regelte Kathi sämtliche Termine mit Lea und ich hatte mich da noch nie eingemischt.

Trotzdem! Ich war Sophies Vater und Kathis Ehemann.

»Aber das war ein Notfall! Du hättest mich sofort informieren müssen!«, beharrte ich.

Lea presste ihre Lippen aufeinander. Sie starrte an mir vorbei. »Tut mir leid«, sagte sie leise. »Ich habe mir nur gedacht, dass sich Kathi eben verspätet, vielleicht ihr Akku ausgefallen ist. Das kann schon einmal passieren, ich bin daher nochmals mit Sophie los.«

»Warum hast du nicht hier auf Kathi gewartet?«

»Das Auto, Katharinas Auto ist doch in der Einfahrt gestanden. Ich hab mir gedacht, sie kann nicht weit entfernt sein, da wollte ich ihr mit Sophie entgegengehen. Die Kleine hat schon nach ihrer Mama gefragt.«

Wie auf Kommando hörten wir beide ein »Mama?« von meiner Tochter.

»Mama ist sicher bald wieder da«, versuchte ich sie zu beruhigen.

»Mama!«

»Magst du eine Kuhmilch?«, fragte Lea.

»Mama!«

»Fruchtzwerge?«

»Mama!«

»Vanilleeis!«, rief ich.

»Eis! Ja!«

Mamas Abwesenheit rückte zumindest für meine Kleine für einige Minuten in den Hintergrund, als Sophie von mir einen kleinen Löffel nach dem anderen, gefüllt mit dem kalt-cremigen Eis, in den Mund gesteckt bekam. Meine Gedanken drehten sich weiterhin nur um Kathi und ihr Verschwinden.

»Wie lange hast du heute noch Zeit?«, fragte ich Lea. Unser Kindermädchen lehnte sich wieder gegen die verglaste Terrassentür. Zuvor hatte sie mir schnell das Eis aus dem Gefrierfach geholt und ein kleines Stück mit einem Esslöffel in den Plastikbecher mit dem Affenaufdruck befördert.

»Ich müsste eigentlich schon daheim sein.«

Das Eigentlich in dem Satz ließ mich hoffen. Ich hatte keine Ahnung, wie ich es schaffen sollte, mich mit meiner Kleinen, die verstärkt nach ihrer Mutter verlangen würde, auch noch auf die Suche nach ebendieser zu begeben. Lea musste mir einfach helfen! Nur ihr vertraute Sophie neben Kathi und mir. Bei niemand anderem könnte ich sie lassen, auch nicht bei ihren Großeltern.

»Lea, ich würde dich nicht darum bitten«, begann ich.

»Ich lasse Sophie nicht im Stich«, unterbrach sie mich. »Ich bleibe heute Nacht hier.«

»Danke!«, formte ich mit meinen Lippen. »Musst du nicht Kilian anrufen?«, fragte ich sie deutlich lauter und war stolz auf mich. Immerhin war mir trotz der schwierigen Situation der Name ihres Lebensgefährten eingefallen.

Lea nickte. »Das mache ich wirklich, Kilian wartet sicher schon auf mich.«

Sie stand auf, öffnete die Terrassentür und trat nach draußen. Dann ging sie bis zum Jägerzaun, erst dort sprach sie in ihr Smartphone. Unterdessen nahm Sophie den nächsten Baustein zur Hand und versuchte ihn am oberen Ende des Turms zu befestigen.

Wo ist nur deine Mutter?

Nacheinander ging ich wieder in Gedanken durch, wen ich kontaktieren könnte, um eine Antwort auf diese Frage zu bekommen.

Die Polizei?

Noch nicht. Die würden mich wahrscheinlich nicht einmal ernst nehmen, zu kurz war meine Frau erst verschwunden, oder sie würden ihre Ermittlungen gar auf mich konzentrieren!

Kathis Eltern?

So lange wie nur möglich vermeiden.

Barbara?

Kathis beste Freundin war noch die einfachste Alternative für mich. Ich wusste zwar nicht, was Barbara tatsächlich von mir hielt, und auch nicht, was Kathi ihrer Freundin alles über unser Zusammenleben erzählt hatte, aber mir blieb keine Wahl – ich musste nach Kathi suchen. Wer, wenn nicht ihre beste Freundin, würde wissen, was meine Frau heute vorgehabt hatte? Ich nahm mir also mein Handy, unterdessen betrat Lea wieder das Wohnzimmer.

»Was möchtest du heute zu Abend essen?«, frage sie Sophie. Die Kleine wühlte weiterhin in ihren Bausteinen und beachtete Lea nicht. Das Kindermädchen ging in die Hocke. »Du musst auch etwas anderes als Eis essen«, beharrte sie. Jetzt erst musterte Sophie Lea mit großen Augen.

»Möchtest du einen Brei?«

»Nein!«

Lea hatte recht, Sophie musste etwas essen, sonst würde sie unausstehlich und ich könnte mich nie und nimmer auf die Suche nach Kathi begeben. Ich legte das Smartphone zur Seite und öffnete den Kühlschrank. Paprika, Tomaten, Eier, Käse, Schinken, Gurken, Zucchini, Essiggurken und Milch.

»Zucchini!«, rief ich.

»Zucchini!«, kam prompt als Echo in Form von Sophies Kinderstimme zurück. Ihre Vorliebe für Zucchini hatte sich also in den letzten beiden Wochen nicht geändert.

»Baue du ruhig weiter an dem Turm mit Sophie«, sagte ich zu Lea und nahm eine der beiden Zucchini aus dem Schrank und begann, sie in mundgerechte Stücke zu schneiden. Die Tätigkeit tat mir gut, sie war Routine und gab mir kurz die Illusion, alles wäre normal und in Ordnung. Natürlich verzögerte sich dadurch auch der Anruf, aber vielleicht tauchte Kathi ja innerhalb der nächsten Minuten doch noch auf, sodass sich alles in Wohlgefallen auflösen würde. Darauf hoffte ich.

Aus der Küchenlade nahm ich die kleinste unserer vier Pfannen und goss Olivenöl hinein. Danach stellte ich sie auf das Ceranfeld unserer E-Herds und schaltete auf Stufe 9.

Du machst dir etwas vor! Kathi wird nicht einfach heimkommen! Du solltest sofort die Polizei anrufen. Etwas Schreckliches ist passiert! Die werden nichts tun, und wenn doch, dann stehst du selbst in ihrem Fokus. Keine Polizei!

Während ich die Zucchinistücke in die Pfanne gleiten ließ, wunderte ich mich darüber, dass Lea noch nicht mehr Druck auf mich ausübte. Würde nicht jeder normale Mensch darauf drängen, zur Polizei zu gehen? Kathi als vermisst zu melden? Doch Lea saß seitlich neben Sophie, sie schien vollkommen entspannt zu sein und in sich selbst zu ruhen. Sophie hatte ihr Interesse an den Bausteinen verloren. Die Kleine zeigte auf die Buntstifte und den Zeichenblock.

»Biene!«, befahl Sophie.

Lea nahm den gelben Buntstift. Wieso sie mich nicht aufforderte, zur Polizei zu gehen, war mir zwar ein Rätsel, aber ich war froh darüber. Die Bullen konnte ich nicht gebrauchen. Das Telefonat mit Barbara würde jedoch ohnehin alles ändern. Entweder Barbara wusste, was es mit Kathis Verschwinden auf sich hatte, oder sie würde darauf bestehen, dass ich die Polizei einschaltete. Auch von Kathis Eltern erwartete ich nichts anderes. Die würden sogar selber die Polizei rufen und ich selbst würde ins Zentrum der Ermittlungen rücken. Die meisten Verbrechen werden ja im engsten Familienkreis verübt. Und bei meiner Vorgeschichte würden die Behörden keine anderen Alternativen mehr in Betracht ziehen.

»Stachel!«, rief Sophie.

»Hier ist der Stachel«, bestätigte Lea.

Sie werden mir nicht glauben, dass ich nichts mit Kathis Verschwinden zu tun habe. Sie werden glauben, ich hätte sie ermordet und ihre Leiche so entsorgt, dass sie nicht zu finden ist. Kathis Eltern werden dafür sorgen, dass mir Sophie weggenommen wird. Das darf nicht passieren! Ich muss unbedingt ohne Polizei herausfinden, was passiert ist! Und zwar schnell! Für Kathi, Sophie und mich!

Mittlerweile brutzelten die Zucchiniteilchen in der Pfanne vor sich hin. Ich schaltete den Dunstabzug ein und rührte mit dem Kochlöffel um.

»Hornisse!«, rief nun Sophie.

»Welcher Buntstift?«, wollte Lea von meiner Tochter wissen. Sophie hielt ihr einen schwarzen Stift entgegen.

Wird Lea es verstehen, wenn ich ihr erkläre, wieso ich nicht zur Polizei gehe? Bekommt sie dann Angst vor mir oder unterstützt sie mich?

Ich seufzte, denn ich wusste, vor diesem Gespräch würde ich mich nicht mehr lange drücken können. Nicht so wie vor den Telefonaten, die ich eigentlich schon längst hätte führen müssen und nun nicht vorhatte in absehbarer Zeit zu tätigen.

Morgen Früh erkläre ich es Lea, bis dahin hat sie mir ja schon zugesagt, zu bleiben. Bisher hat sie mich nicht in Frage gestellt. Das bleibt hoffentlich so.

Nach einigen Minuten in der Pfanne waren die Zucchinistücke weich genug. Ich nahm den Kinderteller mit dem Giraffenaufdruck aus dem Küchenschrank und füllte ihn mit dem Gemüse.

»Ein bisschen musst du noch warten, noch sind sie zu heiß«, erklärte ich Sophie. Meine Tochter verfolgte mittlerweile jeden meiner Schritte mit Argusaugen. Gut, dass wir die Menge an Eis geringgehalten hatten, denn nun hatte Sophie Hunger, keine Frage. Anstatt der kalten Süßigkeit würde sie jetzt etwas Gesundes zu sich nehmen.

»Magst du Wasser trinken?«

»Nein.«

»Milch von der Kuh?«

»Nein.«

»Himbeersaft?«

»Ja!«

Kurze Zeit später reichte ich Lea das Glas mit dem Saft und sie hielt es meiner Tochter an die Lippen. Gierig schluckte Sophie die rötliche Flüssigkeit. Ich kostete eines der Zucchinistücke. »Jetzt kannst du sie essen.«

»Warm?«

»Ja, warm, aber nicht mehr heiß«, bestätigte ich. »Geh schon mal zu deinem Sessel.«

Sophie stand mit Unterstützung ihrer beiden Händchen auf und marschierte zielstrebig zu ihrem Hochstuhl am Kopfende des Küchentisches. Ich hob sie hoch und setzte sie hinein. Lea und ich nahmen rechts und links von Sophie am Tisch Platz. Jeder von uns hatte eine kleine Gabel, mit der wir Sophie abwechselnd fütterten, auch wenn sie schon selbst hin und wieder damit hantierte, ließ sie sich doch noch immer gerne von uns bedienen. Ich selbst verspürte keinerlei Hunger.

»Ich mach das schon«, sagte Lea nach einer Weile. »Mach du jetzt deine Anrufe, ich bin bei Sophie.«

Ich will nicht!

Ich will mich um meine Tochter kümmern.

Drückeberger!

Du musst Kathi suchen, musst rausfinden, wo sie ist!

Ich darf mich nicht drücken.

Es geht um Kathis Leben!

So als würde ein zentnerschweres Gewicht auf meinen Schultern lasten, stand ich auf.

»Danke«, sagte ich zu Lea. Danach nahm ich mein Smartphone und verließ den Raum. Ich wählte Barbaras Namen aus und tippte auf Anrufen.

»Hast du eine Ahnung, wo Kathi ist?«, fragte ich die beste Freundin meiner Frau nach der Begrüßung.

»Wieso?«, wollte Barbara wissen.

»Ich erreiche sie nicht.«

Barbara atmete so laut aus, dass ich es sogar durchs Telefon hören konnte.

»Hat sie sich endlich entschieden.«

Barbaras Worte kamen nur sehr leise bei mir an, fast klang es so, als wären sie gar nicht für meine Ohren bestimmt gewesen. Umso mehr verunsicherte mich ihre Aussage.

»Was soll das heißen?«, fragte ich. Meine Stimmbänder vibrierten dabei unkontrolliert.

»Ich kann dir nicht weiterhelfen.«

»Du sagst mir jetzt sofort, was los ist!«, beharrte ich.

Antwort bekam ich von Barbara jedoch keine, denn sie unterbrach die Verbindung. Verärgert schlug ich mit der flachen Hand gegen die Mauer. Danach ballte ich sie zur Faust und wollte nochmals darauf einprügeln, doch Sophie hielt mich davon ab. Ihr lautes »Papa!« hallte nämlich durch unser Haus. Schon wegen meiner Kleinen war ich dazu verdammt, mich zusammenzureißen. Wegen Sophie durfte ich nicht ausrasten.

»Ich bin ja hier, Schatzi!«, rief ich und lief zurück zur Küche. Dort hielt mir meine Tochter ihre kleine Gabel mit einem aufgespießten Zucchinistück entgegen.

»Da, Papa!«

»Danke schön!«

Rasch schluckte ich die Zucchini hinunter.

»Kathis Freundin Barbara weiß etwas, aber am Telefon rückt sie nicht damit heraus«, informierte ich danach Lea.

»Du musst zu ihr. Wo wohnt sie?«

Lea spießte ein Zucchinistück mit ihrer Gabel auf und steckte es in Sophies offenen Mund.

»In Sankt Georgen.«

»Okay, wir kommen mit, bleiben aber im Auto.«

Kurz zögerte ich, dann wurde mir klar, dass Leas Vorschlag der einzige war, der ohne Geheul Sophies funktionieren konnte. Meine kleine Tochter war abends, wenn sie einschlief, immer bei Kathi oder bei mir. Gerade hatte sie die letzten Zucchinistücke verspeist, schon sehr bald war es für sie an der Zeit, ins Bett zu gehen. Sophie war bereits müde, das erkannte ich an ihren Augen. Sie würde sich allerdings nicht ins Bett legen lassen, wenn auch ihr Papa verschwunden war.

»Gut, vielleicht kannst du ja im Kindersitz etwas schlafen.«

Sophie musterte mich verwundert.

»Papa muss noch arbeiten, du und Lea kommt aber diesmal mit.«

Jetzt hellten sich Sophies Gesichtszüge auf. Sie grinste sogar. Seit Monaten wollte mich meine Kleine schon zur Arbeit begleiten, bisher hatte ich jedoch immer abgelehnt. Nun witterte sie ihre Chance.

6

Ein Page in Uniform hielt ihr die Tür auf. Stefanie betrat den Eingangsbereich des Hotels, das in unmittelbarer Nähe zum Prater gelegen war und auf seiner Website damit warb, Zimmer mit Blick auf das Riesenrad, das Wahrzeichen Wiens, im Angebot zu haben. An der Rezeption checkte gerade ein junges asiatisches Paar ein. Über Stefanie erleuchtete ein riesiger Kristallluster den Raum.

Sie folgte dem Hinweisschild Richtung der Hotelbar Amadeus den Gang entlang. Rechts waren die Toiletten, links prangte dann ein Messingschild mit dem Vornamen von Österreichs berühmtem Komponisten an einer massiven Tür. Stefanie blieb davor stehen, stieß die Tür jedoch nicht sofort auf. In ihrem Magen machte sich ein flaues Gefühl breit.

Was, wenn niemand da ist?

Wenn keiner gekommen ist?

Es ist egal, schlimmer kann es nicht mehr werden!

Alles, was zählt, ist ohnehin, ob Andreas da ist, oder nicht.

Stefanie atmete einmal tief ein und wieder aus, dann stieß sie energisch die Tür auf und trat ein.

In der Bar war es deutlich dunkler als im hell erleuchteten Eingangsbereich des Hotels. Mehrere Bildschirme an den Wänden zeigten Sport, Tennis, Fußball und Basketball. Im Hintergrund lief Klaviermusik. Drei Männer saßen einzeln verstreut an der langen, geschwungen Bar, hinter der die zwei Barkeeper auf Bestellungen warteten. Die drei männlichen Gäste musterten Stefanie interessiert.

Ich muss euch leider enttäuschen.

Stefanie winkte dem kleinen Grüppchen im hinteren Teil der Bar zu, das rund um zwei Tische Platz genommen hatte. Die Männer der Gruppe erhoben sich.

Kein Andreas.

Stefanie bemühte sich um ein Lächeln. Ihr war bewusst, dass es genauso gezwungen wirkte, wie zuvor daheim, als sie ihr Spiegelbild in ihrem Bad selbst entlarvt hatte.

Entgegen den Gepflogenheiten im Dienst, begrüßten die Männer ihre Gastgeberin mit Wangenküsschen.

Sogar der Herr Mayor Steinkellner ist gekommen.

Ein herber, aber nicht unangenehmer Duft ging von Steinkellner aus. Stefanie wunderte sich, als dieser ihr zuerst die

Hand schüttelte und ihr nach dem Küsschen für die Einladung dankte.

»Das ist doch selbstverständlich«, sagte Stefanie, obwohl sie wusste, dass das nicht stimmte. Mayor Steinkellner gehörte nicht zu Stefanies Abteilung, aber sie hatte befürchtet, dass nur wenige oder im schlimmsten Fall überhaupt niemand ihrer direkten Kollegen kommen würde. Tatsächlich zählte Stefanie im Moment erst neun der zweiundzwanzig geladenen Gäste. Aufgrund dieser Unsicherheit hatte sie ihre Ausstandsfeier auch in die Hotelbar verlegt, denn hier musste man keine Sitzplätze vorreservieren. Stefanie bereute ihre Entscheidung nicht, da von den eingeladenen Frauen bisher überhaupt nur Gabi erschienen war.

Mit meinen weiblichen Kolleginnen habe ich es mir wohl ein für alle Mal verscherzt. Immerhin bin ich aber noch keine komplette Persona non grata. Neun sind gekommen, und wer weiß, vielleicht gesellt sich ja der eine oder andere noch hinzu.

Andreas ist noch nicht da. Vielleicht kommt er nur später. Das hat er früher auch oft so gehandhabt.

Mayor Steinkellner lud Stefanie ein, neben ihm und Gabi Platz zu nehmen. Zuvor hatte er noch rasch einen freien Sessel besorgt und neben seinen gerückt. Stefanie zuckte mit den Achseln und setzte sich. Machen wir das Beste daraus, dachte sie und bestellte beim Barkeeper einen Caipirinha.

7

Meist hatte Kathi ihre Freundin Barbara allein besucht, aber das eine oder andere Mal waren wir auch gemeinsam bei der besten Freundin meiner Frau eingeladen gewesen, und zwar, wenn Barbara einen neuen Verehrer mit ihren Kochkünsten beeindrucken hatte wollen, sich aber noch nicht sicher gewesen war, ob sie auch mit ihm im Bett landen wollte. Daher fand ich nun das Wohngebäude, in dem sich mehrere Mieteinheiten befanden, auf Anhieb. Links oben im zweiten Stock drang Lichtschein aus den beiden Fenstern.

»Barbara ist daheim, wartet bitte hier.«

»Mitgehen!«, rief Sophie.

»Du kannst eine Runde mit Lea spazieren gehen.«

»Mitgehen!«

»Gleich um die Ecke ist ein Spielplatz!«

Das Argument mit dem Spielplatz überzeugte Sophie. Ich löste den Sicherheitsgurt, hob sie aus dem Kindersitz und stellte sie vor Lea auf ihre Füße, die in rosa Schuhen steckten. Lea nahm Sophies Hand und schon spazierten die beiden in der Dämmerung los.

»Ich ruf dich an, wenn ich wieder zurück bin.«

»Okay«, bestätigte Lea, ohne sich noch einmal nach mir umzudrehen.

Glücklicherweise verließ gerade ein junger Bursche in Jeansjacke das Wohngebäude. Schnell schlüpfte ich durch den Eingang und befand mich im hell erleuchteten Stiegenhaus. Immer zwei Stufen auf einmal nehmend lief ich nach oben bis in den zweiten Stock. Ich konnte es kaum erwarten, zu erfahren, was es mit Kathis Verschwinden auf sich hatte.

»Hat sie sich endlich entschieden.«

Das waren Barbaras Worte gewesen. Was hatten sie zu bedeuten? Ich hatte eine vage Ahnung. Eine Befürchtung. Aber konnte das wirklich wahr sein?

Noch außer Atem stand ich vor Barbaras Wohnungstür. Aus dem Innern der Wohnung tönte Musik. Amy Macdonald. Die Schottin war Kathis Lieblingssängerin. Mehrere Konzerte hatte meine Frau schon besucht, und sämtliche CDs besaß sie in zweifacher Ausführung, ein Exemplar lag im Haus, das andere befand sich immer im Sharan. Ich schöpfte Hoffnung. Vielleicht hatte Barbara ja nach meinem Anruf Kathi kontaktiert. Befand sich meine Frau sogar hier in der Wohnung ihrer besten Freundin? Gleich würde ich es wissen. Ich drückte den Taster für die Klingel und wartete gespannt darauf, was passieren würde.

Amy Macdonalds Stimme verstummte gemeinsam mit der Musik. Ich hörte Schritte, die sich der Tür näherten, in der ein Spion eingebaut war. Da es keinen Sinn machte, mich zu verstecken, platzierte ich mich so, dass Barbara mich gut durch das Guckloch sehen konnte.

Ich wartete, doch Barbara sagte nichts. Sie war mir aber ganz nah, das konnte ich fühlen. Mit Sicherheit stand sie nur wenige Zentimeter von mir entfernt, war jedoch geschützt durch die schwere Eingangstür.

»Barbara!«, rief ich. »Lass mich rein, ich muss mit dir reden!«

Noch immer erfolgte keinerlei Reaktion.

»Ich weiß, dass du da bist!«

»Lass mich in Ruhe!«

»Ich will nur kurz mit dir reden.«

»Geh nach Hause!«

»Wo ist Kathi?«

»Auch wenn ich es wüsste, dir würde ich es nicht sagen!«

»Bitte lass mich rein!«

»Nein.«

Hatte Barbara etwa Angst vor mir? Was hatte Kathi ihr über mich erzählt, dass mich Barbara nicht einmal in einem Notfall zu sich in die Wohnung ließ? Oder …

»Ist Kathi bei dir?«

»Nein, sie ist nicht hier!«

»Ich gehe hier nicht weg, bis ich sicher bin!«

»Sie ist nicht hier!«

Wütend schlug ich gegen die Tür. Der Lärm hallte laut durch das Stiegenhaus. Ich konnte und wollte mich nicht mehr beherrschen.

»Lass mich rein! Ich will zu meiner Frau! Kathi!«, rief ich nun so laut ich konnte.

»Sie ist nicht hier. Ich rufe jetzt die Polizei!«

»Barbara, nein, bitte, ich will doch nur wissen, wo meine Frau ist!«

»Du gehst jetzt besser.«

»Hat sie einen Liebhaber?«

Mehrere Sekunden lang hörte ich keinen Ton.

»Wer ist es?«, fragte ich.

Noch immer blieb Barbara stumm. Keine Antwort war allerdings in diesem Fall auch eine Antwort. Kathi hatte einen Geliebten! Und sie war verschwunden, hatte aber Sophie nicht mitgenommen. Hätte mich meine Frau für einen anderen Mann verlassen, dann sicher nicht ohne unsere Tochter.

Es blieb also dabei: Irgendetwas war Kathi zugestoßen.

Wahrscheinlich hatte es etwas mit ihrem Liebhaber zu tun.

»Wie heißt er?«

»Das kann ich dir nicht sagen.«

»Kathi ist verschwunden und Sophie ist bei mir.« Die Worte flüsterte ich so leise, dass Barbara sie nicht hören konnte. Ich beschloss, selbst nachzuforschen. Irgendwo daheim musste ein Hinweis auf meinen Widersacher zu finden sein. Ich würde alles daran setzen, um den Namen des Mannes herauszufinden, mit dem mir meine Frau Hörner aufgesetzt hatte. Dann würde ich den Kerl aufsuchen und aus ihm herausprügeln, was er mit Kathi angestellt hatte.

Ohne noch ein weiteres Wort an Barbara zu richten, drehte ich mich um und lief die Treppe wieder nach unten. Ich schwor mir aber wiederzukommen, falls ich selbst nicht herausfand, wer der Kerl war.

Sophie schlief noch im Kindersitz auf der Heimfahrt von Sankt Georgen ein. Nur kurz öffnete sie die Augen, als ich sie ins Haus trug. Mit ihren zarten Händchen klammerte sie sich an mir fest, ihren Kopf drückte sie vertrauensvoll an meine Schulter. Bald danach schlummerte sie schon in Kathis und meinem Bett, das in den letzten Jahren auch zu Sophies Schlafstätte geworden war. Anstatt einer Decke wärmte sie der Schlafsack mit dem Pferdemotiv. Lea lag ausgestreckt neben ihr, genau dort wo normalerweise Kathi lag und gab Sophie die Sicherheit, dass jemand da war, der auf sie aufpasste, sodass meine Tochter beruhigt schlafen konnte.

Ich schloss die Schlafzimmertür hinter mir und begab mich in unser Arbeitszimmer. Unser eigener Computer stellte meine größte Hoffnung dar, etwas über Kathis Lover herauszufinden. Wir benutzten ihn beide abwechselnd, schrieben unsere privaten E-Mails, speicherten Fotodateien darauf ab, tätigten Bestellungen im Internet, nutzten E-Banking und posteten von dort in den sozialen Netzwerken. Letztendlich bündelten sich sämtliche unserer Aktivitäten auf diesem Gerät.

Der Bildschirmschoner zeigte Kathi und Sophie vor dem Leopardengehege im Tierpark Haag. Eine der Raubkatzen lugte hungrig durch die Gitterstäbe in die Kamera.

Ich öffnete das Internet. Sofort verschwand das Foto vom Bildschirm, stattdessen erschien die Startseite von Google, dort hatte Kathi auch ihren privaten E-Mail-Account. Leider hatte sie sich ordnungsgemäß abgemeldet und ich musste ihr Passwort eingeben, das ich nicht kannte. Ich tippte Sophies Namen und dann die Enter-Taste. Falsches Kennwort. Sophies Geburtsdatum. Falsches Kennwort. Kathis Geburtsdatum. Wieder falsch. Ich drückte auf den Button für Passwort vergessen und wartete ab, was passieren würde. Um die Zeit zu nutzen, öffnete ich am Bildschirm ein neues Fenster und rief Facebook auf. Von dem sozialen Netzwerk hatte sich Kathi nicht abgemeldet, ich befand mich daher nach wenigen Sekunden auf ihrer Seite. Einhundertachtundneunzig Freunde. War ihr Lover darunter? Aller Wahrscheinlichkeit nach ja. Ich studierte ihre letzten Postings. Kommentare zum G20-Gipfel in Hamburg und den Krawallen, die es dort gegeben hatte.

»Trump gehört abgesetzt!« Das kurze Statement meiner Frau hatte mehrere Reaktionen ihrer Facebook-Freunde hervorgerufen. Allesamt hatten sie Katharina uneingeschränkt zugestimmt. Ein Foto von ihren nackten Beinen mit Seeblick hatte sie vorgestern gepostet. Allerdings war das Bild nicht von unserem Grundstück aus aufgenommen, sondern von einem anderen Platz. *Ist er auch dabei gewesen? Haben sie noch mehr Fotos geschossen, die auch ihn zeigen?* Ich überlegte fieberhaft, was ich noch tun könnte, dabei fiel mein Blick auf die Übersichtsleiste. Dort leuchtete die Zahl sechs rot auf. Ich klickte sie an.

Jackpot!

Kathi verwendete für ihre SMS standardmäßig den Messenger von Facebook. Daher sah ich nun vor mir ihre letzten Nachrichten. Schon die erste öffnete mir die Augen. Nun wusste ich, mit wem sie mich hinterging.

8

»Heute nichts Dienstliches«, wiegelte Stefanie ein weiteres Mal ab. Immer wieder hatten ihre Kollegen versucht, so wie auch diesmal, das Gespräch auf ihre neue Arbeitsstelle zu bringen und sie damit zu demütigen.

Stefanie leerte ihr Glas Caipirinha mit einem Zug und gab dem Barkeeper ein Zeichen, für Nachschub zu sorgen.

»Hast du schon eine Wohnung in Sankt Pölten?«, fragte Gabi.

Fast hätte Stefanie laut aufgeschrien.

Seid ihr zu blöd, oder wollt ihr es einfach nicht verstehen?

Ausnahmslos alle schienen an diesem Abend nur gekommen zu sein, um sich an ihrem Untergang zu weiden. Ihre Kollegen wollten einfach sichergehen, dass sie die Bundeshauptstadt ein für alle Mal verließ und in der niederösterreichischen Provinz versauerte.

Stefanie hatte einfach zu wenige Allianzen geschmiedet. Ja, sie war eine Einzelgängerin gewesen, aber das hatte man ihr durchgehen lassen, solange sie keine erkennbaren Absichten gezeigt hatte, in der Hierarchie aufsteigen zu wollen. Ausgerechnet die Liebe hatte ihr dazwischengefunkt. Andreas war der Auslöser für ihre Versetzung gewesen.

Was hast du eigentlich erwartet? Klar, dass deine Beliebtheitswerte sinken, wenn du deinen Vorgesetzten vögelst.

Erst jetzt registrierte Stefanie, dass Gabi noch immer auf eine Antwort wartete. Gabis Stirn lag in Falten, was sie deutlich älter wirken ließ. Mit einem Mal schien das hellrote Kleid mit dem tiefen Ausschnitt absolut unpassend für die bereits in die Jahre gekommene Blondine. Im Gegensatz zu Stefanie entsprach Gabis heutige Aufmachung ihrem normalen Bürooutfit.

Stefanie schluckte ihren Ärger hinunter. »Ja«, bestätigte sie schließlich. »Ein kleines, aber feines neues Zuhause habe ich schon gefunden.«

»Schön.«

Schön wäre es, wenn Andreas hier wäre.

Der Platz neben Stefanie war frei. Mayor Steinkellner hatte sich zuvor entschuldigt und die Bar kurz verlassen, da er ein Telefonat führen musste.

»Kommt Andreas noch?«, flüsterte Stefanie nun, sodass nur Gabi ihre Frage hören konnte.

Auf Gabis Stirn tauchten wieder die Falten von zuvor auf. Wenn Andreas geplant hatte, später zur Feier dazu zu stoßen, dann würde es Gabi wissen. Immerhin war Gabi seine Assistentin. Andreas vertraute ihr voll und ganz. Gabi hatte auch lange vor allen anderen vom Verhältnis zwischen Stefanie und ihrem Chef gewusst und hatte dazu geschwiegen.

»Du hast vielleicht Nerven! Dass du ihn überhaupt eingeladen hast!«

Gabi fixierte mit ihren Augen das Glas Rotwein vor ihr auf dem Tisch. Mehrere Sekunden vergingen, schließlich sah sie Stefanie in die Augen. »Andreas hätte wegen dir schon fast seinen Job verloren, es hätte ein Disziplinarverfahren geben können.« Gabi machte eine Pause. »Und«, fuhr sie fort, »zu deiner Frage: Nein, er wird heute sicher nicht mehr kommen.«

9

Hast du es ihm schon gesagt?
Weiß er schon, dass du ihn verlässt?
Wie hat er reagiert?
Schatz, so melde dich doch!
Wieso schreibst du nicht zurück?
Schatz?

Diese sechs Nachrichten hatte Kathi erhalten, seit sie verschwunden war. Alle von demselben Mann. Allesamt waren sie von ihrem Lover. Glaubte man seinen Nachrichten, dann hatte das Arschloch nichts mit Kathis Verschwinden zu tun.

Ich hatte sein Gesicht vor mir auf dem Bildschirm, sein gesamtes Facebook-Profil war offengelegt. Natürlich kannte ich den Kerl. Fast jeden Tag hatte ich seinen Namen aus Kathis Mund vernommen. Mathias hin, Mathias her. Ich war blind und taub gewesen. Ich hätte es wissen müssen, oder zumindest ahnen! Doch ich war ahnungslos gewesen. Kathis Vorgesetzten hatte ich nicht als Bedrohung wahrgenommen. Für mich war es ganz normal gewesen, dass sie immer mal wieder seinen Namen nach einem Arbeitstag erwähnt hatte. Wäre da so etwas wie eine Schwärmerei, oder gar mehr, herauszuhören gewesen? Wahrscheinlich. Wäre ich darauf sensibilisiert gewesen, oder gar generell eifersüchtig, hätten sämtliche Alarmglocken geschrillt. Doch ich hatte Kathi vollkommen vertraut. Ich hatte es ihr auch nicht zugetraut. Kathi war mit ihrer Arbeit und mit Sophie komplett ausgelastet gewesen – das hatte mir meine Frau zumindest glaubhaft verklickert. Trotzdem war Zeit genug gewesen für eine Affäre. Und zwar während wir ernsthaft darüber nachgedacht hatten, ein Geschwisterchen für Sophie zu zeugen! Es war nicht nur beim Plan geblieben, sondern wir hatten bereits mit der Umsetzung begonnen. Mehrmals hatten wir uns geliebt, ohne zu verhüten. Kathi hatte die Pille abgesetzt, und ich hatte kein Kondom übergerollt.

Wieso?

Wieso hatte sie das nur getan?

»Du bist immer fort!«

»Wie willst du mir ein zweites Kind machen, wenn du nie da bist?«

»Du hast versprochen, dir eine andere Arbeit zu suchen! Eine, bei der du jeden Tag am Abend heimkommst. Eine Arbeit, bei der du uns nicht tagelang allein lässt!«

Ja, Katharina hatte mich oft auf mein Versprechen hingewiesen, sie hatte das Problem offen angesprochen, aber doch nie in einer Form, die mich an unserer Beziehung ernsthaft hätte zweifeln lassen. Nie so, dass ich mir Sorgen um unsere gemeinsame Zukunft gemacht hätte.

Gut, eine ernsthafte Krise hatte es schon gegeben. Die lag aber Jahre zurück, noch vor Sophies Geburt. Das eine Mal hatte ich die Beherrschung verloren. Jetzt hatte ich gute Lust, mich wieder gehen zu lassen. Zuerst musste ich aber Mathias' Wohnadresse herausfinden. Der Rest würde sich wie von selbst ergeben. Niemand stahl mir ungestraft meine Frau. Mathias würde dafür büßen, sich an Kathi herangemacht zu haben. Er würde nie mehr auch nur daran denken, sich mit einer verheirateten Frau einzulassen. Dafür würde ich sorgen.

10

Andreas hätte beinahe wegen mir seinen Job verloren. Er wird ganz sicher heute nicht mehr kommen.

Gabis Worte bestimmten Stefanies Gedanken.

Die Ausstandsfeier war eine Scheißidee! Was habe ich mir nur dabei gedacht? So wie alles gelaufen ist, hätte es ohnehin niemand von mir erwartet. Das Geld hätte ich mir sparen können.

Die ersten Kollegen verabschiedeten sich bereits bei Stefanie. Mayor Steinkellner hingegen betrat wieder die Bar. Mehrere Sekunden stand er scheinbar unschlüssig im Eingangsbereich herum, dann wippte er mit seinem Körper im Takt zur Musik, machte aber weiterhin keinerlei Anstalten, wieder zu Stefanies Feier an den Tisch zurückzukehren.

Ob der wohl tanzen kann?

Stefanie leerte ein weiteres Glas Caipirinha und stand dann auf.

»Entschuldigt mich bitte, das Vergnügen ruft.«

Sie wusste, es war eine schlechte Idee, aber es handelte sich um ihre Feier. Immerhin bezahlte sie für den Spaß, daher hatte sie jedes Recht, sich auch entsprechend zu amüsieren.

Bisher ist die Feier eine einzige Enttäuschung gewesen.

Zielstrebig stakste sie in ihren Pumps auf den Mayor zu. Artig trat der zur Seite und machte ihr den Weg zur Tür frei, dabei lächelte er sie an. Doch Stefanie wollte nicht zu den Toiletten, wie er scheinbar geglaubt hatte.

»Darf ich bitten?«, sagte sie zu Steinkellner und deutete eine Verbeugung an.

Offenbar hatte der Mayor sie nicht verstanden, denn er starrte Stefanie verwirrt entgegen.

»Ich will mit Ihnen tanzen, jetzt seien Sie kein Arschloch!«, zischte sie ihn an.

Nun lächelte der Mayor wieder und nickte gleichzeitig.

»Gerne, darf ich bitten?«

Er winkelte seinen Arm ab und geleitete Stefanie zu der kleinen Tanzfläche. Niemand hatte sich bisher an diesem Abend dorthin verirrt. Natürlich wusste Stefanie, dass sie nun von allen Seiten her angestarrt wurde. Ihre noch verbliebenen ehemaligen Kollegen, die Hotelgäste in der Bar und natürlich die Barkeeper selbst würden mit Argusaugen jeden ihrer Schritte beobachten und nur darauf warten, dass sie sich blamierten.

Sie nahmen die Tanzhaltung ein. Stefanie spürte, wie Steinkellner seine Muskeln anspannte. Er überragte sie um einen ganzen Kopf. Die beiden setzten sich in Bewegung. Schon nach wenigen Augenblicken jubilierte sie:

Ja, der Herr Mayor kann tanzen!

Als sie zu ihrem Sitzplatz schaute, erkannte Stefanie, wie Gabi missbilligend ihren Kopf schüttelte.

Blöde Kuh!

Stefanie schmiegte sich noch enger an den Mayor und grinste Gabi hämisch entgegen.

Soll sie doch vor Neid verrecken!

11

Viel Zeit benötigte ich nicht, bis ich herausgefunden hatte, wo er genau wohnte. Euratsfeld. Mathias Hagenauer, so hieß er. Der Arsch hatte in seinem Facebook-Profil seinen Wohnort bekanntgegeben und anscheinend besaß er auch noch immer einen Festnetzanschluss. Das Telefonverzeichnis verriet mir den Straßennamen und die dazugehörige Nummer. Der Nachbarort befand sich nur wenige Fahrminuten entfernt, aber konnte ich Lea mit Sophie alleinlassen?

Was, wenn meine Kleine aufwachen würde und nicht nur ihre Mutter nicht da wäre, sondern auch der Vater fehlte?

Würde Lea sie beruhigen können?

Sophie war erst vor einer knappen Stunde eingeschlafen, sie war sehr müde gewesen, so bald würde sie also nicht aufwachen. Daher schlich ich bis zur Haustür, schlüpfte in meine Schuhe und drückte auf das Symbol mit dem versperrten Vorhängeschloss.

Die Alarmanlage piepste, nun hatte ich zwanzig Sekunden Zeit, um aus dem Haus zu kommen, dann war die Alarmanlage scharfgeschaltet. Die Zeit benötigte ich nicht einmal annähernd. Ich zog die Tür zu und sperrte sie auch noch von außen mit dem Schlüssel ab. Jetzt hoffte ich nur, dass das Motorengeräusch meines Autos Sophie nicht aus ihren Träumen riss, denn dann würde ich nicht allzu weit kommen, bis mich Leas Anruf umkehren lassen würde. Doch nichts geschah, kein Anruf hielt mich davon ab, bis vor das Haus meines Widersachers zu fahren.

Die Siedlungsstraße war nur spärlich von Laternen ausgeleuchtet, die zu weit voneinander entfernt standen und nicht genügend Strahlkraft besaßen, um die Finsternis auch nur annähernd zu verdrängen. Im Scheinwerferlicht meines Autos erkannte ich, dass es sich um durchwegs ältere Einfamilienhäuser handelte. Die Heckenreihen, welche die Grundstücke voneinander abgrenzten und zur Straßenseite eine Barriere bildeten, waren hochgewachsen, die meisten der Fenster in den Obergeschoßen waren dunkel. Was sich im Erdgeschoß tat, konnte ich nicht mit Sicherheit sagen. Ich parkte mein Auto am Ende der Häuserreihe und ging so selbstsicher wie möglich am Gehsteig entlang in Richtung des Hauses mit der Nummer 17. Genau dort hatte mir mein Navi zuvor mitgeteilt, dass ich mein Ziel erreicht hatte. Glücklicherweise war der Briefkasten am Gartenzaun so montiert, dass der schwache Schein einer der Straßenlaternen auf das Namensschildchen fiel.

Gerade stark genug, um die Schrift lesen zu können:

Familie Hagenauer.

Ich war also richtig und stand vor dem gesuchten Haus. Trotzdem zögerte ich, denn das Arschloch hatte Familie.

War er etwa auch verheiratet? Hatten sogar beide vorgehabt, ihre Partner zu verlassen? Zwei Familien zu zerstören? Was, wenn mir seine Frau die Tür öffnet? Was würde ich zu ihr sagen?

»Ich bin hier, um ihren Mann krankenhausreif zu schlagen, weil er meine Frau fickt. Schicken Sie ihn zu mir heraus, aber warnen Sie ihn nicht vor.«

Würde das funktionieren? Konnte ich mit so einer Ansage die zukünftige geschiedene Frau gar zu meiner Komplizin machen?

Unschlüssig stand ich vor dem metallenen Türchen. Schließlich drückte ich die Klinke hinunter. Der einzige Zugang auf das Grundstück war versperrt. Noch hatte ich kein Gesetz gebrochen. Ich konnte einerseits den Taster für die Klingel betätigen, der neben dem Briefkasten montiert war, oder ich konnte unverrichteter Dinge wieder abhauen.

Ich entschied mich für die dritte Alternative. Mit beiden Händen stützte ich mich auf der Querstange der Gartentür ab und schwang Beine und den Körper darüber. Sofort ging ich dahinter in die Hocke und lauschte. Kein Hund kam angelaufen, und vor allem schlug auch keine Alarmanlage an. Durch die Fenster im Erdgeschoß drang gedämpfter Lichtschein. Ich lief den gepflasterten Weg entlang Richtung Eingangstür. Würde mich jetzt jemand entdecken, dann wäre es zu spät. Ich war nicht befugt, mich hier aufzuhalten. Was ich vorhatte, würde mich jedoch ohnehin mit hoher Wahrscheinlichkeit in große Schwierigkeiten bringen.

Wobei, große Schwierigkeiten hatte ich auch jetzt schon. Meine Frau war weg. Unauffindbar.

Meine zweieinhalbjährige Tochter schlief daheim, nur unser Kindermädchen lag neben ihr. Im Ehebett.

Was, wenn Kathi nicht mehr zurückkam?

Was, wenn sie nicht bei diesem Arschloch war?

Ich wollte zwar nicht daran denken, doch ich konnte die Möglichkeit einfach nicht ausschließen: Kathi könnte tot sein. Es war so unvorstellbar, geradezu unaussprechlich. Allein der Gedanke daran ließ mich erschaudern, zittern. Es durfte einfach nicht wahr sein. Ja, Kathi hatte mich betrogen, sie hatte mich verlassen wollen, aber sie durfte nicht tot sein. Schon wegen Sophie. Aber auch wegen mir.

Irgendwo, nicht weit entfernt, hörte ich den Ruf einer Eule. Ich blieb stehen, lauschte. Hinter mir raschelte etwas. Automatisch ging ich in die Hocke. Mein Puls schnellte nach oben. Der Herzschlag pochte wild in meinen Ohren. Wenn ich jetzt einen

Fehler machte, würden Kathis Eltern das Sorgerecht für Sophie beantragen. Das würden sie zwar ohnehin tun, aber ihre Chancen wären weitaus besser, wenn man mich hier beim Hausfriedensbruch ertappte!

Ich erstarrte, sekundenlang bewegte ich mich nicht. Kathis Untreue hatte mich vollkommen unvorbereitet getroffen. Daher hatte ich auch jeglichen vernünftigen Gedanken ausgeblendet und hatte mich nur noch von meinem Wunsch nach Vergeltung treiben lassen.

Nun schälte sich ein Augenpaar aus der Dunkelheit. Es kam langsam auf mich zu. Die Katze schmiegte sich um meine Füße. Ich streichelte ihren Rücken, bis sie zu schnurren begann. Währenddessen suchte ich mit meinen Blicken die Hausmauer ab, und erkannte, wie sinnlos mein Unterfangen war, da ich durch keines der Fenster ins Innere des Hauses sehen konnte. Ich konnte daher nicht erkennen, ob meine Frau hier bei ihrem Lover war, oder eben nicht.

Noch immer streichelte ich die Katze.

Ein Einfamilienhaus.

Familie Hagenauer.

Nein, Kathi war nicht hier.

Kathi war nicht bei ihm. Aber sehr wahrscheinlich machte sich dieses Arschloch schon Sorgen, weil ihm Kathi bisher auf keine seiner Nachrichten geantwortet hatte. Wenn Hagenauer nichts mit dem Verschwinden meiner Frau zu tun hatte, würde er mir schon bald die Polizei vorbeischicken.

Mit einem Mal wusste ich, was ich zu tun hatte. Es mochte nicht meine schlaueste Entscheidung sein, in dem Augenblick schien sie mir jedoch die logischste und beste Alternative zur Konfrontation mit meinem Widersacher.

»Ich muss jetzt gehen«, informierte ich die Katze. Einmal streichelte ich noch über ihr weiches Fell, dann schlich ich rückwärts zur Gartentür. Mein Blick blieb dabei stets auf das Haus der Hagenauers gerichtet.

12

»Lukas!«

»Stefanie!«

Die beiden stießen mit ihren Gläsern an. Mayor Steinkellner trank von seinem Ottakringer Bier. Während Stefanie von ihrem Caipirinha nippte, blickte sie sich um.

Wir beide sind wohl alleine übrig geblieben.

Sie musterte Steinkellners Finger.

Kein Ehering, daher zieht es ihn nicht heimwärts.

Stefanies Füße schmerzten mittlerweile, über eine Stunde hatte sie mit dem Mayor das Tanzbein geschwungen und das waren ihre Beine einfach nicht gewöhnt.

Vor allem nicht in diesen Stöckelschuhen.

Nur für die Dauer von zwei Liedern hatte sie ein zweites Paar auf der Tanzfläche unterstützt. Gabi hatte ihr ganz augenscheinlich die alleinige Show nicht gegönnt und einer der männlichen Kollegen war der Sekretärin schließlich willig zu Diensten gewesen.

Genauso willig wie Lukas mir.

Stefanie betrachtete ihren Tanzpartner.

Dunkler Typ, braune Augen, die schon zu viel gesehen haben vom Abschaum. Erste graue Strähnen im dichten Haar. Makellose Zähne kommen zum Vorschein, wenn er lacht.

»Eines habe ich nie verstanden«, sagte er jetzt und schaute sie dabei ernst an. »Wieso hast …«

»Hast du eigentlich Kinder?«, unterbrach sie ihn, denn sie

war sich sicher, dass sie seine Frage nicht hören und schon gar nicht beantworten wollte.

»Nein«, lautete seine Antwort.

Stefanie legte ihre Hand auf seine.

»Und wieso nicht?«

Er zuckte mit den Achseln. »Hat sich nie ergeben. Der Job ist nicht gerade förderlich für eine Beziehung.«

Wem sagst du das.

Stefanie dachte an ihre zerbrochene Ehe. An ihren Sohn.

Sie nahm ihre Hand wieder von der des Mayors. Die letzten neben ihnen verbliebenen Gäste verließen die Bar.

»Wir haben Sperrstunde«, informierte sie der Barkeeper.

»Dann zahle ich jetzt wohl besser.«

Der Barkeeper präsentierte ihr die Rechnung. Stefanie schluckte.

643 Euro! Gott sei Dank sind nicht alle gekommen.

Sie reichte dem Mann hinter der Theke ihre Visakarte.

»Wie kommst du heim?«, fragte Lukas.

»Mit der U-Bahn, nein, mit dem Taxi, U-Bahn fährt ja um diese Zeit keine mehr.«

»Ich kann dich mitnehmen, liegt auf meinem Weg.«

»Hast du nicht zu viel getrunken?«

Der Mayor schüttelte entschieden seinen Kopf. »Nur ein paar Bier über den Abend verteilt, wir haben ja getanzt, da ist gar nicht genügend Zeit gewesen.«

Also mir hat die Zeit gereicht, aber ich habe auch Cocktails getrunken.

Der Barkeeper gab ihr die Kreditkarte zurück. Stefanie unterschrieb den Beleg und erhöhte den Betrag auf 660 Euro.

»Okay«, sagte sie danach zu Lukas. »Ich fahre mit dir mit.«

Gleichzeitig befiel Stefanie das dumpfe Gefühl, einen Fehler zu begehen.

13

Ich parkte mich vor unserem Haus am See ein. Erleichtert stellte ich fest, dass keinerlei Licht nach draußen drang. Mein nächtlicher Ausflug war also von Sophie unbemerkt geblieben. Nun galt es, meinen Plan umzusetzen.

Vorsichtig drehte ich den Schlüssel im Schloss und trat in den Vorraum. Die Alarmanlage piepste, das eine Lämpchen blinkte rot. Ich hielt den Chip vom Schlüsselbund wieder zum Netzteil der Alarmanlage und drückte auf das Zeichen mit dem offenen Vorhängeschloss. Das Piepsen verstummte und das Lämpchen wechselte auf Grün. Im Dunkeln stehend schlüpfte ich aus meinen Schuhen und ging leise Richtung Arbeitszimmer. Nachdem ich die Tür geschlossen hatte, setzte ich mich auf den Drehsessel. Eine leichte Bewegung mit der Maus und vom Bildschirm des Computers musterte mich wieder der hungrige Leopard. Ich öffnete den Internet-Explorer und rief Facebook auf. Da ich mich nicht ordnungsgemäß abgemeldet hatte, öffnete sich wieder die Seite meiner Frau. Sie hatte eine weitere Nachricht erhalten:

Melde dich bitte!

Auch diese SMS war von Mathias Hagenauer geschrieben worden.

Das Arschloch fieberte anscheinend schon einer aufregenden Zukunft mit Kathi entgegen. Er konnte es kaum noch erwarten, sie ganz für sich zu haben. Ich klickte sein Bild an und landete auf Hagenauers Facebook-Seite. Gemäß seinem Beziehungsstatus war er tatsächlich verheiratet. Auch seine Frau Alexandra war eine Facebook-Freundin von Kathi. Sollte ich es wagen? Sollte ich Alexandra eine Nachricht zukommen lassen? Ich könnte ihr im Namen Kathis schreiben, dass ich eine Affäre mit ihrem Mann habe. Aber was würde das bringen? Alexandra Hagenauer würde Kathi wohl kaum dafür belobigen. Daher holte ich mein eigenes Smartphone hervor, tippte den Facebook-Button an und war nun mit meinem eigenen Account verbunden. In die Suchmaske schrieb ich nun *Alexandra Hagenauer*.

Sofort erschien ihr Foto. Nur kurz zögerte ich, doch was sollte schon passieren? Ich schickte meine Freundschaftsanfrage ab. Danach schaute ich wieder auf den Bildschirm vor mir und öffnete Kathis Messenger. Ich wählte Mathias Hagenauer aus und schrieb:

Alles in Ordnung. Ich muss nachdenken, gib mir ein paar Tage Zeit. Komm nicht vorbei!

Dann drückte ich die Enter-Taste.

14

»Hier ist es.«

»Ich bring dich noch bis zur Tür.«

»Musst du nicht, bleib einfach in zweiter Spur stehen.«

Der Herr Mayor hörte nicht auf Stefanie, stattdessen fuhr er circa zwanzig Meter weiter und parkte seinen A4 in die dort freie Parklücke am Straßenrand.

»Es ist zu dunkel, ich möchte nur sicher sein, dass du gut heimgekommen bist.«

»Aber ich bin …«

»Ich weiß, du kannst dich selbst verteidigen, bist bestens ausgebildet, brauchst keinen starken Mann, aber du hast heute einiges getrunken.«

»So viel nun auch wieder nicht.«

»Lass dir einfach von mir helfen.«

Schnell öffnete er seine Fahrertür und lief um das Auto herum, noch bevor sich Stefanie auch nur abgeschnallt hatte, hielt ihr Lukas bereits die Beifahrertür auf.

»Danke!« Stefanie hievte ihre Beine hinaus auf den Gehsteig.

Nicht einmal Andreas hat das für mich gemacht; mir die Tür aufgehalten. Ganz der Gentleman alter Schule, der Herr Mayor.

Erwartet sich Lukas etwas als Gegenleistung?

Verdammte Scheiße!

Stefanie spürte, wie ihre Knie nachgaben. Ihr blieb keine andere Wahl, als sich ausgerechnet an den Mayor zu klammern.

Ich dummes Weibsstück! Was habe ich mir nur dabei gedacht? Zuerst vögle ich mit meinem Vorgesetzten und als das vorbei ist, lasse ich mich gleich wieder von einem ranghöheren Kollegen abschleppen. Der gute Herr Mayor war wahrscheinlich nur deshalb als einziger der geladenen Gäste heute so nett zu mir, weil er sich von vornherein den Volltreffer erhofft hat. Und ich dumme Kuh spiele auch noch mit, betrinke mich und lasse mich dann auch noch von ihm heimbringen. Es hat sicher noch nie ein leichteres Opfer gegeben als mich heute.

Stefanie schwankte, doch Mayor Steinkellner stützte sie unnachgiebig, sodass sie einigermaßen geradlinig Schritt für Schritt der Eingangstür näherkamen.

Der Kerl leitet auch noch eine COBRA-Einheit! Ich habe wirklich keine Chance. Eigentlich könnte ich gleich aufgeben und sagen, hier, nimm dir, was du willst, aber mach schnell und verschwinde danach sofort wieder.

Stefanie witterte die Gefahr. Ihr Hals war trocken und ihr war speiübel. Jederzeit könnte er zuschlagen, und Stefanie wusste noch immer nicht, wie sie am besten dagegenhalten sollte.

»Hier sind wir«, krächzte sie.

Tatsächlich hatte der Mayor recht gehabt. Ihr war noch nie aufgefallen, wie schlecht ausgeleuchtet die Straße vor dem Wohngebäude war, in dem sich ihre Mietwohnung befand.

Lukas bräuchte sie nur in den Eingangsbereich drängen, ihr die Hand auf den Mund pressen und könnte mit ihr machen, was er wollte. Niemand würde etwas mitbekommen.

Doch Lukas ließ sie los. Stefanie suchte in ihrer Handtasche hektisch nach ihrem Schlüsselbund. Nach einigen Sekunden hielt sie ihn in ihren Händen, steckte den passenden Schlüssel ins Schloss und sperrte auf. Noch immer stand Lukas knapp hinter ihr, Stefanie konnte seinen Atem hören. Sie roch den herben Duft seines Parfums und den kalten Schweiß. Sie schluckte den wieder aufkeimenden Brechreiz hinunter.

Nicht mit mir.

Ich bin kein Freiwild!

Einmal noch atmete sie tief durch, dann drehte sie sich zu dem Mayor um. Lukas schaute sie erwartungsvoll an. Sie trat den einen Schritt auf ihn zu, befeuchtete mit ihrer Zunge ihre Lippen, hielt weiterhin Blickkontakt und legte eine Hand auf seine Brust. Sein Mund näherte sich ihrem. Energisch griff sie sich sein Hemd und zog ihn zu sich. Dann rammte sie ihr rechtes Knie mit voller Wucht zwischen seine Beine.

Samstag

15

»Mama! Mama!«

»Mama ist nicht da.«

Der neue Tag startete schrecklich. Sophie schüttelte es vor Tränen. Ihr Gesicht war rot angelaufen und verzerrt. Ich wollte sie an mich drücken, sie trösten, doch sie ließ mich nicht. Immer wieder verlangte sie nach ihrer Mutter. Sie so verzweifelt zu sehen, riss mir förmlich das Herz aus der Brust.

»Deine Mama ist in Urlaub«, sagte schließlich Lea. Auch sie hatte zuvor schon alles Erdenkliche versucht, um Sophie zu beruhigen.

»Urlaub?«, fragte nun Sophie.

»Ja.«

»Ich mit!«

Sophie streckte mir die Arme entgegen. Lea zuckte entschuldigend mit ihren Achseln. »Tut mir leid«, formten ihre Lippen lautlos.

»Du kannst nicht mit. Mama ist in einem Hotel nur für Erwachsene«, erklärte ich.

Meine Kleine weinte nun nicht mehr, sondern schrie regelrecht: »Mit! Urlaub! Bunny! Bunny! Bunny!«

»Mama ist nicht in Lutzmannsburg!«, versuchte ich ihr zu erklären. Sophie schrie jedoch weiter. Ich übertönte sie: »Mama ist nicht in der Babytherme!« Sophie streckte mir ihre Hände

entgegen. Jetzt nahm ich sie und drückte sie an meine Brust, ihr Geschrei wurde zu einem Wimmern. Mit einer Hand strich ich Sophie beruhigend über ihren Kopf.

Ich musste Kathi einfach finden. Unbedingt. Wir brauchten Gewissheit.

»Willst du, dass ich gehe?«, fragte mich Lea im Flüsterton.

Sophie bäumte sich auf. »Nicht gehen! Bleiben!«

Ich schüttelte nur meinen Kopf.

»Ich bleibe ja«, sagte Lea zu Sophie. »Aber später muss ich zu mir in die Wohnung. Duschen und mich umziehen, sonst bin ich ein Stinki-Binki!«

»Mitgehen.«

Lea schaute zu mir. Ich zuckte mit den Achseln.

»Wenn ihr wollt, könnt ihr beide mitkommen«, sagte Lea.

Sophie sah zu mir nach oben.

»Okay, wir begleiten Lea«, bestätigte ich. Mir war mittlerweile alles recht, was Sophie von Kathis Abwesenheit ablenkte, und Leas Angebot war dafür einfach eine gute Möglichkeit. Und tatsächlich, Sophie beruhigte sich. Ich selbst vibrierte weiterhin innerlich, zu sehr nagte die Ungewissheit an mir, zu schwierig war es für mich zu entscheiden, was ich nun tun sollte.

Bestand überhaupt noch Hoffnung? Wo sollte Kathi sich aufhalten, freiwillig, ohne ihre Tochter mitzunehmen? Sie würde doch nie und nimmer Sophie zurücklassen!

Sie würde mich auch nie und nimmer betrügen, hatte ich gedacht, und doch hatte sie es getan. Ich kannte Kathi ganz offensichtlich nicht so gut, wie ich geglaubt hatte. Also bestand noch Hoffnung.

Komm zur Vernunft, komm zu uns zurück!

»Jetzt musst du aber etwas essen. Willst du Joghurt mit Honig?«, fragte Lea.

»Erdbeeren«, lautete Sophies Antwort.

Gerade als ich die Kühlschranktür aufzog, stoppte mich der Klingelton meines Handys.

War das etwa Kathi?

Oder gar die Polizei?

Hatte man ihre Leiche gefunden?

Mein Puls schnellte nach oben. Ich lief zu meinem Handy, das in der Ladestation steckte.

Der Name auf dem Display ließ mich erstarren.

16

Nicht! Stefanie schloss rasch wieder ihre Augen und presste ihre Hände gegen den Hinterkopf. Der stechende Schmerz in ihrem Gehirn ebbte in Wellen ab.

Stefanie hatte es beim zu Bett Gehen nicht mehr geschafft, die Vorhänge zuzuziehen, jetzt drangen die Sonnenstrahlen unbarmherzig durchs Schlafzimmerfenster auf ihre Schlafstätte, daher zog sie die leichte Sommerdecke über ihren Kopf. Erst danach blinzelte sie wieder vorsichtig. Diesmal blieb der Schmerz aus, doch das war kein Grund zur Entwarnung. Ihre Kehle war ausgetrocknet und sie hatte einen fauligen Geschmack im Mund. Sie sollte möglichst bald Wasser trinken und sich die Zähne putzen.

Nicht jetzt.

Noch nicht.

Später.

Nicht so viel saufen! Merken für die Zukunft.

Erste Erinnerungsfetzen an die vergangene Nacht kämpften sich in ihr Bewusstsein.

Andreas ist nicht gekommen.

Das blaue Kleid, umsonst angezogen.

Ihre Finger betasteten den feinen Stoff.

Ich habe es nicht mehr ausgezogen. Zu viele Caipirinhas. Aber ich habe Spaß gehabt, mit Mayor Steinkellner, er tanzt gut.

Ihre Erinnerung lag zwar verschleiert in einem Nebel, das Gefühl der Angst war jedoch mit einem Mal wieder greifbar.

Was ist passiert?

Denk nach!

Lukas hat mir das Du-Wort angeboten, dann hat er mich heimgebracht. Bis zur Tür hat er mich begleitet, hat sich nicht abwimmeln lassen. Stefanie fröstelte es, obwohl sie in ihrer Decke eingekuschelt im Bett lag.

Er ist ganz nah hinter mir gestanden. Ich habe die Eingangstür aufgesperrt, mich umgedreht, ihn beinahe geküsst und ihm dann mein Knie in die Eier gerammt.

Stefanies Hand wanderte zu ihrem rechten Knie, sie drückte darauf und spürte einen leichten Schmerz. Jetzt hatte sie ganz deutlich das Bild vor Augen, wie sich der Mayor vor Schmerzen gekrümmt hatte. Wie er gekeucht hatte, nach Luft geschnappt hatte. Stefanie hatte die Eingangstür aufgestoßen und sich dann noch einmal zu ihm umgedreht. Lukas hatte keinerlei Anstalten gemacht, ihr zu folgen.

»Du hättest auch einfach nur Nein sagen können.«

Das war alles, was er gesagt hatte. Dann hatte sie die Tür hinter sich ins Schloss fallen lassen und war zu ihrer Wohnung gewankt. Dort hatte sie sich in der Toilette übergeben.

Scheiße!

Meine Nerven, die letzten Wochen, der verdammte Alkohol. Ich habe überreagiert. Das hätte mir nicht passieren dürfen. Ich hätte nur Nein zu sagen brauchen, stattdessen habe ich ihn auch noch animiert, mich zu küssen!

Stefanie spürte, wie die Übelkeit wieder Überhand zu gewinnen drohte. Sie zwang sich, ruhig zu atmen und nicht mehr an die vergangene Nacht zu denken.

Ich kann es nicht mehr ändern, passiert ist passiert, und es ist auch egal. Wahrscheinlich sehe ich ihn nie wieder.

Langsam beruhigte sie sich, und auch das Gefühl, sich übergeben zu müssen, ebbte ab.

17

Ich lugte vom ersten Stock durch den Spalt zwischen den beiden Vorhängen hinunter auf den Vorplatz. Das Auto meiner Schwiegereltern parkte neben meinem.

»Ich weiß, dass ihr da seid, macht sofort auf!« Mein Schwiegervater war bereits auf 180, das konnte ich deutlich hören. Es war zu spät, um abzuhauen, trotzdem war ich versucht, mich einfach taub zu stellen. Leider würde er nicht einfach verschwinden.

»Ich komme!«, rief ich daher laut.

»Er darf Sophie nicht sehen«, erklärte ich Lea danach im Flüsterton. »Liebes, sei brav und geh mit Lea zum Spielplatz.«

Lea ließ sich nicht anmerken, was sie von meiner Aufforderung hielt. Ohne ein Wort zu verlieren, schnappte sie sich Sophie, die Gott sei Dank nicht rebellierte. Hintereinander liefen wir die Stufen nach unten bis ins Erdgeschoß.

Ich wartete, bis Lea mit Sophie durch die Terrassentür verschwunden war. Erst dann öffnete ich meinem Schwiegervater die Eingangstür.

»Wo ist Katharina? Wieso geht sie nicht ans Telefon?«

So viel zur freundlichen Begrüßung.

Am liebsten wäre ich ihm sofort an die Gurgel gesprungen und hätte auf seinen Oberlippenbart eingedroschen, bis er von Blut durchdrängt gewesen wäre, so sehr hasste ich ihn und sein Gebaren.

»Nun sag schon etwas!«

Meinem Schwiegervater ging es anscheinend mit mir ganz ähnlich. Er stand in kurzen Hosen und blauem T-Shirt vor mir und hatte seine noch immer muskulösen Arme angespannt. Seine Hände waren bereits zu zwei Fäusten geballt. Unbewusst oder nicht, es wirkte so, als könnte er jederzeit zuschlagen.

»Komm erst mal rein.«

Ich machte ihm Platz und ließ ihn in mein Haus. Hätte ich zuvor abgehoben, als er vor einer knappen halben Stunde versucht hatte, mich zu erreichen, hätte ich seinen Besuch eventuell noch abwenden können. Doch ich war feig gewesen und hatte den Kopf in den Sand gesteckt. Einfach nicht reagieren, war meine Devise gewesen. Nichts tun, unangenehmen Situationen so lange wie möglich aus dem Weg gehen, laut Kathi war das eine der Eigenschaften, die sie an mir hasste. Bis jetzt hatte sie sich jedenfalls nicht mit dieser Angewohnheit abfinden können. Nach wie vor war ich der Meinung, dass diese Strategie oft die bessere war. Bei meinem Schwiegervater hatte sie jedoch nicht funktioniert. Jetzt war er hier, und ich musste mich mit ihm auseinandersetzen. Am liebsten hätte ich die Tür hinter ihm geschlossen, sie versperrt und wäre davongelaufen, doch ich folgte ihm in mein eigenes Haus. Er stand mitten im Vorraum, es wirkte so, als gehöre alles rundherum ihm, ich wäre der Gast und nicht er. Mein Schwiegervater breitete seine Arme aus.

»Schön habt ihr es hier!«, verlautbarte er dann, so als wäre er zum ersten Mal bei uns im Haus.

Was sollte das jetzt?

Versuchte er doch noch Smalltalk zu machen? Darauf konnte ich verzichten.

»Kathi hat mich verlassen.«

Ich beobachtete seine Reaktion. Er wirkte nicht überrascht.

»Weißt du, wo sie ist?«, fragte er mich.

Ich schüttelte meinen Kopf.

»Ich erreiche sie nicht«, erklärte ich. »Kathi hat Sophie mitgenommen.«

Mein Schwiegervater starrte mich einige Sekunden lang an, dann nickte er. »Kathi will ihre Ruhe vor dir haben. Darum hat sie ihr Handy ausgeschaltet.«

Seine Schlussfolgerungen waren genau wie von mir erhofft.

»Ich habe es ein paar Mal versucht. Ihr auch auf die Mobilbox gesprochen, aber sie ruft mich nicht zurück.« Ich versuchte so hilflos wie möglich dreinzuschauen. Der nächste Satz war mir zuwider, aber er musste sein.

»Kannst du nicht ein gutes Wort für mich einlegen?«, bat ich ihn.

»Wieso sollte ich das tun?«

»Tu es für deine Enkelin, für Sophie! Es ist nicht gut für ein Mädchen, wenn es ohne Vater aufwächst.«

»Papperlapapp! Natürlich braucht die Kleine einen Mann, zu dem sie aufschauen kann. Der werde dann eben ich sein! Kathi und Sophie ziehen zu uns.«

Ich kochte innerlich. Das Bedürfnis, ihm eine mit meiner Faust auf seinen Schnurrbart zu knallen, war zurück. Ich war nahe dran, ihm von Kathis Lover zu erzählen. Ihn anzuschreien, ihn damit zu konfrontieren, dass seine Tochter untreu war und fremdging! Kathi wollte mit Sophie zu ihrem Geliebten ziehen und sicher nicht zu ihren Eltern! Das alles wollte ich ihm an den Kopf werfen, doch die Information würde letztendlich wieder nur ihm in die Hände spielen. Mein Schwiegervater würde mich demütigen. Er würde mich einen Schlappschwanz schimpfen. Immer wieder würde er darauf herumreiten, dass ich Kathi von vornherein nicht verdient hatte. Es hatte sogar eine Zeit gegeben, da hatte ich das auch selbst geglaubt.

Unschlüssig stand ich im Vorraum.

»Für, für Sophie wäre es trotzdem das Beste, wenn sie bei ihrem Papa ist«, stammelte ich.

Mein Schwiegervater sah das anders. »Die Kleine ist bei Kathi und uns bestens aufgehoben.«

Ich trat einen Schritt zur Seite. Mit einer Hand zeigte ich zur Tür. »Du gehst jetzt besser.«

Ohne ein weiteres Wort zu verlieren, stürmte er an mir vorbei. Er riss die Fahrertür seines Autos auf, ließ sich hinter das Lenkrad fallen und startete. Ein böser Blick von ihm traf mich noch. Dann schaute er abwechselnd in beide Außenspiegel und fuhr rückwärts die Einfahrt hinunter, weg von unserem Haus.

Erst als ich sein Auto nicht mehr sah, und auch kein Motorengeräusch mehr zu hören war, atmete ich erleichtert aus.

18

Ich muss aufstehen.

Ich will nicht.

Du musst!

Stefanie drehte ihren Kopf zur Seite. Neben ihr am Schlafzimmerkästchen stand nur noch der Bilderrahmen mit dem Foto ihres Sohnes Bernhard.

Du weißt vermutlich noch nicht einmal, dass ich aus Wien wegziehe.

Wie du wohl jetzt ausschaust? Dein Vater könnte mir ruhig wieder einmal ein neues Foto von dir schicken. Oder gar du selbst?

Mit Schaudern dachte Stefanie an ihr letztes Gespräch mit ihrem Sohn zurück. Er hatte ihr die Schuld für das Scheitern der Ehe und damit das Zerbrechen seiner Familie gegeben. Mitten in der Pubertät hatte er nicht verstehen wollen, dass immer zwei dazugehörten und auch sein Vater nicht vollkommen schuldlos war.

Stefanie seufzte. »Ja, ich habe deinen Vater betrogen. Ich bin es gewesen, aber wenn er mich noch so geliebt hätte wie am Anfang, dann wäre es nie so weit gekommen.«

Langsam richtete sich Stefanie im Bett auf.

»Ich sollte dich anrufen.«

Sie legte eine Pause ein, kratzte sich am Hinterkopf und nahm das Bild ihres Sohnes in die Hand.

»Aber nicht heute.«

Die beiden Sätze gehörten mittlerweile zu Stefanies Aufstehritual. Meist schimpfte sie sich zum Abschluss »Drückeberger!«, doch diesmal ersparte sie sich das. »Heute ist wirklich kein guter Tag, um reinen Tisch zu machen.«

Stefanie stellte den Bilderrahmen mit dem Foto wieder auf das Nachtkästchen, danach schlurfte sie mit hängenden Schultern ins Badezimmer.

»Gestern am Abend hast du deutlich besser ausgesehen«, ließ sie ihr Spiegelbild wissen. Dann begann sie sich abzuschminken.

19

»Ich muss jetzt wirklich einmal unter die Dusche.«

»Duschen kannst du auch hier.«

Lea neigte den Kopf zur Seite.

»Ich brauche auch frische Unterwäsche.«

In Gedanken erwischte ich mich dabei, ihr vorzuschlagen, einfach in Kathis Kleiderkasten nach passendem Gewand zu suchen. Beschämt wegen meines Einfalls blickte ich zu Boden, dann schaute ich der jungen Frau wieder in die Augen. »Es tut mir leid, natürlich kannst du duschen und dich bei dir daheim umziehen.«

»Mitgehen!«, rief nun Sophie. »Mitgehen!«

Der Ausflug zu Lea würde meine Kleine ein bis zwei Stunden ablenken. »Steht dein Angebot noch?«, fragte ich daher.

Noch immer war ich Lea unendlich dankbar. Sie war seit gestern für uns beide da, hatte uns keine Sekunde verlassen. Außerdem war sie unkompliziert und hinterfragte meine Handlungen in keiner Weise. Ohne auch nur einen Augenblick zu zögern, hatte sie sich mit Sophie vor deren Großvater versteckt und war erst wieder zurückgekehrt, nachdem ich sie per SMS benachrichtigt hatte. Jede andere mobile Mami an ihrer Stelle hätte sicher schon längst die Behörden informiert.

Heute war Samstag. Ich musste Kathi also nicht krankmelden, außerdem hatte ich ohnehin ihrem Vorgesetzten, mit dem sie mich betrogen hatte, in ihrem Namen geschrieben, dass sie Zeit zum Nachdenken brauchte. Auch ich selbst würde keinen Ärger mit meiner Firma bekommen, wenn ich nicht zur Arbeit erschien. Den restlichen Samstag und den morgigen Sonntag hatte ich also Zeit, um herauszufinden, was mit Kathi passiert war. Wenn nicht vorher die Polizei auftauchte, um mich zu verhaften.

»Das Angebot steht, ihr könnt gerne mitkommen.«

Lea lächelte verlegen. »Ich bin nur nicht auf Besuch eingestellt, also wundert euch bitte nicht, wenn nicht alles blitzblankpoliert und aufgeräumt ist.«

Nun war ich es, der zum ersten Mal seit einer gefühlten

Ewigkeit wieder einmal grinste. »Sophie und ich können ja ausnahmsweise einmal dir helfen. Schatz, begleiten wir Lea und räumen bei ihr zusammen, während sie duscht?«

»Kehren!«, rief Sophie. Ihre Augen glänzten dabei vor Begeisterung.

»Ja, zusammenkehren könnt ihr natürlich auch«, stieg Lea auf mein Spiel ein. »Ich habe auch einen großen Besen für dich und eine Mistschaufel für deinen Papa!«, sagte sie zu Sophie.

»Gehen!« Sophie streckte Lea beide Arme entgegen.

Anstelle Leas hob ich die Kleine hoch. Ich ging mit ihr im Arm wieder zur Ladestation und griff mir mein Smartphone. Automatisch strich ich mit meinem Finger über den Touchscreen. Eine neue E-Mail war in meinem Posteingang.

20

Spiegeleier, Brot, Kaffee und viel Wasser. Wie neu geboren fühlte Stefanie sich nach dem Frühstück und nach einer ausgiebigen Dusche zwar nicht, aber es ging ihr doch deutlich besser als eine Stunde zuvor. Sie räumte nun das Geschirr in den Geschirrspüler, dann ging sie direkt zur kleinen Abstellkammer. Dort zog sie den Akku vom Ladegerät und fixierte ihn wieder an der Bohrmaschine. Danach marschierte sie zurück ins Schlafzimmer. Sie betrachtete den großen Kleiderschrank aus Eiche.

Es wird nicht einfach.

Körperliche Ertüchtigung ist bei einem Kater genau das Richtige.

Sie klappte die Flügeltüren auf und begutachtete die Scharniere.

Kreuzschrauben.

Neben dem Schrank stand bereits das Werkzeugset für die Akkubohrmaschine am Boden. Stefanie ging in die Hocke und suchte sich das passende Teil aus gehärtetem Stahl.

Fünf Minuten später hatte sie bereits die erste Schwingtür losgeschraubt. Sie stöhnte auf, als sie die Holztür hochhob und an den Umzugskartons vorbei in den Vorraum trug. Vorsichtig lehnte sie die Tür dort an die Mauer.

Es kommen noch schwerere Teile.

Hilfe wäre nicht schlecht. Jetzt ist es zu spät dafür. Du wolltest es ja unbedingt alleine machen. Selbst ist die Frau, oder so ähnlich.

Ja, wenn du noch mit Andreas zusammen wärst, würde er dir helfen.

Und wenn du nie mit ihm zusammengekommen wärst, müsstest du gar nicht erst umziehen.

Andreas, Andreas, Andreas, warum dreht sich bei mir noch immer alles um ihn? Es ist aus.

Er hat mir das alles eingebrockt!

Was will ich also noch von ihm?

Ich muss damit abschließen.

Ein für alle Mal.

21

»Milch?«, fragte Lea Sophie.

»Himbeersaft!«

»Du hast aber Glück! Ich habe sogar deinen so geliebten Himbeersaft.«

Sophie und ich saßen auf der kleinen Couch, die mit einer gehäkelten Decke verschönt war. Unsere mobile Mami hauste in einer Einzimmerwohnung. Das hatte ich doch anders erwartet, denn ich hatte ja von ihrem Freund gewusst. Die beiden wohnten aber anscheinend nicht zusammen, da es kaum vorstellbar war, dass in dem kleinen Nest zwei Personen mit ihrem Hab und Gut Platz fanden.

»Ein Bier?«

»Ja, nein, für mich bitte auch einen Himbeersaft.«

Bekam man ein Bier angeboten, sagte man nicht Nein. Das hatte ich schon seit meiner Jugendzeit verinnerlicht. An diesem Tag war es aber eindeutig angebracht, vollkommen nüchtern zu bleiben, daher mein sofortiger Sinneswandel.

Lea stellte beide Gläser vor uns auf den Beistelltisch.

»So, ich gehe jetzt duschen.«

»Mitkommen!«

Sophie wollte derzeit immer und überall dabei sein. Seit gestern hing sie wie eine Klette an Lea.

Unsere Gastgeberin schien tatsächlich zu überlegen. »Mein Badezimmer ist nicht kindersicher«, stellte sie fest.

Schlug sie jetzt gleich vor, dass ich im Bad auf Sophie achtgab, während sie duschte?

»Ich habe zwei DVDs, die werden dir gefallen.«

»Mitkommen!«, beharrte Sophie.

»Sie handeln von Tilda, der hollunderblütenweißen Maus.«

Wenig später saß Sophie ruhig neben mir, sie starrte gebannt in den Fernseher und lernte Tilda, Molly – die graue Maus – und Rupert – den Igel, liebevoll Rupi genannt – kennen. Lea zwinkerte mir zu und schlich sich aus dem Wohnzimmer. Schon bald hörte ich nebenan das Prasseln des Wassers.

Als Lea mit nassen Haaren und nur in ein gelbes Handtuch gewickelt wieder in die Wohnküche kam, schlüpfte gerade das Küken aus dem Ei, das die beiden Mäuse gefunden hatten. Ab nun glaubte das frischgeschlüpfte Küken, die Maus Molly sei ihre Mutter. Ich ließ mich von Lea ablenken. Mit meinem Blick verfolgte ich ihre Bewegungen. Mehrere Wassertropfen glänzten noch auf ihren Schultern. Ihre Schlüsselbeine traten deutlich hervor. Sie schritt an mir vorbei zur Tür an der gegenüberliegenden Wand. Ich bewunderte ihre sehnigen Waden und die fast schneeweiße Haut. Lea musste mindestens Sonnenschutzfaktor 50 auftragen, bevor sie ihre Beine der Sonne aussetzte.

Sie ließ die Tür zum Schlafzimmer einen Spaltbreit offen. Ich konnte nicht anders als hinzusehen. Ihre weiße Haut schimmerte zu deutlich im ansonsten dunklen Raum, um nicht die Konturen ihres schlanken Körpers zu erkennen.

»Mama-Ente!«, rief Sophie und lenkte damit meinen Blick wieder auf den Bildschirm.

Lea kam schon nach wenigen weiteren Sekunden in die Wohnküche zurück. Sie glättete sich ihr hellblaues Top. Durch den Stoff waren ihre Brustwarzen deutlich zu erkennen. Sie trug keinen BH, da war ich mir sicher.

»Ich liebe diese Folge!«, rief sie entzückt. »Tilda und Molly kümmern sich um das Küken und zum Schluss kommt es zurück zu seiner richtigen Mutter!«

Lea ließ sich neben Sophie fallen. Wir drei saßen ganz eng nebeneinander, da die Couch nur für zwei Personen ausgelegt war.

»Genau so machen wir es mit dir auch!« Lea drückte Sophie noch enger an sich. »Ich kümmere mich um dich, bis deine Mama wieder da ist!«

Ich drehte meinen Oberkörper seitlich zu Lea und Sophie, mir schwirrten wirre Gedanken durch den Kopf: Was würde geschehen, wenn Kathi nie wieder zurückkam? Wie lange würde Lea bei uns beiden bleiben? Konnte Lea Sophie die Mutter ersetzen? Was würde Leas Freund dazu sagen, wenn sie plötzlich eine neue zusätzliche Familie hätte?

»Bing!« Die SMS-Eingangsmeldung meines Handys riss mich aus meinen Gedanken.

22

Stefanies Muskeln wollten nicht mehr und vor allem tat ihr der Rücken weh. Sämtliche Einzelteile des Kleiderschranks waren im Klein-LKW verstaut. Eigentlich wäre das Bett, mit Matratze und Lattenrost, als Nächstes vorgesehen gewesen, doch sie brauchte eine Pause. So sehr Stefanie es auch versucht hatte, sich durch harte Arbeit abzulenken, ihre Gedanken kreisten noch immer um Andreas. Sie musste sich wieder einmal eingestehen, dass sie die Ausstandsfeier nur ausgerichtet hatte, um nochmals mit ihm reden zu können.

Natürlich ist er nicht gekommen.

Was hast du dir nur dabei gedacht, ihn überhaupt einzuladen!

Gabi hatte recht, und auch wieder nicht.

Ich muss Andreas sehen, noch einmal mit ihm reden, sonst finde ich keine Ruhe. Heute noch, spätestens aber morgen, fahre ich nach Sankt Pölten. Hier breche ich dann alle Zelte ab.

Stefanie schaute auf das Foto ihres Sohnes.

Nein, nicht alle, ich komme zurück, immer wieder, dich gebe ich nicht auf. Heute bist aber nicht du an der Reihe, heute ist Andreas dran.

Dreckig und verschwitzt, so kann ich ihm nicht gegenübertreten. Also, noch einmal aufbrezeln, mal sehen, ob mir das wieder so gut gelingt wie gestern.

Eine halbe Stunde später betrachtete sie ihr Ebenbild im Spiegel.

Geht so, vergangene Nacht kann ich nicht verleugnen, aber im Gegensatz zu gestern will ich ihn heute ohnehin nicht mehr verführen.

Diesmal nahm sie den Autoschlüssel von der Vorzimmerkommode.

Den Restalkohol habe ich mittlerweile hoffentlich genügend abgebaut.

23

Alexandra Hagenauers Hände zitterten leicht, als sie sich die Zigarette anzündete. Gemäß ihrem Profil auf Xing arbeitete sie Teilzeit als Programmiererin bei Fastsoft, insofern benötigte sie ruhige Hände, um die Tastatur effizient bedienen zu können. Sichtlich handelte es sich auch für sie um eine Ausnahmesituation.

Konnte diese Frau tatsächlich etwas mit Kathis Verschwinden zu tun haben? Hatte sie Kathi gar etwas angetan?

Nach meiner Facebook-Freundschaftsanfrage hatte sie mir eine kurze Nachricht geschickt: Wir sollten uns treffen.

Mehr hatte sie nicht geschrieben, und nun saßen wir uns im Raucherbereich des kleinen Cafés mitten in der Bezirkshauptstadt Amstetten gegenüber. Wir hatten keinen Grund, uns zu verstecken. Wir waren es nicht, die unsere Partner betrogen.

Wir wurden hintergangen.

»Ich bin die Alex. Es ist doch in Ordnung, wenn wir uns duzen?«, fragte mich die Hagenauer.

Ich nickte, stand auf und reichte ihr nochmals die Hand.

»Harald«, sagte ich. Erst als ich mich wieder setzte und sie ihre rechte Hand auf die Tischfläche legte, bemerkte ich den rotgoldenen Ring an ihrem Finger. So wie ich auch trug die Hagenauer also noch ihren Ehering. Immer noch fragte ich mich, wieso sie mich überhaupt hatte treffen wollen.

Als junge Frau musste sie umwerfend schön gewesen sein und wahrscheinlich war ihr Mann damals tatsächlich in sie verliebt gewesen. Nun wirkten ihre Gesichtszüge verbittert und auch die Schminke konnte nicht über die aschfahle Hautfarbe hinwegtäuschen, die für eine Kettenraucherin kennzeichnend war. Zeige- und Mittelfinger waren leicht gelblich verfärbt. Immerhin hatten ihr die Glimmstängel ihre schlanke Figur bewahrt. Alexandra Hagenauer trug ein beiges Kostüm und dazu einfache silberne Ohrringe. An einem normalen Arbeitstag hätte man glauben können, wir hätten uns zu einem informellen Geschäftsessen getroffen.

»Wieso zahlen wir es den beiden Betrügern nicht einfach mit gleicher Münze heim?«

Jetzt war es heraus, nun wurde mir klar, wieso sie sich unbedingt mit mir hatte treffen wollen. Die verletzte Ehefrau wollte es ihrem untreuen Gatten gleichtun. War es da nicht naheliegend, sich mit dem Mann zu vergnügen, der ähnlich fühlen musste?

Ich griff nach Alexandras freier Hand und sah ihr in die Augen. »Du bist eine sehr schöne Frau«, sagte ich so sanft wie möglich. »Ich fühle mich geehrt.«

»Aber?«

»Wir würden es beide bereuen.«

»Wieso?«

Sie wirkte verletzt, enttäuscht.

»Wir würden uns dabei auf ihr Niveau begeben.«

Noch immer sah sie mich fragend an.

»Dein Mann hat dich sehr verletzt, und meine Frau mich. Wenn wir jetzt miteinander schlafen, macht es das nicht ungeschehen.«

Alexandra entzog mir ihre Hand, sie ballte sie zur Faust und schlug auf die Tischplatte.

»Das Arschloch hat mir ewige Treue geschworen! Ich ziehe unsere Kinder groß, während er Karriere macht. Ich hab mein Leben geopfert, dann trifft er deine Schlampe und will mich verlassen!«

Jetzt sahen mich hasserfüllte Augen an. Energisch dämpfte sie ihre Zigarette im Aschenbecher aus.

»Es ist so ungerecht. Ich könnte ihn umbringen!«

Alexandra Hagenauer stand hastig auf. »Übernimmst du die Rechnung?«

Ich bejahte und sah ihr kurz darauf nach, wie sie noch immer vollkommen aufgebracht das Café verließ. Sie könnte ihn umbringen, hatte sie gesagt. Ich blieb sitzen und überlegte: Glaubte ich wirklich, dass Alexandra Hagenauer meiner Frau etwas angetan hatte? Wieso hätte sie sich dann hier mit mir treffen wollen? Wieso hätte sie dann mit mir ins Bett steigen wollen, wenn sie sich ohnehin schon an ihrem Mann und meiner Frau gerächt hatte? Alexandra Hagenauer glaubte scheinbar noch immer, dass ihr Mann sie verlassen und mit Kathi zusammenziehen würde. Ihr war nicht bewusst, dass Kathi verschwunden war. Damit schied sie als mögliche Täterin wohl aus. Ihr Mann allerdings konnte trotz seiner Nachrichten noch immer etwas mit Kathis Verschwinden zu tun haben.

24

Die Idylle schlechthin.

Schon oft hatte Stefanie das Einfamilienhaus auf Google Earth betrachtet, doch noch nie war sie selbst nach Tulln gefahren und hatte so wie jetzt nur wenige Meter von der Garagenzufahrt entfernt am Straßenrand geparkt. Bekannt war das niederösterreichische Städtchen nahe Wien für seine Gartenmesse. Passend dazu blühten auch in Andreas' Garten Blumen in allen erdenklichen Farben. Das Haus war zwar nicht mehr ganz neu, Stefanie schätzte, dass es Andreas mit seiner Familie seit knapp zehn Jahren bewohnte, aber der Bau glich einem wahren Schmuckstück. Sie konnte sich gut vorstellen, dass sie hier mit Andreas glücklich geworden wäre.

Vielleicht hätten wir sogar noch einmal Kinder bekommen und sie gemeinsam großgezogen?

Stefanie, du bist unrealistisch.

Du hast schon einmal als Mutter vollkommen versagt, willst du dir das wirklich noch einmal antun?

Mit Andreas hätte es funktionieren können.

Ihr Traum vom Neubeginn mit einem Mann an ihrer Seite, den sie liebte, war vorerst aber ausgeträumt. Statt mit ihm im Garten in der Hängematte zu liegen, wartete sie wie ein Spion oder Detektiv vor seinem Haus in ihrem Auto und hoffte, nicht entdeckt zu werden. Sie hatte nicht vor, das Haus zu betreten. Seine Frau könnte nämlich auch zuhause sein, Stefanie wollte sich eine unschöne Szene ersparen. Und in diesem einen speziellen Fall war eindeutig sie selbst die Böse. Mit ihr war Andreas fremdgegangen, mit Stefanie hatte er seine Frau betrogen.

Sie hat jedes Recht, mich zu hassen.

Ich hätte mir etwas zu trinken mitnehmen sollen.

Ihr Mund war trocken, lange würde sie es nicht mehr aushalten. Sie nahm ihr Smartphone aus ihrer Handtasche, um eine Nachricht an Andreas einzutippen und abzusenden.

25

Neben mir lungerte Lea mit angezogenen Beinen auf dem Beifahrersitz, ihren Kopf lehnte sie gegen die Scheibe der Autotür. Sophie schlief im Kindersitz hinter mir. Den Motor meines Audis ließ ich laufen, um meiner Tochter die Sicherheit zu vermitteln, dass wir da waren und sie nicht im Schlaf alleine gelassen hatten. Fast schon flüsternd leise ertönte Sheryl Richardsons Stimme aus den Lautsprechern des Autoradios.

Sie sprach von Extreme Self-Care. Obwohl Sophie kein Wort englisch verstand, hatte diese CD immer eine beruhigende Wirkung auf meine Tochter gehabt. Daher hatte ich den Tonträger vor unserer Abfahrt noch rasch aus dem Handschuhfach von Kathis Sharan herausgefischt. Erst nachdem wir zwanzig Minuten wahllos durch die Gegend gefahren waren, hatte sich Sophie nicht mehr gegen ihre Müdigkeit gesträubt und war dann doch eingeschlafen. Wie ursprünglich beabsichtigt, hatte ich mein Auto nach Euratsfeld gelenkt. Nur geschätzte zwanzig Meter von der Gartentür entfernt, über die ich in der Nacht zuvor geklettert war, parkten wir nun neben dem Gehsteig.

Mein Eindruck hatte mich nicht getäuscht. Die Häuser der Siedlungsstraße waren bereits älter, kein einziger Neubau befand sich meines Erachtens darunter. Die Hecken wucherten so hoch und dicht, dass man nicht in die Gärten hineinschauen konnte.

Im Rückspiegel tat sich etwas, ein Auto näherte sich. Der weiße Renault Megane fuhr an uns vorbei, blinkte dann links und parkte sich direkt vor uns ein. Instinktiv rutschte ich tiefer in meinen Sitz und lugte vorsichtig über das Lenkrad. Alexandra Hagenauer stieg aus dem Renault-Kombi. Ich hielt meinen Atem an, spürte wie mein Herz heftig in meiner Brust pochte.

Wir tun nichts Unrechtes, sagte ich mir in Gedanken vor. Vergangene Nacht hatte ich das Grundstück der Hagenauers unbefugt betreten, daran, dass man es auch als Einbruch bezeichnen hätte können, wollte ich nicht einmal im Traum denken – doch im Moment parkte ich mit meinem Auto vollkommen legal am Straßenrand. Mir konnte also nichts passieren, mein Herz überschlug sich trotzdem völlig grundlos in meiner Brust.

Die Hagenauer beachtete uns nicht, in einer Hand hing wieder ein frisch angezündeter Glimmstängel. Sie schien in Gedanken versunken und stöckelte in ihrem beigen Kostüm zur Gartentür. Dort angekommen kramte sie einen Schlüssel aus ihrer Handtasche, schloss auf und verschwand durch das Tor aus unserem Blickfeld.

Mein Puls hatte sich immer noch nicht ganz beruhigt, da tauchte Hagenauer auf. Ich vermutete, dass er es mit seiner Frau nicht mehr im selben Haus aushielt. Sie machte ihm wahrscheinlich die Hölle heiß. Der Ehebrecher trug eine hellgraue Leinenhose und ein leichtes blaues T-Shirt. Er hatte eine Sporttasche geschultert. Ob er darin wohl eine Schaufel versteckt hatte? Wollte er Kathis Überreste vergraben? Es kostete mich große Überwindung, nicht einfach aus dem Auto zu springen und mir den Kerl vorzuknöpfen, mit dem mich Kathi betrogen hatte. Der Grund, weswegen ich es nicht tat, schlummerte seelenruhig hinter mir im Kindersitz.

»Wir folgen ihm«, informierte ich Lea.

Meine Retterin in der Not saß stumm neben mir und nickte kaum merklich. Sie schien sich auf Sheryl Richardsons Coaching-Tipps zu konzentrieren. Jedenfalls hatte die junge Frau, in deren Wohnung ich noch am Vormittag gemeinsam mit Sophie zu Gast gewesen war, kein Wort mehr an mich gerichtet, seid die CD lief. In Gedanken hatte ich wieder die Konturen ihres nackten Körpers vor Augen, den ich durch die offene Schlafzimmertür gesehen hatte. Ich schüttelte meinen Kopf und atmete laut aus, ich musste das Bild endgültig aus meinem Gehirn verbannen. Außerdem hoffte ich, dass Lea nicht zu sehr auf Cheryls Tipps achtete, denn dann würde ihr vielleicht bewusstwerden, dass sie nun Tag und Nacht für Sophie und mich da war und weit davon entfernt war, auf sich und ihre Bedürfnisse zu achten. Ich brauchte Lea noch, und wusste nicht einmal, wie lange das noch so weitergehen würde. Ob es jemals enden würde.

Hagenauer fuhr auch einen Audi, und zwar einen silbernen TT. Ich folgte ihm mit genügend Abstand. Schon bald ahnte ich jedoch, dass unsere Überwachung von keinem schnellen Erfolg gekrönt sein würde. Der Ehebrecher lenkte nämlich sein Fahrzeug in Richtung Schloss Ernegg. Dort, so wusste ich, befand sich ein Golfplatz, den er aller Voraussicht nach als Ziel auserkoren hatte.

»Scheiße«, fluchte ich, denn dort konnten wir nicht so einfach parken und ungestört und vor allem ungesehen im Auto sitzen bleiben. Hagenauer würde gut und gerne mehrere Stunden am Golfplatz und später am 19. Loch verbringen. Sophie wäre schon längst wieder munter, wenn er seinen Ausflug beendete.

»Wir brechen unsere Überwachung ab.«

Wieder nickte Lea nur. Ich sah, wie der Ehebrecher, wie vorausgesehen, die letzte Abzweigung zum Golfplatz nahm, folgte ihm jedoch nicht, sondern fuhr geradeaus weiter.

»Kathi, wo bist du bloß?«, flüsterte ich.

Lea legte ihre linke Hand auf meine rechte, die den Schaltknüppel verkrampft festhielt.

»Wir werden Kathi finden«, sagte sie und streichelte meine Hand mit ihren Fingern. Danach strich sie über meinen Unterarm. Langsam löste ich meinen verkrampften Griff, kurz schaute ich nach rechts.

»Danke!«, flüsterte ich.

Lea erwiderte meinen Blick. »Gerne«, sagte sie.

Ich schaute wieder nach vorne auf die Straße und überlegte fieberhaft, was ich nun tun sollte. Sophie schlief, ich musste die Zeit einfach nutzen und zumindest versuchen, herauszufinden, was mit Kathi passiert war. So intensiv ich auch nachdachte, mir fiel nur eine für mich einigermaßen akzeptable Person ein, die mir vielleicht noch einmal weiterhelfen würde.

26

Immer wieder überprüfte Stefanie, ob sie eine Antwort von Andreas auf ihre SMS erhalten hatte, denn sie hatte den nervigen Pfeifton, der standardmäßig bei ihrem Smartphone für eingehende Nachrichten eingestellt war, schon seit langem deaktiviert.

Auch diesmal wurde sie enttäuscht, als sie den Bildschirm entsperrte. Keine Nachricht. Im Wageninneren wurde es immer unerträglicher für sie. Stefanie startete den Motor ihres Autos, damit sich die Klimaanlage einschaltete.

Sofort blies ihr kalte Luft ins Gesicht. Zwar bereute sie noch immer, nichts zu trinken mitgenommen zu haben, nun würde sie es aber doch noch einige weitere Minuten aushalten, bevor sie ihren Beobachtungsposten vor Andreas' Haus endgültig aufgeben musste.

Melde dich endlich! Oder komme einfach selbst heraus.

Nur wenige Sekunden nachdem sie ihren Wunsch wieder einmal selbst in Gedanken gefasst hatte, traute Stefanie ihren Augen nicht: Andreas trat durch die Haustür ins Freie. Er trug ein modisches rotes T-Shirt, Jeans und eine dunkle Sonnenbrille. Das konnte Stefanie deutlich erkennen.

Er kommt zu mir heraus!

Stefanie jubilierte. Zwar hatte er bisher nicht auf ihre Nachricht reagiert, doch gleich mit ihm reden zu können, wäre ohnehin besser, als Nachrichten hin- und herzuschicken. Sie versuchte sich in Gedanken erste Worte zurechtzulegen.

Warum bist du nicht zu meiner Feier gekommen? Wieso hast du mich abserviert, als es für dich zu brenzlig geworden ist?

Hätte es keine andere Lösung statt Sankt Pölten gegeben? Du machst weiter wie bisher, auf dich hatte unsere Affäre keinerlei Einfluss. Nur mich trifft es, meine Karriere ist zerstört worden und ich muss sogar mein privates Umfeld aufgeben. Fühlst du dich deswegen überhaupt nicht schuldig?

Hast du mich jemals geliebt?

Stefanie stieß die Fahrertür auf. Sie wollte Andreas unbedingt stehend zur Rede stellen. Gerade als die Absätze ihrer Schuhe den Gehsteig berührten, trat hinter Andreas auch eine Frau ins Freie.

Groß, blond, lange Beine, im Minirock. Seine Frau.

Stefanie schluckte die aufkommende Übelkeit hinunter. Sie beförderte ihre Beine wieder ins Wageninnere und schloss so leise wie möglich die Fahrertür.

Andreas gab seiner Frau einen Abschiedskuss, dann stieg er in seinen Audi, den er vor dem Garagentor abgestellt hatte.

Er hat meine SMS nicht gelesen.

Ungläubig verfolgte Stefanie, wie die Ehefrau ihres ehemaligen Geliebten und Vorgesetzten eine grüne Gießkanne an den Wasserhahn hielt, der an der Hausmauer befestigt war. Die Ehefrau drehte an der Armatur und wartete ganz offensichtlich darauf, dass sich die Gießkanne mit Wasser füllte. Währenddessen schob Andreas mit seinem Wagen rückwärts die Hauseinfahrt zur Straße heraus. Das Gartentor öffnete sich automatisch.

Hier vor seiner Frau wollte Stefanie nicht mit Andreas reden. Daher legte sie den ersten Gang ein. Sie würde ihm folgen, und ihn erst beim nächsten Stopp zur Rede stellen.

27

Sophie schlief immer noch im Auto, Lea war bei ihr und ich stand schon zum zweiten Mal innerhalb kürzester Zeit vor

Barbaras Tür. Zuletzt hatte ich vermutet, dass Kathi vielleicht sogar bei ihrer besten Freundin Zuflucht gesucht hatte. Amy Macdonalds Stimme war durch die Wohnungstür zu mir nach draußen in das Stiegenhaus gedrungen. Die Schottin war seit langem Kathis Lieblingssängerin und Songwriterin. Kathis Stimmung hatte sich immer augenblicklich gebessert, wenn sie Amys helle Stimme gehört hatte. Meine Frau war dann durchs Wohnzimmer getanzt und hatte voller Inbrunst mitgesungen. Im Auto hatte sie zusätzlich zum Gesang mit ihren Fingern im Rhythmus der Musik auf das Lenkrad getrommelt.

Unschlüssig stand ich nun vor Barbaras Wohnungstür, noch immer hatte ich zwar Kathis ansteckend fröhliches Lachen vor Augen, trotzdem, oder vielleicht gerade deswegen, zögerte ich. Was sollte ich zu Barbara sagen? Trara, hier bin ich wieder! Ich muss mit Kathi reden, ich weiß, dass sie bei dir ist! Ich habe Amy Macdonalds Stimme gehört, schon alleine deswegen muss Kathi bei dir sein! Das alles klang vollkommen unsinnig.

Ich machte mir etwas vor, wenn ich glaubte, dass Kathi tatsächlich bei Barbara war. Kathi versteckte sich nicht vor mir und auch nicht vor Hagenauer. Wäre sie von einem von uns oder auch gleich von beiden Männern in ihrem Leben davongelaufen, dann hätte sie Sophie mitgenommen. Auch wenn ich nach wie vor hoffte und es mir einzureden versuchte, so hätte Kathi nie im Leben freiwillig unsere Tochter zurückgelassen! So gut kannte ich sie doch! Ich war daher dazu verdammt, herauszufinden, was Kathi zugestoßen war. Das war ich Kathi, mir und vor allem Sophie schuldig. Wir würden nicht mit der Ungewissheit leben können. Wie ein Damoklesschwert würden Kathis Verschwinden und die dazugehörige Ungewissheit über uns schweben. Lange würden wir das nicht aushalten.

Barbara wusste besser über Kathis Leben Bescheid als ich. Das war mir mittlerweile schmerzhaft klargeworden. Daher war ich gezwungen, ihr reinen Wein einzuschenken, denn dann würde sie mir hoffentlich endlich alles darüber erzählen, was sie über Kathis Geheimnisse wusste. Vielleicht bekäme ich den entscheidenden Hinweis. Die Wahrscheinlichkeit dafür war gering, in diesen Augenblicken glaubte ich jedoch tatsächlich, Barbara wäre meine einzige Hoffnung. Daher überwand ich mich und drückte den Taster der Klingel.

»Was willst du?« Barbaras Stimme klang feindselig.

»Kathi ist nicht bei Hagenauer.«

»Verschwinde.«

»Ich gehe nicht, bevor du mich nicht reingelassen hast.«

»Ich rufe die Polizei.«

»Gut, dann melde ich Kathi als vermisst. Das hätte ich ohnehin schon längst tun müssen!«

Den letzten Satz hatte ich förmlich hinausgebrüllt. Es war eine Erleichterung, ich begann zwar am ganzen Körper zu zittern, aber ich wusste, nun war es bald vorbei. Schon in wenigen Minuten würden sich Staatsdiener auf die Suche nach Kathi begeben. Profis würden nach ihr fahnden, ich wäre nicht mehr dafür verantwortlich, wenn sie nicht gefunden würde.

Ein Schlüssel wurde im Türschloss gedreht, das hörte ich ganz deutlich, dann wurde die Wohnungstür einen Spaltbreit geöffnet.

»Komm rein«, sagte Barbara.

Ich folgte ihr ins Innere. Barbara trug eine graue Jogginghose und ein weites blaues T-Shirt. Ihre braunen lockigen Haare wirkten fettig, ja, sogar verfilzt, so als wären sie seit Wochen nicht gewaschen worden.

»Setz dich.« Barbara seufzte. »Tut mir leid, ich bin nicht auf Besuch eingestellt.« Jetzt lächelte sie verlegen. Ihr rechter oberer Schneidezahn hatte sich dunkel verfärbt. Monate zuvor, als wir uns zuletzt gesehen hatten, war mir das noch nicht aufgefallen. Überhaupt wirkte sie diesmal so anders als bei meinen bisherigen Besuchen, bei denen Kathi immer dabei gewesen war.

Egal, es ging um Kathi und nicht um Barbara. Meine Frau war verschwunden und ihre beste Freundin stand nun unschlüssig vor mir.

»Setz dich doch!«, wiederholte sie und zeigte auf einen der beiden Couchsessel. Erst jetzt bemerkte sie die leere Pizzaschachtel, die auf dem Polster des Sessels lag. Hastig griff sie sich den Karton und beförderte ihn auf den Couchtisch. Ich setzte mich auf den nun frei gewordenen Platz.

»Wie bist du auf Mathias' Namen gekommen?«

Sie nannte meinen Widersacher also bei Vornamen.

»Kennst du ihn etwa?«

»Tut nichts zur Sache. Wie hast du seinen Namen herausgefunden? Ich habe ihn dir ja nicht genannt.«

»Und wieso nicht?«

»Weil ich froh bin, dass Kathi dich endlich verlassen hat.«

»Was habe ich dir bloß getan?«

»Mir nicht, aber Kathi.«

Das war es also, na klar, Barbara wusste Bescheid, beste Freundinnen sagen sich alles. Meine Frau hatte ihr natürlich erzählt, dass ich einmal die Beherrschung verloren hatte.

»Aber das liegt Jahre zurück!«, erklärte ich.

Sie sah mich vorwurfsvoll an, ich kochte innerlich, spürte, dass ich mich bald nicht mehr kontrollieren würde können.

»Du gehst jetzt wohl besser«, sagte Barbara schließlich mit ruhiger Stimme. Ich atmete einmal tief durch und schluckte meinen Zorn hinunter. Dann stand ich auf und stürmte ohne ein Wort des Abschieds aus Barbaras Wohnung.

28

Sport- und Freizeitzentrum.

Hierher willst du also.

Stefanie lenkte ihr Auto hinter dem Audi auf den Parkplatz, der nur circa zur Hälfte mit Fahrzeugen besetzt war. Sie parkte sich drei Stellplätze von Andreas entfernt ein. Schnell zog sie den Autoschlüssel ab und stieg aus. Der Parkplatz befand sich im Freien. Andreas marschierte bereits auf den Eingang der Sporthalle zu.

Er ist zu schnell!

Sie rief nach ihm, doch er schien sie nicht zu hören. Sie lief hinter ihm her, erreichte ihn jedoch nicht mehr vor der Tür. Nur einige Armlängen vor Stefanie hatte Andreas das Gebäude betreten. Kraftvoll zog sie die verglaste Tür auf.

»Andreas!«

Jetzt drehte er sich endlich um. Er wirkte überrascht. Stefanie ging langsam auf ihn zu. Hinter ihr fiel die Tür lautstark ins Schloss.

»Was machst du hier?«

»Ich bin dir gefolgt.«

»Hast du sie noch alle?«

»Ich muss mit dir reden.«

»Nicht hier!«

»Papa, wer ist die Frau?«

Hinter Andreas tauchten zwei Jungen auf, beide hatten eine Sporttasche um die Schulter hängen. In einer Hand hielt jeder der beiden einen Tennisschläger, ihre geroteten Gesichter zeugten davon, dass sie ihre Trainingseinheit schon hinter sich gebracht hatten.

»Wer ist die Frau?«, wiederholte der Junge, der Andreas wie aus dem Gesicht geschnitten war.

Benjamin, sein Sohn.

Andreas sagte nichts.

»Ich bin Stefanie!« Sie trat entschlossen mehrere Schritte nach vorne, sodass sie neben Andreas zu stehen kam. Dann streckte sie Benjamin ihre rechte Hand entgegen. »Eine Arbeitskollegin von deinem Vater«, erklärte sie, als sie dem zehnjährigen Sohn ihres ehemaligen Geliebten die Hand schüttelte.

29

Wir haben Ihre Frau!

Gehen Sie nicht zur Polizei, oder sie stirbt.

Instruktionen folgen.

Immer wieder las ich die Zeilen der E-Mail, die in meinem Posteingang gelandet war, während ich bei Barbara gewesen war. Ich hatte die Nachricht, die schon früher meine Aufmerksamkeit geweckt hatte, eigentlich in Ruhe lesen wollen. Leas Wunsch, sich zu duschen und Sophies gleichzeitiges Beharren, sie zu begleiten, hatten mich jedoch davon abgehalten. Und das, obwohl ich nach jedem Strohhalm Ausschau hielt, der mir eine Erklärung für Kathis Verschwinden lieferte.

Ich verschränkte meine Hände hinter dem Kopf. Im Rücken spürte ich die Lehne des Drehsessels.

Kathi ist entführt worden!

Sie lebt!

Ich darf keine Polizei einschalten.

Wieso melden sie sich erst jetzt?

Ich hätte Kathi schon längst als vermisst melden müssen. Dann würde wahrscheinlich gerade ein Beamter bei mir im

Wohnzimmer sitzen. Oder ich befände mich bereits in einem Verhörraum.

Aber so ist es nicht. Die Polizei ahnt nichts. Ich habe Kathi nicht als abgängig gemeldet, kann also die Instruktionen befolgen. Nur, was könnt ihr von mir wollen? Geld ist bei uns jedenfalls nicht viel zu holen. Da seid ihr an die Falschen geraten. Was wollt ihr sonst? Hat es etwas mit meiner Arbeit zu tun? Ich würde es bald erfahren.

Kathi war entführt worden und die Entführer würden sich bei mir melden. Es war also reine Verschwendung meiner Energie, ihre E-Mails zu lesen. Kathi hatte nämlich meine E-Mail-Adresse für den Notfall hinterlegt, falls bei ihrem Account etwas nicht stimmte. Daher hatte Google ausgerechnet mir das neue Passwort gemailt, mit dem ich nun ohne Probleme alle ihre E-Mails würde lesen können.

Das war die Nachricht gewesen, die ich vor unserer Abfahrt zu Leas Wohnung erhalten hatte.

Trotz meines Widerwillens siegte die Neugier. Ich öffnete ihren E-Mail-Account. Die erste Nachricht war von Hagenauer. Er hatte auf Kathis frühere E-Mail geantwortet.

Als ich fertiggelesen hatte, zitterte ich am ganzen Körper. Kathi hatte mich zutiefst verletzt, mein Vertrauen missbraucht, mich in der E-Mail beleidigt und mich angegriffen. Die Person, die das geschrieben hatte, schien mir fremd zu sein. Sie hatte nichts mit der Kathi gemein, in die ich mich einmal verliebt hatte.

Was auch immer die Entführer forderten. Sie würden es nicht bekommen.

30

Cabernet Sauvignon, aus Südafrika.

Stefanie wusste, es war ein Fehler, aber der Tag war bisher eine einzige Demütigung gewesen. Vor ihr auf ihrem Küchentisch stand die bereits entkorkte Flasche Rotwein, ein noch leeres Glas und der Pizzakarton, nach dessen Inhalt es duftete. Der Pizzalieferant hatte die Rusticana gerade vorbeigebracht. Obwohl Stefanie mit einem Mega-Kater aufgewacht war, konnte sie nicht anders, als ihren Frust mit Alkohol hinunterzuspülen. Während sie der roten Flüssigkeit zuschaute, wie sie sich in dem Rotweinglas ausbreitete, kreisten ihre Gedanken wieder einmal um Andreas.

Natürlich hat er mir nicht widersprochen. Andreas hätte auch Nein sagen können. Stefanie ist nicht nur meine Kollegin, sie ist gleichzeitig auch die Frau, mit der ich deine Mutter betrogen habe. Das hätte er durchaus sagen können, es wäre nicht gelogen gewesen. Hat er aber nicht.

Das ist die Frau, mit der ich den Rest meines Lebens verbringen will.

Wunschdenken!

So etwas wird er nie über dich sagen.

Sieh es endlich ein!

Stefanie stellte die Flasche auf die Tischplatte und trank den ersten großen Schluck Wein. Diesmal achtete sie kaum auf den Geschmack, es ging ihr rein darum, den Alkohol möglichst schnell in ihre Blutbahn zu bekommen.

Langsam wärmte der Wein ihren Magen, schon bald fühlte sie auch eine angenehme Schwere.

Andreas ist Geschichte, denk an die Zukunft.

Rasch stand sie auf und manövrierte sich an den Umzugskartons vorbei ins Schlafzimmer. Sie nahm das Bild ihres Sohnes vom Nachtkästchen und ging damit zurück in die Küche.

Dich sollte ich schon seit einer kleinen Ewigkeit anrufen, wir müssen uns aussprechen. So kann es nicht weitergehen.

Sie stellte das Bild neben die Pizzaschachtel auf den Küchentisch. Dann trank sie noch einen Schluck.

Aber nicht heute, an so einem bescheidenen Tag rufe ich dich nicht an. Viel erreiche ich heute nicht mehr.

Ursprünglich hatte Stefanie mit dem geliehenen Kleinlaster einen Großteil ihrer Möbel an diesem Tag nach Sankt Pölten überstellen wollen.

Heute fahre ich nicht mehr nach Sankt Pölten, entschied sie. Sie riss eine Pizzaschnitte ab und biss in die Spitze des Teiges. Ohne zu kauen, schluckte sie das Stück hinunter und spülte gleich wieder mit Rotwein nach.

31

Lea konnte meine Kleine nicht beruhigen.

Hilflos stand ich in unserem Wohnzimmer, nur zwei bis drei Meter entfernt von den beiden. Sophie trug ihr Shirt mit dem Erdbeerenaufdruck und auch die Hose zierten ihre derzeitigen Lieblingsfrüchte. Sie war barfuß, sogar ihre Zehen spreizte sie von sich. Immer wieder wehrte meine Tochter Leas Versuche ab.

»Deine Mama ist nicht da«, versuchte Lea ihr zu erklären, doch Sophie war zu aufgebracht, sie hörte ihr nicht zu. Tränen kullerten der Kleinen über ihre Wangen, ihr Gesicht war mittlerweile rot angelaufen. Ich spürte, wie auch ich zu zittern begann.

»Schatzi!« Ich trat näher. »Mama ist im Urlaub.« Ich schluckte. »Aber sie kommt bald heim.«

Auch mir hatte meine Tochter nicht zugehört. Jetzt war es kein Rufen, sondern eher nur mehr ein Jammern nach ihrer Mama. Mehr und mehr schien ihr die Energie auszugehen.

Ich wartete noch einen Augenblick, dann hob ich Sophie hoch und drückte sie gegen meine Brust. Sie wehrte sich nicht dagegen, sie vibrierte aber am ganzen Körper, und sie glühte regelrecht. Fast so als hätte sie Fieber. Mit meiner rechten Hand hielt ich sie fest, mit der anderen strich ich ihr beruhigend über ihren Hinterkopf durch die schon leicht verfilzten Haare. Vor dem Schlafengehen mussten wir unbedingt Haare waschen. Sofort wunderte ich mich selbst darüber, welcher banale Gedanke mir in der Situation durch den Kopf schwirrte. Ich verdrängte ihn und streichelte weiterhin sanft über Sophies Hinterkopf. Bald atmete die Kleine ruhiger und sie kuschelte sich enger an mich.

»Alles wird gut!«, flüsterte ich ihr ins Ohr.

Dann hielt ich Inne, sagte nichts mehr.

Zuvor hatte Sophie nicht mitbekommen, dass ich gesagt hatte, ihre Mama würde bald nachhause kommen. Zu sehr hatte sie sich aufgeregt und weder Lea noch mir zugehört. Würde ich die Worte aber jetzt wiederholen, wäre es wie ein Versprechen, denn Sophie war nun ganz auf mich konzentriert. Sie saugte jedes meiner Worte auf. Sophie würde sich daran erinnern, und ich wäre dazu verdammt, alles zu unternehmen, damit Kathi zu uns zurückkäme.

Noch war ich dazu aber nicht bereit. Zu frisch waren die Erinnerungen. Zu tief die Wunden, die mir Kathi zugefügt hatte.

32

Der arme Herr Mayor.

Nicht Mayor.

Wir sind per Du.

Also Lukas.

Je mehr Wein Stefanie trank, desto mehr genierte sie sich für ihre Überreaktion. Ihr wurde mehr und mehr bewusst, dass sie die Situation in der Nacht zuvor vollkommen falsch eingeschätzt hatte. *Lukas hat die Situation nicht ausnutzen wollen. Nie und nimmer hätte er mich vergewaltigt. Ich habe mit ihm geflirtet. Zuerst war er nett zu mir, zuvorkommend, einer der wenigen, die sich mir gegenüber aufrichtig verhalten haben, ist er gewesen. Er hat sich nicht an meiner Niederlage geweidet.*

Stefanie streckte sich auf ihrem Bett aus. Auf dem Boden lag die leere Pizzaschachtel, es schien ihr, als verströme sie noch immer ihren typischen Duft im Raum. Die Rotweinflasche stand neben dem Foto am Nachtkästchen. Stefanie schwenkte die Flüssigkeit in ihrem Glas, das sie schräg über ihrem Kopf hielt. Fasziniert beobachtete sie, wie sich die Schleier im Glas immer wieder veränderten. Sie führte das Glas näher an ihre Nase. Der Beerenduft übertönte den der Pizza.

Weg damit.

Sie hob ihren Kopf, hielt das Glas an ihre Lippen und leerte es mit zwei Schlucken.

Ich muss ihn anrufen, muss hören, wie es ihm geht.

Stefanie stellte das leere Glas neben die Flasche.

Wo ist bloß mein Handy?

Sie rollte sich zur Seite, dann stützte sie sich mit ihren Händen ab und stand auf. Ihr war schwindlig, sie blieb einige Sekunden stehen, dann hangelte sie sich torkelnd entlang der Umzugskartons bis ins Vorzimmer.

Da ist es ja.

Sie entsperrte den Touchscreen und suchte nach Mayor Steinkellners Namen.

Hoffentlich liegt er nicht im Spital. Er hätte jedes Recht mich zu verklagen.

Kein richtiger Mann gibt sich diese Blöße. Schon gar nicht, wenn er eine COBRA-Einheit leitet. Sein Team lacht sich sonst tot.

Trotz ihrer Gedanken beschleunigte sich ihr Puls. Die Verbindung wurde aufgebaut, dann klingelte es am anderen Ende. Lukas, Mayor Steinkellner würde jeden Moment zu hören sein. Ihre Haut kribbelte, ihr wurde heiß, obwohl sie nicht vor dem Spiegel stand, wusste sie, dass ihr Gesicht rot angelaufen war. Stefanie war nahe dran, wieder aufzulegen, doch dann hörte sie tatsächlich seine Stimme. Auf Tonband. Ihr Anruf war zur Mobilbox weitergeleitet worden.

Sprich jetzt.

»Lukas, ich bin es, Stefanie.«

Sie schluckte, ihr Hals war ausgetrocknet. Stefanie verfluchte sich dafür, dass sie das Glas Wein nicht wieder gefüllt und dann mitgenommen hatte.

»Es tut mir so leid!«, krächzte sie. »Ich weiß auch nicht, was in mich gefahren ist. Bitte verzeih mir!«

Stefanie legte auf.

Bitte verzeih mir!

Du bist so erbärmlich.

Bescheuerte Idee ihn anzurufen. Betrunken wie du bist.

Was, wenn er zurückruft? Ich kann nicht mit ihm reden.

Du führst dich auf wie ein Teenager.

Trotzdem.

Stefanie schaltete ihr Smartphone in den Flugmodus und legte es wieder auf die Vorzimmerkommode.

33

Gehen Sie nicht zur Polizei, oder sie stirbt. Die E-Mail der Entführer – oder falls er alleine arbeitete, des Entführers – lieferte mir einen Freibrief, zur Polizei zu gehen. Ich wäre von jeglichem Verdacht befreit, selbst etwas mit Kathis Verschwinden zu tun zu haben. Niemand würde glauben, ich hätte das Schreiben selbst verfasst. Keiner würde sich dafür interessieren, dass ich schon viel früher nach Österreich zurückgekommen war, als ich Kathi hatte glauben lassen. Und auch Lea wusste nichts davon.

Oder etwa doch?

Erst jetzt betrachtete ich die Absenderadresse der E-Mail genauer: 123abc987zyx@google.com.

Die Adresse sagte mir rein gar nichts und gab auch keinen Aufschluss darüber, welche Herkunft Kathis Entführer hatten.

Würde die Polizei anhand der hinterlegten IP-Adresse den genauen Standort herausfinden? Wie schnell ginge das?

Wenn Kathis Entführer Profis waren, und davon ging ich aus, dann wären sie nicht so dämlich, es den Fahndern derart leicht zu machen. Wahrscheinlich hatten sie die Nachricht von einem mobilen Gerät abgeschickt.

Zu viele Fragen. Zu wenige Antworten.

Mit irgendjemandem musste ich reden, und zwar möglichst bald. Ich musste mich mit jemandem darüber beraten, was zu tun war. Wenn ich ehrlich zu mir selber war, blieb mir dafür nur ein einziger gangbarer Weg.

Ich klickte das Druckersymbol an. Unser Tintenstrahldrucker zog auch sofort ein Blatt Papier ein. Danach begann es zu rattern. Als er fertig war, griff ich mir das bedruckte Blatt und stieg barfuß die Stufen nach oben in den ersten Stock. Dort öffnete ich die Schlafzimmertür. Sophie schlief in ihrem rosa

Kleidchen in Seitenlage in unserem Ehebett. Sie wirkte klein und verletzlich darin und hielt einen handbreiten Abstand zu Lea, die ihren Kopf mit ihrer Hand seitlich abstützte und zu mir schaute. Leas schwarze Haare berührten noch Kathis Kopfpolster. Ich trat bis an den Rand des Doppelbettes, beugte mich nach vorne und hielt Lea das Blatt Papier hin. Stumm nahm sie es entgegen und begann zu lesen. Ihre Augen weiteten sich. Also sie zu Ende gelesen hatte, schaute sie mich fragend an. Mit meinem Arm zeigte ich zur Tür, Lea nickte und gab mir das Blatt zurück. Danach richtete sie sich ganz auf, stützte sich auf ihren Armen ab und beförderte ihre blassen Beine über Sophie hinweg. Der Lattenrost knarrte unter der Matratze. Beide hielten wir kurz Inne und bewegten uns nicht, doch Sophie schlief weiter, sie hatte nichts mitbekommen. Wie eine geschmeidige Katze rollte sich Lea dann aus dem Bett und folgte mir ins Stiegenhaus. Wir ließen die Tür angelehnt und flüsterten.

»Was willst du jetzt machen?«, fragte mich Lea.

»Was soll ich deiner Meinung nach tun?«, entgegnete ich.

Leas Stirn legte sich in Falten. Damit, dass ich ausgerechnet sie um Rat fragen würde, hatte Lea offenbar nicht gerechnet. Ich war mir darüber im Klaren, dass es nicht fair ihr gegenüber war, doch nach wie vor sah ich keine andere Alternative. Immerhin war Lea die einzige Person, die bisher davon wusste, dass Katharina abgängig war.

Einige Sekunden vergingen. Unsere mobile Mami dachte nach, ich ließ sie währenddessen nicht aus den Augen. Schließlich stellte mir Lea zwei Fragen. Danach wusste ich, was ich zu tun hatte.

Sonntag

34

Ich saß auf Nadeln, wartete auf weitere Instruktionen des namenlosen E-Mail-Schreibers, der behauptete, meine Frau in seinen Händen zu haben.

Warum hatten sie ausgerechnet Kathi entführt? Meine Frau und ich waren nicht wohlhabend. Wir hatten zwar keine Schulden – uns aber erst vor kurzem dieses Haus am See geleistet und daher blieben uns keine nennenswerten Barreserven. Der abgelegene Bauernhof, den ich erben könnte, war wertlos. Der war verfallen, wir müssten jede Menge Geld hineinstecken, bevor an einen Verkauf zu denken wäre.

Natürlich, gestand ich mir ein, waren wir im Vergleich zu neunzig Prozent der österreichischen Gesellschaft auf der Butterseite des Lebens gelandet. Uns mangelte es an nichts. Wir konnten uns mit unseren beiden Gehältern Sophies mobile Mami leisten, einmal die Woche bezahlten wir eine Reinigungskraft ganz offiziell mittels Dienstleistungsscheck für den Hausputz und auch für die Gartenpflege hatten wir bereits eine Hilfe gefunden.

Wir waren wohlhabend, aber nicht reich.

Ich kannte viele wirklich reiche Leute, berufsbedingt.

Leute, die mehrere Häuser, Luxusautos und sogar Yachten oder Privatflugzeuge ihr Eigen nannten, waren Kundschaften der Firma, für die ich arbeitete, und damit auch von mir. Auf sämtlichen Erdteilen verstreut waren sie daheim. Überallhin folgten wir ihnen und betreuten sie durch unsere lokalen Partner, die ich durch meine Geschäftsreisen auf den neuesten Stand unserer Entwicklungen brachte. Nur die österreichischen Kunden betreuten wir selbst, ohne Partner.

Ich überlegte, welche Termine ich absagen würde müssen. Am Montag stand nichts Wichtiges an. Da war die Aufarbeitung meiner Reise geplant. Natürlich würde mein Chef eine kurze mündliche Zusammenfassung der wichtigsten Geschehnisse wollen, aber der konnte durchaus auch den einen oder anderen Tag länger warten. Am Dienstag war die Lage eine andere. Das wusste ich, ohne mein Outlook zu konsultieren. Der Termin bei den Heidenreichs stand seit Monaten fett in all meinen Kalendern vermerkt und ich hatte in den letzten Tagen schon mehrere Erinnerungsmails in meinen Posteingang bekommen. Wenn ich diesen Termin absagen musste, wäre das ohne Frage eine Katastrophe für die Firma und könnte unserem Image nachhaltig schaden. Paul Heidenreich wollte, seit er uns den Zuschlag erteilt hatte, nur mit mir persönlich arbeiten. Einen Ersatzmann würde er nicht akzeptieren; eine Ersatzfrau schon gar nicht.

Noch war aber nicht Dienstag, sondern Sonntag. Die Entführer hatten noch jede Menge Zeit, sich zu melden und mir ihre Forderungen zu übermitteln. Es ging um Leben und Tod, da waren mir Heidenreichs Gemütszustände oder auch ein eventueller Schaden für die Firma egal! Ich musste Kathi einfach frei und wohlbehalten für Sophie zurückbekommen. Daran würde ich alles setzen. Noch war mir nicht klar, wie die Forderung aussehen würde. Vielleicht hatte es sogar etwas mit der Firma zu tun? Möglich wäre es.

Gott sei Dank hatte ich Lea.

Ich schaute durch die verglaste Terrassentür in den Garten

hinaus. Sophie spielte in der Sandkiste mit ihrem Lieblingsbagger. Lea spannte gerade den Sonnenschirm auf, sodass meine Kleine nicht mehr in der prallen Sonne schmorte. Zuvor hatte sie Sophie mit Sonnencreme eingeschmiert. Darauf hätte ich angesichts der Umstände sicher vergessen.

Lea.

Zuerst hatte sie unsicher und fast schon überfordert gewirkt, als ich sie um ihren Rat gebeten hatte. Doch dann hatte sie mir zwei Fragen gestellt, und alles war plötzlich klar gewesen: »Wie willst du später einmal Sophie erklären, dass du zur Polizei gegangen bist, obwohl die Entführer geschrieben haben, dass dann ihre Mutter stirbt?« Lea hatte nur eine ganz kurze Pause eingelegt und mich währenddessen mit ihren großen Augen eindringlich angesehen. Dann hatte sie hinzugefügt: »Was, wenn die Entführer Katharina dann umbringen und Sophie dir das ein Leben lang vorwirft?«

35

Stefanie konnte die Schranktür aus Vollholz kaum noch festhalten. Sie stöhnte auf, war nahe dran, sie einfach auf den Boden fallen zu lassen. Stattdessen hielt sie jedoch die Tür mit ihren Fingern verkrampft fest. Langsam beugte sie ihre Knie und ging in die Hocke, dabei bemühte sie sich, ihren Rücken weiterhin möglichst aufrecht zu halten. Mit letzter Kraft schaffte sie es, die Tür an die Wand ihres neuen Schlafzimmers zu lehnen, ohne sie auf den Boden krachen zu lassen. Erst jetzt schnaufte sie erleichtert durch.

Den Kasten bekomme ich heute nie und nimmer zusammengebaut. Auch morgen nicht. Alleine ist das nämlich unmöglich.

Heute schaffe ich nur mehr sämtliche Einzelteile in mein neues Heim. Alles, was im Lieferwagen ist, gehört dort raus und hier reingebracht.

Notfalls lege ich die Matratze einfach auf den Boden und schlafe darauf. Den Lieferwagen muss ich spätestens heute Abend wieder in Wien abliefern, danach fahre ich mit meinem Auto zurück nach Sankt Pölten.

Morgen Arbeitsbeginn.

Warum habe ich nur gestern nicht schon mehr vom Umzug erledigt? Die erste Fahrt hätte ich noch gestern absolvieren sollen.

Natürlich wusste Stefanie, womit sie am Vortag den Großteil ihrer Zeit verbracht hatte.

Du musstest dich ja unbedingt bei deiner Ausstandsfeier betrinken und dann am Tag danach auch noch deinem Ex nachstellen. Und dich später nochmals volllaufen lassen. Kein Wunder, dass du nicht mehr zusammengebracht hast.

Konzentrier dich auf deine neuen Aufgaben! Es ist Zeit, mit allem Alten abzuschließen.

Stefanies Handy vibrierte auf dem Fensterbrett vor sich hin. Um nicht abgelenkt zu werden, hatte sie es schon zu Beginn ihrer Fahrt auf Stumm geschaltet.

Ignorieren oder doch nachsehen?

Meine Hände brauchen ohnehin eine Pause. Und mein Rücken auch.

Entgegen ihrem ursprünglichen Plan siegte Stefanies Neugier. Als sie ihr Smartphone in ihre Hand nahm, war der Anrufer bereits an ihre Mobilbox weitergeleitet worden. Stefanie sah jedoch, wer angerufen hatte:

Mayor Steinkellner.

Lukas.

Erst nachdem eine Minute des Wartens verstrichen war, hörte sie ihre Mobilbox ab.

»Hallo Stefanie, mir geht es gut, du hast keine irreparablen Schäden angerichtet. Alles Gute und viel Glück in Sankt Pölten.«

Alles Gute und viel Glück.

Hat er mir wirklich verziehen? Hat Lukas meine Entschuldigung angenommen?

Soll ich ihn zurückrufen?

Vergiss es! Du siehst ihn wahrscheinlich nie wieder. Schließe endlich mit der Vergangenheit ab!

Auch mit dem Mayor.

Stefanie legte ihr Smartphone wieder auf das Fensterbrett. Bei dem Gedanken an die noch im Transporter verbliebenen Schrankteile und Umzugskartons wurde ihr kurz flau im Magen.

Du schaffst das!

Entschlossen stieß sie einmal mehr die Eingangstür ihres neuen Zuhauses auf, um die nächste Ladung ihres Hab und Guts zu holen.

Montag

36

»Morgen sind Sie aber bei Heidenreich!«
»Ja, sicher.«
»Der duldet keinen Aufschub.«
Das wusste ich auch selbst.
»Jemand anderen kann ich nicht hinschicken.«
»Ich werde dort sein, versprochen.«
Steiners Schnauben war durchs Telefon zu hören. Wieso machte mir mein Chef noch zusätzlich mein Leben schwer? An diesem Montag stand nichts Wichtiges an, und die Eckpunkte meiner zweiwöchigen Geschäftsreise hatte ich ihm gerade kurz am Telefon zusammengefasst. Die vergangenen Tage waren für mich zu nervenaufreibend gewesen. Vor allem der Sonntag, an dem rein gar nichts mehr passiert war, hatte mich viel Kraft gekostet. Ich war nahe dran, es mit der Diplomatie sein zu lassen und meinen Chef einfach anzubrüllen. Doch er kam mir zuvor: »Also gut«, sagte Steiner. »Sie können heute daheimbleiben, aber morgen.«

»Morgen bin ich bei den Heidenreichs«, bestätigte ich noch einmal. »Sie können sich auf mich verlassen.« Das »Danke«, das mir schon auf der Zunge gelegen hatte, schluckte ich hinunter. Steiner tat ja fast so, als würde er mir den freien Tag schenken, dabei hatte ich nur einen meiner Urlaubstage beantragt, zwar zugegebenermaßen sehr kurzfristig, aber der Tag würde mir trotz allem von meinem Urlaubskonto abgezogen werden und war damit alles andere, nur kein Geschenk der Firma.

Ohne mich zu verabschieden, beendete ich das Telefonat. Gleichzeitig hörte ich das typische Geräusch der sich öffnenden Haustür. Die Alarmanlage piepste, nach wenigen Augenblicken verstummte sie jedoch wieder. Sofort rauschte das Blut in meinen Ohren, mein Herz pochte wild in der Brust. Die Alarmanlage war scharfgeschaltet gewesen, die Haustür hatte ich versperrt. Lea schlief noch bei Sophie. Das konnte also nur bedeuten, dass jemand mit Kathis Schlüssel die Tür aufgesperrt hatte. Der Einbrecher musste dann mit Kathis Chipsensor den Alarm deaktiviert haben, noch bevor die Anlage den Einbruch an die Zentrale gemeldet hatte. Genau dafür war der zeitverzögerte Alarm vorgesehen.

Was sollte ich tun?

Ich durfte ihn nicht zu Sophie und Lea nach oben in den ersten Stock lassen! Mehrere Sekunden klebte ich wie festgefroren auf meinem Bürosessel und suchte mit meinen Augen den Raum nach einer Waffe ab. Der rosarote Locher! Ich griff ihn mir, sprang auf und lief auf Zehenspitzen zur Tür. Durch den offenen Spalt lugte ich in den dunklen Vorraum. Schematisch erkannte ich die Kontur einer Frauengestalt.

»Kathi?«, rief ich.

Die Frau zuckte zusammen, dann drehte sie sich zu mir um.

37

»Ich habe Sie mir nicht ausgesucht.«

Direktor Böck hakte seine beiden Daumen in die blau-roten Hosenträger ein und musterte sie.

»Weswegen wollten Sie überhaupt weg vom BKA?«

Inspektorin Stefanie Leitner tat ihrem neuen Vorgesetzten nicht den Gefallen, ihm ihr Vergehen unter die Nase zu reiben. Wenn die Gerüchte noch nicht zu ihm vorgedrungen waren, umso besser!

»Persönliche Gründe.«

Stefanie machte sich nichts vor:

Früher oder später wird er es erfahren.

Ihre Antwort war daher gut dosiert gewesen und vor allem hatte sie nicht gelogen.

»Nun gut«, sagte Böck schließlich. »Wir können jeden Mann, pardon, jede Frau dringend brauchen. Ihr Vorgänger …«

»Ich weiß, was mit ihm geschehen ist«, unterbrach Stefanie ihren Vorgesetzten. Im Gegensatz zu ihm, war sie vorbereitet. Stefanie hatte wissen wollen, was auf sie im neuen Job zukam.

Böck nickte. »Ja, leider«, stellte er fest. »Die Zeitungen waren voll davon. Schreckliche Geschichte. Zwei Ausfälle sind schwer zu verkraften.« Böck strich sich nun mit beiden Händen die Krawatte über seinen überdimensionalen Bauch glatt. »Einer der beiden wird zurückkommen. Vorerst müssen sie jedoch alleine arbeiten.«

Stefanie hatte nicht den Zeitungen vertraut, sondern sie hatte sämtliche Kontakte angezapft, die ihr noch geblieben waren. Insofern war sie nicht überrascht.

»Für kurze Zeit kein Problem«, antwortete sie.

Böck brauchte ja nicht unbedingt zu wissen, dass sie sogar erleichtert darüber war, alleine auf Verbrecherjagd zu gehen. Denn sie hasste Teamarbeit. Immer auf andere Rücksicht zu nehmen, war mühsam. Eine einfachere Zusammenarbeit mit ihren neuen Kollegen beim LKA Niederösterreich als mit jenen beim BKA erwartete sie beim besten Willen nicht.

Böck tat sich schwer, aus seinem Sessel hinter dem Schreibtisch hochzukommen. Erst als Stefanie auch aufstand, registrierte sie, dass sie ihren Vorgesetzten mit ihren ein Meter siebzig Zentimetern überragte. Böck streckte ihr die Wurstfinger seiner rechten Hand entgegen.

»Willkommen und auf eine gute Zusammenarbeit!«

Böcks Gesichtsausdruck sprach Bände, weiterhin las Stefanie darin seine Ablehnung ihr gegenüber. Noch war sie sich nicht sicher, ob der Grund darin lag, dass sie eine Frau war – oder dass sie Böck praktisch aufs Auge gedrückt worden war, und er nicht selbst darüber hatte entscheiden dürfen, ob sie in sein Team passte oder nicht.

Stefanie kostete es einiges an Überwindung, Böcks Handschlag zu erwidern. Das »Danke« versuchte sie so selbstbewusst wie möglich klingen zu lassen.

Nach einer gefühlten Ewigkeit ließ Böck ihre Hand wieder los und drückte auf einen der Taster seines Festnetztelefons. »Bringen Sie Inspektorin Leitner an ihren Arbeitsplatz«, befahl er seiner Assistentin, die Stefanie zuvor schon kennengelernt hatte.

38

»Hallo Harald.«

Das war nicht Kathi, die da im Vorraum stand. Meine Frau war nicht zurückgekehrt. Sie war den Entführern nicht entkommen.

»Du siehst aus, als hättest du einen Geist gesehen.«

Svetlanas Ähnlichkeit mit meiner Frau war mir bisher noch nie so bewusst gewesen, wie in diesem Moment. Ich brauchte einige Augenblicke, um meine Gedanken zu ordnen.

»Geht es dir nicht gut?«, wollte unsere Putzfrau wissen.

Nun fiel es mir wie Schuppen von den Augen. Natürlich hatte neben Lea auch Svetlana einen Chipsensor für die Alarmanlage und einen Haustürschlüssel von mir bekommen. Beide konnten so jederzeit ins Haus, ohne den aktuellen Code für die Alarmanlage kennen zu müssen.

Noch immer musterte mich Svetlana besorgt.

»Ja, alles in Ordnung«, antwortete ich. »Ich habe nur gerade geglaubt, du wärst Kathi. Die ist nämlich auf Kurzurlaub in der Therme«, fügte ich erklärend hinzu.

»Ist Sophie mit? Dann fange ich heute oben an.«

Ich hob meine Hand. »Nein, Sophie ist bei mir geblieben. Sie schläft noch.«

»Aber Sophie hängt doch so an Kathi.«

»Schon, aber meine Frau braucht etwas Zeit für sich.«

Svetlana wartete offensichtlich noch auf eine weitere Erklärung, doch die blieb ich ihr schuldig. Mehr lügen als unbedingt notwendig wollte ich nicht.

»Gut, dann fange ich unten an. Gibt es viel Wäsche zu bügeln?«

Wäsche bügeln? Bisher hatte ich nur die Toiletttasche und den Rasierapparat aus meinem Koffer geräumt. Die gesamte Schmutzwäsche meiner zweiwöchigen Reise stank noch im Koffer vor sich hin.

Hatte Kathi noch Wäsche gewaschen, bevor sie entführt worden war? Keine Ahnung. Es war auch egal.

»Ich weiß es nicht«, antwortete ich wahrheitsgemäß. Danach zeigte ich mit meiner Hand nach oben. »Jetzt muss ich nach Sophie schauen.« Ohne eine Antwort abzuwarten, drehte ich mich um und stieg die Stufen hinauf. Svetlana putzte und bügelte schon seit mehreren Wochen regelmäßig bei uns, sie musste selber wissen, was zu tun war und wie sie sich ihre Arbeit einteilte.

39

Es fühlte sich eigenartig an, am Schreibtisch eines Toten zu sitzen. Nichts deutete mehr auf ihren Vorgänger hin, und trotzdem war er für Stefanie allgegenwärtig. Sie wusste, wie er ausgesehen hatte. Sogar Fotos von der Trauerfeier geisterten vor ihrem inneren Auge herum. Bilder der Angehörigen, die um ihn geweint hatten, verheulte Augen einer attraktiven jungen Frau.

Das habe ich in den letzten Tagen gut verdrängt. Die Feier, der Umzug, all die Dinge haben mich abgelenkt von den Gedanken an meine neue Aufgabe und davon, was erst vor kurzem mit meinem Vorgänger passiert ist.

Stefanie drückte den seitlichen Hebel unter der Sitzfläche des Schreibtischsessels, die nun nach unten sank. Jetzt berührten die Fußsohlen ihrer Schuhe den Boden. Ihr ermordeter Vorgänger war im Gegensatz zu ihrem neuen Vorgesetzten eindeutig größer als sie selbst gewesen. Sie zog ihren Computer aus ihrer Laptoptasche heraus. Glücklicherweise hatte sie ihn behalten dürfen. Sie startete ihn und loggte sich ohne jegliche Probleme ins System des LKA ein.

Böck hatte ihr noch keinen der offenen Fälle explizit zugewiesen. *Okay, das wird schon noch kommen.* Stefanie klickte sich durch die Informationen, die allen Mitarbeitern zur Verfügung standen.

Es gibt genug zu tun, jede Menge Cold Cases und auch einige neuere noch ungelöste Fälle.

Wo gibt es hier eine Kaffeemaschine?

Die beiden Ermittler würden doch auch in ihrem eigenen Büro ein Gerät zur Koffeinzufuhr haben, oder etwa nicht? Stefanie schaute sich um, erstmals umrundete sie den Schreibtisch. Jetzt bemerkte sie das Familienfoto ihres zukünftigen Kollegen.

Er wirkte sympathisch, wahrscheinlich war er in etwa in ihrem Alter. Stefanies Sohn Bernhard zählte sicher schon mehr Jahre als die älteste der beiden Töchter auf dem Foto. Natürlich wusste Stefanie nicht, vor wie vielen Jahren die Fotografie aufgenommen wurde und konnte sich daher nicht sicher sein.

Und außerdem habe ich Bernhard schon eine Ewigkeit nicht mehr gesehen, und auch nicht gesprochen. Ich weiß gar nicht, ob er wirklich älter ausschaut als das Mädchen.

Stefanie wollte nicht über ihre eigenen Probleme nachdenken. Stattdessen betrachtete sie weiter die Fotografie:

Auch die Frau scheint umgänglich und von der Sorte zu sein, die man gerne als beste Freundin hätte.

Wenn man denn der Typ für eine beste Freundin ist.

Was sie wohl jetzt gerade so treiben?

Bevor Stefanie ihrer Fantasie freien Lauf lassen konnte, lenkte sie das Klingeln des Festnetztelefons ab. Stefanie umrundete den Schreibtisch und ließ sich auf ihren Sessel fallen.

»Leitner«, meldete sie sich.

»Ihr erster Fall.«

Stefanie erkannte Böcks Stimme.

»Eine Frau ist in Reinsberg erschossen worden.«

Nachdem Böck aufgelegt hatte, kribbelte es bereits in Stefanies Zehenspitzen. So war es bisher noch jedes Mal gewesen, wenn sie einen Fall zugewiesen bekommen hatte. Sie war froh, dass sich dieses Gefühl mit ihrem Wechsel ins LKA nicht verabschiedet hatte. Zwar hatte sie keinerlei Ahnung, wo sich Reinsberg und damit der Fundort des Opfers befand, aber das würde sie in Kürze herausgefunden haben.

40

»Grüße von Ihrer Frau!«

Der Betreff der Nachricht lenkte mich von meiner Tochter ab. Ich starrte auf das Display des Smartphones. Im Wohnzimmer wischte Svetlana gerade den Boden. Lea war in ihre Wohnung gefahren, um sich umzuziehen und dort zu duschen. Diesmal begleiteten wir sie nicht.

»Zumindest für ein bis zwei Stunden brauche ich meine Privatsphäre«, hatte unsere mobile Mami erklärt. Dagegen hatte ich nichts einwenden können, zwar hatte Sophie geweint, aber wir hatten Lea gehen lassen.

Sophie und ich formten gerade Figuren aus Plastilin. Meine Kleine stupste mich am Arm.

»Aufmachen!«

Ich reagierte nicht, war mit meinen Gedanken bei der Nachricht. Am liebsten wäre ich sofort zum Laptop gelaufen, um sie dort zu lesen. Oder viel einfacher – ich könnte sie gleich am Smartphone öffnen.

»Aufmachen!«, beharrte Sophie.

Meine Tochter hielt mir den kleinen Plastikbehälter entgegen, der mit einem rosa Deckel versehen war. Ich legte mein Smartphone auf den Parkettboden und nahm den Behälter entgegen. Dann zog ich den Deckel ab und stach mit Zeige- und Mittelfinger in die rosa Masse.

»Was wollen wir formen?«, fragte ich.

Gut die Hälfte des Plastilins klebte bereits an meinen beiden Fingern, ein Teil auch unter den Fingernägeln.

»Sweinchen.«

Sophie hielt mir ihr rosa Stofftierschwein entgegen.

»Sollen wir Plastilin-Schweinchen auch eine Windel anziehen?«

Die Augen meiner Tochter leuchteten vor Freude.

»Ja! Windel!«

So ruhig wie möglich formte ich die vier Beine, dann den Kopf samt den Ohren und schließlich einen kleinen Schwanz. Danach griff ich mir den Behälter mit dem weißen Deckel und nahm ein deutlich kleineres Stück des Plastilins heraus, drückte es flach und presste es um den Schwanz und die Hinterbeine des Schweins.

»Hier!«

Sophies Finger hielten die Figur sofort fest, sie drehte sie in sämtliche Richtungen und bewunderte das neu geformte Schweinchen dabei. Rasch strich ich währenddessen über das Display meines Handys, rief meinen Google-E-Mail-Eingang auf und las die Nachricht der Entführer: Besorgen Sie den Chipsensor für die Alarmanlage in Heidenreichs Haus! Weitere Instruktionen folgen danach. Keine Polizei, sonst …

41

Bei Wieselburg lotste das Navi Stefanie von der Autobahn. Den Namen des Ortes kannte sie. Wenn sie sich nicht täuschte, verdankte ein bekanntes Bier seinen Namen Wieselburg. Doch als sie den Ort durchquerte, hielt sie vergeblich Ausschau nach einer Brauerei. Stattdessen fielen ihr das Messezentrum und eine schier unendlich große Fabrik am Ortsende auf.

Weiter fuhr sie auf einer Bundesstraße Richtung Scheibbs, jede Menge Lastwagen verhinderten ein schnelles Vorankommen, dann bog sie rechts ab. Sie kurvte durch das hügelige Alpenvorland des Mostviertels. Links und rechts abwechselnd Wiesen und Wald, und immer wieder einmal ein Bauernhof.

Dann bog sie links ab, jetzt wurde die Straße schmäler und sie schien stetig leicht anzusteigen.

Reinsberg war ein Dorf, Stefanie schätzte es auf unter 1.000 Einwohner, musste sich aber eingestehen, keinerlei Ahnung zu haben, worauf ihre Annahme basierte. Umso überraschender war es für sie, dort opulente Plakate zu entdecken, welche die Oper Tosca ankündigten. Noch verwirrender für Stefanie war es festzustellen, wo die Oper aufgeführt werden sollte – nämlich auf der Burgruine Reinsberg.

Wer soll sich denn hierher verirren?

Ein Mörder?

Oder lebt er ohnehin seit seiner Geburt unter den Einheimischen? Ist er gar einer von ihnen?

Stefanie folgte weiterhin den Instruktionen ihres Navigationssystems. Sie passierte die Zufahrt zur Burgruine, danach fiel ihr ein Hinweisschild mit der Aufschrift »Jausenstation Hochschlag« auf. Doch auch diesem Wegweiser durfte sie nicht folgen. Die Straße wurde nochmals schmäler, war aber noch immer asphaltiert und verlief steil bergauf. Ein Nadelwald umgab die Fahrbahn an beiden Seiten, abwechselnd warfen die Bäume Schatten und ließen dann wieder Sonnenstrahlen durch.

Schon bald lenkte Stefanie ihren Wagen auf eine Lichtung, vor ihr tauchte ein Bauernhof auf. Ganz offensichtlich stimmte hier etwas ganz und gar nicht. Mitten auf der Zufahrt zum Hof stand eine Kuh. Seelenruhig bewegte sie ihren Kiefer, machte aber keinerlei Anstalten auszuweichen. Nur wenige Meter daneben, am Straßenrand, graste ihre braunweiß-gefleckte Schwester.

Stefanie stellte den Motor ihres Autos ab und betrachtete die braune Kuh genauer:

Vier Zitzen und ein mächtiges Euter.

Beruhigt stieg sie aus und umrundete zu Fuß die Kuh, die

sich keinen Zentimeter bewegte. Vor dem Bauernhof parkten Einsatzfahrzeuge, diese visierte Stefanie an, dabei musste sie aufpassen, in keine Kuhfladen zu treten.

»Ist hier jemand?«, rief Stefanie, als sie bei den Autos angekommen war.

»Hierher!«

Jetzt sah sie den jungen Polizisten, der ihr gerufen hatte. Er stand an der äußersten Hausecke, winkte und lief ihr entgegen. »Sie müssen Inspektorin Leitner sein! Kommen Sie, hier entlang!«

Stefanie schüttelte die ihr dargebotene Hand. Anstatt sich vorzustellen, zeigte sie dem jungen Mann ihren Ausweis. Danach folgte sie ihm in den Innenhof. Die Spurensicherung war schneller als sie gewesen, das hatte Stefanie zuvor schon anhand der Fahrzeuge vermutet. Immerhin lag das Opfer aber noch mitten im Hof, genau so, wie man es gefunden hatte. Stefanie nickte ihren neuen Kollegen zu, dann trat sie näher, sodass sie das Gesicht der Ermordeten sehen konnte.

Ungefähr in meinem Alter. Kein guter Zeitpunkt, jetzt schon den Löffel abzugeben.

»Wissen wir schon, wer die Ermordete ist?«, fragte sie den Polizisten.

42

Sophie schaufelte mit ihrem Lieblingsbagger Sand in den Kipplaster. Lea spannte währenddessen den Sonnenschirm neben der Sandkiste auf. Kater Felix lief einem Schmetterling hinterher. Ich beobachtete die Szene durch das Glas der gekippten Terrassentür.

Noch immer hatte ich Sophies verweinte Augen vor mir. Nur eine Viertelstunde war verstrichen, seit meine Tochter vehement nach ihrer Mama verlangt hatte. Gott sei Dank war Lea zurückgekehrt, denn ich hatte Sophie einfach nicht mehr beruhigen können. Meine Kleine hatte keine ausweichende Antwort akzeptiert. Sie hatte darauf bestanden, sofort Kathi in deren Urlaubsdomizil zu besuchen. Leas Ankunft hatte sie dann aber doch genügend abgelenkt. Nun saß sie in der Sandkiste und verschwendete scheinbar keinen Gedanken mehr an Katharina. Ich hingegen umso mehr. Ich musste sie unbedingt aus den Fängen ihrer Entführer frei bekommen. Auch wenn mich Katharina zutiefst verletzt hatte, sie war Sophies Mutter. Meine Tochter brauchte ihre Mama. Wie es nach Kathis Befreiung mit ihr und mir weitergehen würde, wusste ich nicht, es lag auch nicht alleine in meinen Händen, aber ich musste einfach alles dafür tun, dass Sophie ihre Mutter zurückbekam.

Lea setzte sich seitlich auf die Umrahmung der Sandkiste. Ihre Beine waren noch blasser als der Sand in der Kiste.

»Was, wenn Kathi stirbt und Sophie erfährt, dass du zur Polizei gegangen bist und damit das Leben ihrer Mutter aufs Spiel gesetzt hast?« So oder so ähnlich hatte Leas Frage gelautet.

Sophie würde es mir nie verzeihen.

Aber was, wenn ich nicht zur Polizei gehe und Kathi kommt nicht frei, sondern wird ermordet? Auch das würde mir Sophie später einmal vorwerfen und nicht verzeihen. Würde ich es mir überhaupt selbst verzeihen können? Ich wusste es nicht, hoffte jedoch darauf, dass ich mir die Antwort auf diese Frage nie würde geben müssen.

Ich blies die Luft durch Mund und Nase hinaus. Noch hatte ich Lea nicht von der neuen E-Mail erzählt. Sollte ich mich der jungen Frau noch einmal anvertrauen? Wenn ich auf die Forderung einsteigen würde und den Chipsensor für Heidenreichs

Haus später an die Entführer übergab, dann wäre Lea meine Komplizin, aber nur, wenn ich sie darüber informiert hätte. Wahrscheinlich würde sie sich strafbar machen, wenn sie nicht umgehend zur Polizei lief. Lea steckte aber ohnehin schon tief drinnen im Sumpf meiner Lügen. Trotzdem wollte ich sie nicht noch weiter hineinziehen.

Mit wem könnte ich sonst noch reden? Als ich nach Kathi gesucht hatte, waren mir nicht viele Namen eingefallen. Letztendlich war ich bei Kathis bester Freundin Barbara gelandet. Doch jetzt ging es um mich. Um eine Entscheidung, die ich treffen musste. Es ging darum, ob ich nun endlich die Verantwortung abgab und zur Polizei marschierte, oder den Vorgaben der Entführer Folge leistete.

Was sollte ich nur tun? Wer konnte mir weiterhelfen?

Daniel.

Ich würde Daniel anrufen. Mein bester Freund aus meiner Jugendzeit lebte und arbeitete mittlerweile in Salzburg, daher sahen wir uns sehr selten, viel zu selten. Er war jedoch der einzige meiner Freunde, mit dem ich über das mehr als heikle Thema sprechen konnte. Daniel würde auch nicht selbst zur Polizei laufen und schon gar nicht würde er mich später verpfeifen. Ihm konnte ich vertrauen.

Ich wählte seine Nummer, er hob schon nach zwei Sekunden ab.

»Hallo Harald«, begrüßte er mich. »Du, es geht gerade nicht, kann ich dich am Abend zurückrufen?«

Nein, so lange habe ich nicht Zeit. Ich muss es jetzt wissen! Das wollte ich antworten, doch ich war zu perplex. »Ja, sicher«, sagte ich und beendete das Telefonat. Ich legte mein Smartphone zurück auf die Kücheninsel. Draußen schaufelte Sophie gerade Sand von der Sandkiste auf die grüne Wiese. Lea hielt sie nicht davon ab.

43

Maria Unger, so hieß die Tote, lag in ihrem eigenen Blut und in ihren Exkrementen, die Verwesung hatte bereits eingesetzt. Obwohl sich die Leiche im Freien befand, war der Gestank, der von ihr ausging, nur schwer zu ertragen. Die Ermordete trug ein hellbraunes Kopftuch, einen leichten grauen Mantel und schwarze Gummistiefel.

»Sie hat gerade ihre Kühe in den Stall getrieben.«

»Sehe ich auch so«, bestätigte Stefanie dem jungen Polizisten, der sie zum Fundort begleitet hatte. Allem Anschein nach handelte es sich gleichzeitig auch um den Tatort. Stefanie erinnerte sich an das volle Euter der Kuh, die ihr zuvor die Zufahrt versperrt hatte.

»Ist hier sonst niemand? Wo ist der Bauer?«, wollte sie wissen.

»Laut Melderegister hat Maria Unger hier allein gelebt.«

»Die Tote war eine alleinstehende Bäuerin?«

»Sieht so aus.«

Was ist nur mit den Männern am Land los? Da gibt es jede Menge Bauern, die Frauen zur Mitarbeit auf ihrem Hof suchen, wenn aber einmal eine schon einen Bauernhof hat, dann findet sich keiner?

Hast du keinen Mann gewollt?

Niemanden, der dir Vorschriften macht?

Keiner, der dein hart verdientes Geld dann im Wirtshaus versäuft, während du daheim schuftest?

Stefanie wandte sich wieder dem Polizisten zu: »Wenn ich das richtig verstanden habe, ist niemand da, der sich um die Kühe kümmert?«

»Stimmt.«

Die Inspektorin nickte und ging zu der Frau, die allem Anschein nach die gerichtsmedizinische Untersuchung vornahm.

Die Beamtin trug einen weißen Kittel und stellte sich als Doktor Heiß vor.

»Sie sind also die Neue! Herzlich willkommen! Endlich eine Frau unter den Ermittlern!«

Bisher war Stefanie nicht darauf erpicht gewesen, mit Frauen zusammenzuarbeiten. Doch Doktor Heiß' Ansage klang vielversprechend.

»Die Tote liegt hier schon einige Tage«, erklärte Doktor Heiß schließlich. »Wahrscheinlicher Todeszeitpunkt zwischen Freitagnachmittag und Samstagfrüh. Enger kann ich es nicht eingrenzen.«

Verdammt! Das ist ein zu langer Zeitraum.

»Todesursache?«, fragte Stefanie die Gerichtsmedizinerin, obwohl es für sie offensichtlich war.

»Drei Schüsse, zwei in die Brust, einer in den Bauch. Die Projektile stecken noch im Körper. Welcher Schuss tödlich gewesen ist, kann ich erst nach der Autopsie sagen.«

»Okay, danke, von mir aus können Sie sie abtransportieren.«

Eine Kuh muhte, eine andere kam näher, von zwei ihrer Zitzen tropfte Milch auf den Asphalt. Stefanie wandte sich wieder dem Polizisten zu. »Sie fahren jetzt mit mir zum nächstgelegenen Bauernhof. Vorher rede ich aber noch kurz ein Wörtchen mit den Kriminaltechnikern wegen der Spurensicherung.«

44

Den ganzen Tag saß ich wie auf Nadeln. Alles schien von meinem Telefonat mit Daniel abzuhängen, denn noch hatte ich mich nicht entschieden, ob ich mir den Chipsensor für Heidenreichs Haus besorgen würde oder nicht. Falls nicht, würde das bedeuten, dass ich die Polizei einschalten musste und die Verantwortung für das, was mit Kathi geschehen würde, oder bereits geschehen war, endgültig abgab. Eine sehr verlockende Vorstellung, denn die Angst, etwas falsch zu machen, wog stündlich schwerer und schwerer auf meinen Schultern. Doch am stärksten schnürte mir die Vorstellung die Kehle zu, dass es genau diese eine Entscheidung von mir war, die den Ausschlag geben könnte, ob Kathi überleben oder sterben würde. Und diese Entscheidung konnte mir niemand abnehmen, so sehr ich mir das auch wünschte. Doch mit Daniel würde ich mich immerhin beraten können.

In immer kürzer werdenden Abständen schaute ich auf die Uhr. Noch nie war ein Urlaubstag derart langsam verstrichen. Vor siebzehn Uhr schickte ich Lea mit Sophie zum Seewirt. Meine Kleine freute sich auf die Rutsche, sie rief jedoch zu meinem Bedauern: »Papa mit!«

»Papa muss noch kurz telefonieren, dann komme ich nach«, erklärte ich und zeigte ihr gleichzeitig mein Smartphone.

»Papa mit!«, beharrte Sophie.

»Trockenes Brot!« Lea schüttelte den Plastikbeutel vor Sophies Gesicht. »Damit füttern wir die Enten.«

»Ja!«

Nun sträubte sich Sophie nicht mehr. Ob Papa mitkam oder nicht, war egal. Ich schloss die Tür hinter den beiden, ging ins Büro und setzte mich auf den Drehstuhl.

Daniel hatte zwar gesagt, er würde mich am Abend zurückrufen, doch ich wollte und konnte nicht mehr warten. Ich wählte seinen Namen aus, legte mein Handy auf die Tischplatte und stellte auf Lautsprecher.

»Hallo Harald, entschuldige bitte, dass ich dich zuvor einfach so abgewimmelt habe.«

»Schon in Ordnung, wie geht es dir?«, fragte ich, da ich ihn nicht gleich mit meinen entsetzlichen Neuigkeiten überfallen wollte.

Eine kurze Pause entstand, dann antwortete Daniel: »Nicht gut.«

»Wieso, was ist los?«

»Roland ist im Spital.«

»Oh! Was hat er denn?«, wollte ich wissen.

Roland war Daniels fünfjähriger Sohn.

»Er kann kein Essen und auch keine Flüssigkeit bei sich behalten. Er erbricht alles, ist völlig dehydriert.«

»Das ist ja schrecklich!«

»Christine ist bei ihm im Spital, er bekommt Infusionen. Ich bin gerade auf dem Weg zu den beiden.«

»Ich hoffe, es geht ihm bald wieder besser!«

»Das wird schon wieder«, erwiderte Daniel, seine Stimme klang dabei aber nicht so zuversichtlich wie seine Worte.

»Weswegen wolltest du mich sprechen?«

»Ich wollte«, begann ich, zögerte dann jedoch, und sagte schließlich: »Ich habe nur deinen Rat zu etwas einholen wollen. Das kann aber auch noch warten, reden wir ein andermal darüber.«

»Okay, gerne«, sagte Daniel. »Du, ich bin jetzt gerade beim Krankenhaus angekommen.«

Ich schluckte. »Gut, dann machen wir Schluss für heute. Nochmals alles Gute für Roland und liebe Grüße an Christine!«

»Vielen Dank, auch liebe Grüße an Kathi und Sophie!«

Jetzt wäre nochmals die Möglichkeit gewesen, ihm zu erzählen, dass ich seine Grüße nicht ausrichten konnte. Doch Daniel hatte seine eigenen Probleme, daher beendete ich das Gespräch. Danach schlug ich einmal mit der Faust auf die Schreibtischplatte. Den lauten Schrei, der mir auch auf den Lippen lag, untersagte ich mir aber.

45

Die Luft duftete nach frischem Heu und das typische Tuckern eines Traktors war zu hören. Dieser Bauernhof war deutlich besser in Schuss, als der des Opfers. Sämtliche Fenster des Hauses waren mit roten, prächtig blühenden Pelargonien verziert. Die gelbe Farbe der Fassade musste erst vor kurzem neu angebracht worden sein.

»Der Bauer bringt von einer der Wiesen das Heu mit dem Ladewagen zum Heustadel«, stellte der Polizist fest, als nun auch ein lautes Rattern einsetzte. »Aber die Bäuerin ist vielleicht noch im Haus.«

Stefanies Magen brummte, sie hatte seit dem Croissant am Morgen nichts mehr zu sich genommen. Vielleicht war ja noch etwas vom Mittagessen übrig geblieben? Eventuell gebot es ja die Gastfreundschaft hier im Mostviertel, den beiden Beamten etwas anzubieten? Eine Brettljause wäre noch besser, hoffte sie, auch wenn der Inspektorin bewusst war, dass die Polizei und im Speziellen die Kriminalpolizei bei der Bevölkerung nicht allzu hoch im Kurs stand. Sicher, praktisch jeder, außer den Kriminellen selbst, wollte die begangenen Verbrechen möglichst rasch aufgeklärt wissen. Wenn es aber darum ging, die Kripo in den eigenen vier Wänden willkommen zu heißen, war es meist rasch vorbei mit der Kooperation.

Der junge Polizist stapfte zielstrebig zur Haustür. Stefanie sah, wie er die Türklinke hinunterdrückte und die Tür einen Spaltbreit aufschob. Als sie bei ihm angekommen war, schloss er allerdings die Tür wieder.

»Es gibt sogar eine Klingel!«, erklärte er ihr mit einem entschuldigenden Lächeln. »Hab ich nicht gleich gesehen.«

Er drückte den Taster, sofort erklang aus dem Inneren das schrille Geräusch und nur wenige Sekunden später öffnete eine

Frau die Haustür. Stefanie schätzte die Bäuerin auf fünfzig Jahre, sie war mit einer geblümten Kochschürze bekleidet, ihre muskulösen Arme waren von der Sonne gebräunt, genauso wie das rundliche Gesicht. Als die Frau von Stefanie die Worte Inspektorin und Kriminalpolizei vernahm, schlug sie ihre Hände vor dem Gesicht zusammen. Stefanie glaubte ein »Um Gottes willen!« zu hören. Die Bäuerin nahm ihre Hände wieder vom Mund und fragte leise: »Ist etwas mit Resi oder Michael?«

»Nein, wir sind wegen ihrer Nachbarin hier, Maria Unger«, erklärte Stefanie der Frau.

»Was ist mit Maria?«

Die Erleichterung stand der Bäuerin ins Gesicht geschrieben. Kein Wunder, mutmaßte Stefanie, Resi und Michael sind wahrscheinlich ihre Kinder, die schon ausgezogen sind. Ihre Nachbarin liegt ihr naturgemäß nicht so stark am Herzen wie die eigene Familie.

»Maria Unger ist tot. Sie wurde ermordet.«

»Was? Die Maria! Wie? Wann?«

Nun war der Schock ins Gesicht der Bäuerin zurückgekehrt.

»Ist Ihnen zwischen Freitagnachmittag und Samstagmorgen etwas Verdächtiges aufgefallen?«

Die Frau verneinte. »Die Maria ist tot, ich kann es nicht glauben!«

»Die Kühe wurden wahrscheinlich seit Freitag nicht mehr gemolken, wissen Sie, wer das eventuell übernehmen könnte?«

Stefanie merkte, wie ihre Worte nur sehr langsam zur Bäuerin durchdrangen. Erst nach einigen Sekunden nickte diese dann. »Mein Sepp kann das machen, er hat Maria vergangenen Winter geholfen, als sie die Grippe gehabt hat.«

46

»Liebe Grüße an Kathi und Sophie!«, hatte mir Daniel aufgetragen. Die Grüße an meine Frau konnte ich jedoch nicht übermitteln.

Zwar hatte mich Daniel nach meinem Anliegen gefragt, aber er war mit seinem Kopf bei seinem kranken Sohn im Spital gewesen und hätte ich ihn nicht selbst nochmals angerufen, hätte er sich voraussichtlich an diesem Abend nicht mehr bei mir gemeldet. Ich verübelte es ihm natürlich nicht. Seine ganze Aufmerksamkeit galt seinem kranken Sohn und seiner Familie. Das war bei mir nicht anders. Ich blieb also auf mich allein gestellt – was auch nicht ganz stimmte, denn ich hatte ja Lea. Sie war bisher mein Fels in der Brandung gewesen und, so unfair es ihr gegenüber auch war, sie würde vorläufig die einzige Hilfe für Sophie und mich bleiben, denn mir fiel beim besten Willen niemand mehr ein, den ich einweihen konnte.

Oder gab es da vielleicht doch noch jemanden?

Vater oder Mutter?

Nein, unser Kontakt beschränkte sich auf die Geburtstage und auf Weihnachten.

Sicher, sie wären sofort für mich da. Die beiden waren aber einfach nicht mehr in der Verfassung, um mit so einer schwierigen Situation umzugehen. Mein Vater würde wahrscheinlich einen Herzinfarkt und meine Mutter einen Nervenzusammenbruch bekommen. Nein, die beiden wären nur zusätzlicher Ballast für mich, den ich nicht brauchen konnte.

Das vertraute Geräusch des Schlüssels, der im Schloss der Eingangstür gedreht wurde, riss mich aus meinen Gedanken. Die Tür wurde geöffnet, ich stand vom Drehsessel auf und lugte durch die Bürotür in den Vorraum. Sophie lief mir sofort mit wehenden Haaren entgegen. Dahinter tauchte Lea auf. Beschämt stellte ich fest, dass ich fast zwei Stunden in Gedanken dahinsinniert haben musste, denn mein Telefonat mit Daniel konnte kaum länger als ein paar Minuten gedauert haben. Aufgrund meiner ausschweifenden Gedanken hatte ich es nicht, wie versprochen, zum Seewirt geschafft.

Lea schien es mir nicht übel zu nehmen, denn sie lächelte. »Sophie hat die Enten gefüttert und danach ist sie rutschen gewesen!«, ließ sie mich wissen. Ich hob meine Kleine in die Luft, hoch über meinen Kopf. Sophie gluckste vor Vergnügen.

»Ich koche uns jetzt Frankfurter«, verlautbarte unsere mobile Mami.

»Auf die Schultern!«

Sophie stand nun wieder auf beiden Beinen vor mir und streckte mir die Arme entgegen.

»Im Wohnzimmer«, antwortete ich Sophie. Dann schaute ich zu Lea. »Gute Idee«, bestätigte ich ihren Essensvorschlag.

»Es gibt übrigens Neuigkeiten«, fügte ich leise hinzu.

»Gute oder schlechte?«

Lea presste ihre Lippen aufeinander, mit einem Schlag wirkte sie angespannt.

»Keines von beiden«, antwortete ich.

»Auf die Schultern!«

Sophies Hände zogen nun an meiner Hose.

Ich hob sie über meinen Kopf und setzte sie hinter meinem Nacken ab. Ihre Beine ließ sie links und rechts über meine Schultern hinunterbaumeln. Ich hielt sie an den Unterschenkeln fest.

»Wie Ziegenbock springen!«

»Spielt ihr nur, ich mache das Essen.«

Lea schritt Richtung Wohnzimmer und Küche davon.

47

»Jo, Bauxi, glei geht's da bessa!« Sepp Müller klopfte der braungescheckten Kuh sanft gegen den Hals. »Kumm mit!«

Zuvor hatte der Bauer schon die Stalltür geöffnet, jetzt trabte die Kuh tatsächlich mit einem halben Meter Abstand hinter ihm her. Überrascht notierte Stefanie, wie gut auch bei Rindern die Vorbildwirkung funktioniert, denn auch die anderen Artgenossinnen, die weiter abseits gegrast hatten, hoben jetzt ihre Köpfe und schauten den beiden mit ihren Glupschaugen hinterher. Nach und nach setzten sie sich in Bewegung und folgten ihnen zum Stalleingang.

»Jede der Damen weiß ganz genau, wo ihr Platz ist«, erklärte ihr der Bauer, der einfach neben der Eingangstür im Innern des Stalles stehen geblieben war und nun beobachtete, wie jede der Kühe die ihr zugedachte Stelle im Stall einnahm.

»Ich lege der ersten Kuh das Melkgeschirr an. Sie können gerne mitkommen.«

Auch im ungewohnten Umfeld saß jeder Handgriff, so als hätte ihn der Bauer schon 1.000 Mal ausgeführt.

Ist wahrscheinlich in seinem Stall genau der gleiche Ablauf, folgerte Stefanie, deren Nase zu jucken begann.

»Hatschi!«

»Gesundheit!«

»Hatschi!«

»Und gleich noch einmal Gesundheit!«, rief Sepp Müller.

»Danke!«

Die Sachen muss ich reinigen lassen, den Stahlgeruch bekomme ich sonst nie wieder raus und Niesanfälle sind vorprogrammiert, dachte Stefanie, nachdem sie sich geschnäuzt hatte. Mittlerweile ertönten rhythmische Geräusche von der Melkmaschine. An den durchsichtigen Stellen der Schläuche war die weiße Farbe der frischen Milch zu erkennen, die von den Zitzen der Kuh zum Auffangbehälter floss. Die Kuh senkte ihren Kopf und steckte sich mithilfe ihrer Zunge ein Büschel Heu in ihr Maul.

»Der Bauxi geht's schon besser!«, stellte Sepp Müller fest, währenddessen musterte er Stefanie. »Sie müssen nicht hierbleiben, ich kümmere mich schon um Marias Kühe, versprochen!«

Die Inspektorin nickte, sie hegte keinerlei Zweifel, die Kühe waren in guten Händen und in Kürze würden alle von der Last ihrer überfüllten Euter befreit sein.

»Falls ich einen Tierarzt brauche, rufe ich ihn natürlich«, fügte der Bauer noch hinzu.

»Wie gut haben Sie Maria Unger eigentlich gekannt?«

Sepp Müller verschränkte seine Arme vor der Brust. »So gut man seine Nachbarin halt kennt.«

»Ihre Frau sagt, Sie haben ihr im Winter im Stall geholfen.«

»Die Maria hatte Fieber, über 39 Grad, da geht man besser nicht mehr in den Stall. Es ist meine Pflicht als Nachbar gewesen, ihr zu helfen. Genauso wie ich jetzt wieder einspringe, ohne lange zu überlegen.«

»Und mehr ist da nicht gewesen?«, hakte Stefanie nach.

»Zwischen uns war nichts!« Der Bauer wirkte zusehends verärgert. »Die Maria ist eine gute Freundin meiner Frau gewesen. Wenn Sie es genau wissen wollen: Meine Frau hat mich gedrängt, der Maria zu helfen!«

»Okay, okay, ist schon gut! Ich glaube Ihnen ja«, beschwichtigte ihn Stefanie. »Was befindet sich eigentlich weiter oben, wenn man dem Straßenverlauf folgt? Der Asphalt endet ja hier, aber eine schmale Schotterstraße führt weiter in den Wald hinein.«

»Der Lindenhof«, antwortete Sepp Müller. »Der ist aber

seit Jahren unbewohnt und verfallen, sonst ist da oben nichts mehr.«

»Aber Wiesen, die gemäht werden, gibt es?«

»Ja, die Maria hat den Grund gepachtet. Sie hat aber nur einmal im Jahr gemäht, war ihr zu mühsam, zu abgelegen und zu steil«, erklärte der Bauer.

Das Geräusch der Melkmaschine änderte sich, es klang nun nicht mehr so dumpf. Stefanie sah, wie Sepp Müller das Melkgeschirr von den Zitzen der Kuh zog. »Jetzt is ois guat«, sagte er und klopfte der Schecke beruhigend gegen den Hals. Diese quittierte die Liebkosung mit einem Brummen.

»Wer erbt eigentlich den Hof?«

Sepp drehte sich wieder zu Stefanie. »Die Maria hat zwei Brüder, die sind sich nie grün gewesen. Die beiden werden den Hof sicher verscherbeln. Das wollten Marias Eltern immer verhindern. Gott, hab sie selig!«

Der Bauer schmierte die Zitzen der nächsten Kuh mit Fett ein, danach kam wieder das Melkgeschirr zum Einsatz. Innerhalb weniger Sekunden floss die Milch durch die Schläuche.

»Die beiden Alten würden sich im Grab umdrehen, nie und nimmer haben die geglaubt, dass ausgerechnet die Maria als Erste von ihren Kindern gehen muss. Dann hätten sie sicher Vorkehrungen dafür in ihrem Testament getroffen.«

»Vielleicht haben sie das ja.«

Sepp Müller schüttelte seinen Kopf.

»Glaube ich nicht.«

Stefanie würde mit den beiden Brüdern reden müssen. Anscheinend handelte es sich bei den beiden ja um die engsten Familienangehörigen der Toten.

Die beiden Brüder profitieren vom Tod ihrer Schwester.

Auch mit Sepp Müllers Frau muss ich mich noch einmal ausführlich unterhalten. Sie war eine Freundin der Ermordeten und ich bin dazu verdammt, mehr über die Tote zu erfahren. Ich muss wissen, mit wem sie verkehrt hat, ob sie einen Liebhaber hatte, Freundinnen, Feinde.

»Ist Maria bei einem Verein gewesen?«

»Verein? Soweit ich weiß, war sie beim Kirchenchor, wenn Sie den als Verein werten wollen, dann ja«, antwortete der Bauer.

48

»Du willst mir nicht sagen, was die Entführer wollen?«

»Es ist besser für dich.«

Lea stand mir in kurzen Hosen und T-Shirt auf der Treppe gegenüber, Sophie schlief bereits im Ehebett.

»Jetzt hör mir einmal gut zu!« Lea pochte mit ihrer Hand gegen meine Brust. Ihr blumiges Parfum vermischt mit dem Duft von Sonnenöl stieg mir in die Nase. »Ob es dir nun passt oder nicht, ich stecke mit drinnen! Immerhin kümmere ich mich Tag und Nacht um Sophie.« Ihre Augen funkelten mich zornig an. »Für mich fühlt es sich so an, als wäre Sophie meine Tochter!«

Ich konnte nicht antworten, Leas Hand lag nun auf meiner Brust, mein Herz pochte heftig.

»Du bist es mir schuldig! Sag mir, was die Entführer verlangen.«

Seit Stunden wollte ich mich mit jemandem beraten. Mit Daniel hatte ich reden wollen, dann mit Lea. Doch nicht so, das ist falsch!, ging es mir durch den Kopf, während in meiner Brust noch immer mein Herz wild hämmerte.

»Versteh doch«, sagte ich daher, »es ist besser, wenn du nicht eingeweiht bist. Wenn dich später die Polizei befragt, musst du nicht lügen.«

Lea trat nun nochmals näher, sie war nur noch eine Handbreit von meinem Gesicht entfernt, ihr Körper schien vor Zorn zu vibrieren. »Was heißt hier, ich brauche nicht zu lügen? Ich weiß seit Tagen, dass deine Frau verschwunden ist!«, zischte sie mich an. »Wenn du Kathi ermordet hast, deutet alles darauf hin, dass ich deine Komplizin bin.«

»Aber ich habe sie nicht ermordet!«

»Sag mir, was die Entführer wollen, oder ich rufe die Bullen.«

»Das wagst du nicht.«

Ich legte meine Hände auf Leas Schultern.

»Drohst du mir etwa?«

Erschrocken hob ich meine Arme. »Das war nicht meine Absicht!« Ich trat einen Schritt zurück und lehnte mich mit dem Rücken gegen die Wand. Lea schaute auf ihre Füße nach unten, dann blickte sie mich wieder an, zuerst unsicher, mit einem Flackern in den Augen, dann nickte sie. »Ich will dir glauben, dir vertrauen, darum bin ich ja noch hier, aber bitte vertrau dich du auch mir an! Ich muss wissen, was du vorhast, ich halte die Ungewissheit einfach nicht aus.« Eine Träne kullerte über ihre Wange, ich wischte sie ihr mit meinem Zeigefinger weg und strich ihr sanft über die Haut.

»Ist ja gut«, murmelte ich. »Bitte nicht weinen! Ich wollte dich da nur so weit wie möglich raushalten, aber es stimmt, du steckst da bereits zu tief drinnen. Du hast ein Recht, zu wissen, was ich tun soll.«

Dienstag

49

Zwei Brüder, eine Freundin und ein Kirchenchor, das kann ja ein heiterer Tag werden, dachte Stefanie. An diesem Morgen nach ihrem ersten Arbeitstag im LKA Niederösterreich befand sie sich noch in ihrer Wohnung in Sankt Pölten. Eine gerade fertiggestellte Neubauwohnung – davon hatte Stefanie früher oft geträumt. Aber so habe ich es mir nicht vorgestellt, gestand sie sich ein.

Immerhin war die Espressomaschine bereits in Betrieb und ausreichend Kapseln der am stärksten gerösteten Version stapelten sich auch im Kapselspender neben der Maschine.

»Du bist die Nummer 1«, wiederholte Stefanie leise die Worte, die in die Keramiktasse eingebrannt waren, die sie sich aus dem verglasten Fach der Küche griff. Andreas hatte ihr die Tasse geschenkt. Noch immer schmerzte es Stefanie, wenn sie an ihn dachte. *Ich habe es selbst verbockt; nicht nur meine Beziehung, sondern auch meine Karriere. Jetzt sitze ich hier fest in Sankt Pölten und ermittle im Mostviertel! Niemand ist mir geblieben, auch nicht mein Sohn. Ich weiß nicht einmal, wie Bernhard derzeit aussieht, ob er eine Freundin hat, welchen Sport er gerade bevorzugt.*

Die Kaffeemaschine ratterte, nur langsam füllte sich die Tasse mit dem schwarzen Gebräu, aber der herbe Duft der Kaffeebohnen überlagerte nun doch den chemischen Geruch, der von den weiß getünchten Wänden ausging und bisher in ihrer neuen Wohnung dominiert hatte. Zu steril ist es hier noch, dachte Stefanie.

Ein Besuch beim Leiner und Ikea steht an, ist unausweichlich, sonst halte ich es hier nicht aus. Zuvor muss ich aber noch irgendwie den Kasten zusammenbauen. Nur, ohne Hilfe geht das nicht. Immerhin habe ich das Bett am Sonntag doch noch geschafft. Mit letzter Kraft.

Stefanie nippte vorsichtig und verzog ihr Gesicht, ohne Zucker und Milch schmeckte der Kaffee bitter.

Vielleicht gewöhne ich mich ja daran? Zeit, sich gesünder zu ernähren! Wieso nicht den Zucker für immer weglassen? Eine Veränderung mehr oder weniger ist auch schon egal.

Stefanies Handy meldete sich. Axel Rose pfiff den Anfang vom Song Patience und begleitete sich selbst dabei mit der Gitarre. Das Lied von Guns n' Roses sollte beruhigend auf Stefanie wirken, verfehlte aber regelmäßig die von ihr beabsichtigte Wirkung. Stefanie wendete nervös den Kopf, war sie zu spät? Ihr Blick landete auf dem einzigen Dekorationsgegenstand in der Küche: Die Wanduhr, die sie auch noch vorgestern am Abend an einem selbst eingehämmerten Nagel aufhängt hatte, zeigte sieben Uhr achtzehn.

Alles im grünen Bereich, folgerte Stefanie.

Böck ist es nicht, auch nicht die Kriminaltechnik.

Die Nummer, die am Display ihres Handys erschien, kam ihr zwar irgendwie bekannt vor, zuordnen konnte sie diese aber niemandem.

»Martin Unger, Sie haben mich gestern angerufen.«

Richtig! Stefanie hatte die Telefonnummern der beiden Brüder der ermordeten Bäuerin noch am Vorabend bekommen und erfolglos versucht, sie zu erreichen.

»Inspektorin Leitner, LKA Niederösterreich.«

Stefanie wartete, schluckte einmal, es war mucksmäuschenstill, sie konnte sich gut vorstellen, wie ihrem Gesprächspartner gerade die schlimmsten Gedanken durch den Kopf geisterten.

»Es geht um Ihre Schwester Maria«, erlöste sie Martin Unger schließlich. »Ihr ist etwas zugestoßen, ich muss Sie möglichst bald persönlich treffen.«

50

Nirgendwo sonst hatte ich in Österreich eine derartige Anhäufung an Ahornbäumen gesehen. Die Zufahrt zu Heidenreichs Villa erinnerte mich an meine Großkunden in Kanada. Auch sonst war die Umgebung hier mit dem nördlichsten Land Amerikas vergleichbar: Saftig grüne Wiesen, leicht hügelig angelegt, viele Wälder und nur dünn besiedelt. Heidenreichs Villa war allerdings klein gehalten, dafür handelte es sich aber um ein wahres Schmuckstück. Die Heidenreichs hätten sich sicher ein deutlich größeres Anwesen leisten können, von meinen früheren Gesprächen mit Paul Heidenreich wusste ich jedoch, dass er und seine Frau es verabscheuten, fremde Personen ins Haus zu lassen. Die beiden beschäftigten zwar eine Haushaltshilfe, die durfte aber ihrer Arbeit nur nachgehen, während sie von Frau Heidenreich oder gar von ihm selbst begleitet wurde.

Der Jeep Cherokee Heidenreichs parkte auf dem gepflasterten Vorplatz. Ich stellte mein Auto daneben ab und stieg aus. Dann öffnete ich den Kofferraum und holte meine Tasche heraus, in die ich sämtliche Utensilien gepackt hatte, die ich für mein Service der Alarmanlage benötigte. Paul Heidenreich steckte bereits seinen Kopf zur Tür heraus, als er mich sah, kam er auf mich zu.

»Sie sind aber früh dran.«

»Sie schätzen Pünktlichkeit«, erwiderte ich und schüttelte ihm die Hand. Obwohl Heidenreich noch nicht einmal fünfzig Jahre alt war, wirkte er wie ein Pensionist. Seine graue Strickweste und die dunkelblaue Stoffhose passten so gar nicht zu den hochsommerlichen Temperaturen. Die braune Hornbrille saß leicht schief auf seiner zu klein geratenen Nase, sodass links seine buschige Augenbraue deutlicher zu sehen war als die rechte. Seine dunkelbraunen Haare waren zum Seitenscheitel gekämmt.

»Susanne ist nicht da, Sie können sich frei im Haus bewegen.«

Das würde tatsächlich meine Aufgabe erleichtern. Heidenreichs Frau war noch ein größerer Kontrollfreak als ihr Mann.

»Gut, fangen wir an.«

Die Villa war im Jahrhundertstil erbaut, die massive Eingangstür aus Eichenholz hätte viel besser zu einer Kirche gepasst. Heidenreich drückte die verschnörkelte Klinke hinunter und zog die Tür kraftvoll nach außen auf. Dann ließ er mir den Vortritt. Die dicken Steinmauern der Villa sorgten im Innern für eine angenehme Kühle. Jetzt war mir auch klar, wieso der Hausherr eine Weste zur langen Hose trug. Von der Decke des hohen Vorraums leuchteten Spots den Eingangsbereich aus. Der Kleiderständer war leergeräumt, die dunkelbraune Kommode zierte eine deplatziert wirkende Tiffany-Lampe.

Der Blickfang waren jedoch ohnehin die fünf übergroßen Landschaftsgemälde an den weiß getünchten Wänden. Die Kunstwerke stammten allesamt von namhaften Malern aus lange zurückliegenden Epochen. Ich kannte sie zwar nicht, denn Van Gogh, Da Vinci oder Rembrandt waren nicht unter den Namen gewesen, die mir der Hausherr genannt hatte, aber angeblich hatte jedes der Gemälde einen Sammlerwert, der nicht zu unterschätzen war. Heidenreich hatte mir einmal mitgeteilt, dass er nur Originale kaufte und er es nie und nimmer dulden würde, auch nur eine der Wände mit einer Replik zu verunglimpfen. Die Alarmanlage hatte der Privatier unter anderem zum Schutz seiner Sammlung installieren lassen. Sicherheitsdienst duldete er nämlich keinen auf seinem Gelände, aber die nächste Polizeidienststelle war nur fünf Autominuten entfernt. Heidenreich zählte darauf, dass das in Kombination mit der Alarmanlage, die direkt mit der Polizei verbunden war, abschreckend genug für etwaige Einbrecher war. Mit seiner Annahme hatte er recht behalten, denn sonst würden die Kunstdiebe mich nicht benötigen, und Katharina wäre wahrscheinlich daheim bei Sophie, oder sie wäre zumindest mit meiner Tochter zusammen bei Hagenauer.

Über der Kommode war das Netzteil samt Software – praktisch das Gehirn der Alarmanlage – mit der Wand verschraubt.

»Geben Sie bitte Ihren Code ein«, forderte ich Heidenreich auf und drehte mich von ihm weg. Während er auf die Tasten eintippte, öffnete ich meine Tasche. Darin befand sich nicht nur mein normales Testgerät, sondern auch der Extra-Chipsensor.

»Sie hatten keinerlei Fehlalarme«, stellte ich fest, als ich danach durch das Menü klickte. »Damit das so bleibt, müssen wir die Einstellungen neu kalibrieren.«

»Das weiß ich doch«, brummte Heidenreich. »Das haben Sie mir ja beim Verkauf ausführlich erklärt. Daher auch der Wartungsvertrag.«

Mit unserem Schall-System hoben wir uns von den Konkurrenten dadurch ab, dass wir keinerlei Magnetsensoren an den Türen oder Fenstern anbringen mussten, sondern jegliche Veränderung, die an der äußeren Hülle des Hauses vorgenommen wurde, mittels Schallwellentechnik erkannten. Da es in jedem Haus viele Fenster, Innen- und Außentüren gab, und sich auch Personen oder gar Haustiere darin bewegen durften, ohne dass unsere Alarmanlage anschlug, waren eine extrem sensible Elektronik und Sensorik erforderlich, die in regelmäßigem Abstand justiert werden mussten. Mit diesem Justieren und Kalibrieren verdienten wir hauptsächlich unser Geld. Das ließen wir uns praktisch vergolden.

»Sie können mich jetzt alleine lassen«, sagte ich zu Heidenreich. »Sie kennen das ja schon. Drei bis vier Stunden werde ich brauchen.«

Ich versuchte mir nicht anmerken zu lassen, wie wichtig es mir diesmal war, dass er mir nicht bei meiner Arbeit über die Schulter schaute. Heidenreich würde nämlich mit Sicherheit die kleinste Abweichung vom Standardprotokoll auffallen. Während ich mich weiter durch das Menü tippte, verfolgte ich aus den Augenwinkeln, wie Heidenreich unschlüssig von einem Bein auf das andere stieg. Dann kratzte er sich am Kinn.

»Ich gehe, wann ich will«, erklärte er schließlich trotzig. Gleichzeitig vibrierte mein Smartphone in der Hosentasche.

»Entschuldigung.«

Demonstrativ zeigte ich mein Handy Heidenreich. »Das ist unsere mobile Mami. Meine Frau ist im Urlaub, da muss ich rangehen.«

Heidenreich stapfte verärgert auf den Boden. Soweit ich wusste, hatten seine Frau und er keine eigenen Kinder, dadurch war es anscheinend schwer für ihn nachzuvollziehen, dass die eigenen Kleinen immer Vorrang hatten.

Ich stieß die schwere Eingangstür auf und trat nach draußen. Irgendwo hörte ich einen Vogel zwitschern.

»Hallo Lea.«

»Papa?«

»Hallo Schatz! Ja, hier ist Papa.«

»Heimkommen!«

»Ich bin ja bald wieder zuhause, nur noch ein bisschen muss ich arbeiten.«

»Hallo Harald«, meldete sich Lea. »Wie lange brauchst du voraussichtlich?«

Ich überlegte. »Gegen zwölf Uhr sollte ich wieder daheim sein.«

Das war zwar optimistisch, aber ich könnte es schaffen.

»Wenn der kleine Zeiger oben ist, kommt dein Papa wieder heim.« Leas Stimme klang nun leiser.

»Wenn der kleine Zeiger oben ist«, plapperte Sophie nach.

»Ist sonst alles in Ordnung?«, fragte ich.

»Sophie wollte nur ihre Eltern anrufen«, antwortete Lea.

Kathi hatten sie natürlich nicht erreichen können.

»Hast du schon das Wichtigste erledigt?«

»Nein, noch nicht.«

»Viel Glück.«

»Danke.«

»Sei pünktlich!«, befahl mir Lea abschließend. »Sagst du baba zu Papa?«

»Baba«, hörte ich Sophie sagen.

»Baba.«

Dann legte ich auf. Nun musste ich mich sputen, wollte ich zeitgerecht daheim sein und alles erledigt haben, was ich mir bei Heidenreich für diesen Tag vorgenommen hatte. Vor allem musste ich aber irgendwie Heidenreich loswerden, sonst würde ich die Anforderung der Entführer nicht erfüllen können und Kathi würde nicht freikommen. Kathi würde wahrscheinlich sterben, nur diesen Gedanken versuchte ich zu verdrängen, soweit das möglich war. Denn wollte ich Erfolg haben, musste ich funktionieren, Gedanken an Kathis Tod und dass ich dafür verantwortlich wäre, durfte ich mir nicht leisten. Solche Gedanken würden mich hemmen, ja, sie würden mich vielleicht sogar zusammenbrechen lassen. Das durfte nicht passieren!

Konzentrier dich auf das Wesentliche. Denke an nichts anderes. Denk daran, wie du Heidenreich loswirst!

Ich musste zurück in die Höhle des Löwen. Ich öffnete wieder die Tür der Heidenreichs. Der Hausherr musterte mich mit einem verärgerten Gesichtsausdruck, als ich wieder den Vorraum der Villa betrat.

»Entschuldigung, schon geht's weiter.«

Der ideale Zeitpunkt schien gekommen zu sein, meinen Plan umzusetzen.

»Ich muss jetzt jede mögliche Änderung der Außenhülle simulieren.«

»Ich weiß«, entgegnete Heidenreich. »Sie müssen jede Tür und jedes Fenster nacheinander mehrmals öffnen und schließen und die Elektronik danach programmieren.«

»Wenn Sie das Öffnen und Schließen übernehmen, sind wir schneller fertig.«

Perplex starrte er mich an. »Sind Sie völlig übergeschnappt?«, brüllte er schließlich.

Ich hielt den Atem an und befürchtete, dass ich ihn zu sehr gereizt hatte. Wenn er mich hinauswarf und sich bei meinem Chef beschwerte, hatte ich es verbockt.

»Ich bin doch nicht ihr Lakai!«

Mit hochrotem Kopf lief Heidenreich zur Tür, dort angekommen drehte er sich zu mir um und zeigte mit dem Finger auf mich. »Ich zahle Ihrer Firma ein kleines Vermögen!«

Ich war versucht, etwas zu entgegnen, das ihn beschwichtigte, doch ich hielt mich zurück. Heidenreich sollte sich nämlich nicht beruhigen, sonst würde er glatt hier bei mir bleiben. Daher flüsterte ich nur ein »Entschuldigung«.

»Sie machen das alleine, das ist schließlich Ihr Job, und ich bezahle Sie fürstlich dafür«, befahl der Hausherr in nun wieder normalem Tonfall.

»Selbstverständlich«, antwortete ich.

Heidenreich schob die Tür auf, trat hinaus und ließ sie hinter sich ins Schloss fallen. Sofort holte ich den Chipsensor aus meiner Tasche hervor, den ich mit Heidenreichs Alarmanlage synchronisieren musste, um den Anweisungen von Kathis Entführern Folge zu leisten.

Hoffentlich kehrt Heidenreich nicht zu schnell zurück, ging es mir durch den Kopf, während ich fieberhaft durchs Menü zur passenden Stelle scrollte.

51

»Ich fange dann heute später an, das geht schon, aber beeilen Sie sich!«, hatte Martin Unger gefordert.

Stefanie Leitner ärgerte sich jetzt über sich selbst. Allein durch seine Worte »beeilen Sie sich« hatte sie sich unter Druck setzen lassen. An ein Genießen ihres Morgenkaffees war nicht mehr zu denken gewesen.

»Er hat dir sowieso nicht geschmeckt«, sagte sie sich laut vor, als sie einparkte. »Sei nicht so ein Jammerlappen!«

Ungers Haus lag in unmittelbarer Krankenhausnähe in der Bezirkshauptstadt Amstetten. Allzu viel hatte Stefanie von der Kleinstadt nicht mitbekommen, denn bevor sie ins Zentrum gekommen wäre, hatte das Navigationssystem sie bereits zur eingegebenen Adresse gelotst.

»Sieht wie ein Ferienhaus in Griechenland aus. Ein gutes Stück bist du schon von deinem Heimatort weggezogen – aber auch nicht zu weit. Innerhalb einer Stunde wärst du sicher am Bauernhof gewesen«, stellte sie fest und stieg aus.

»Na endlich!«

Martin Unger musste schon nach ihr Ausschau gehalten haben, denn ein Mann hatte die schmiedeeiserne Tür geöffnet, die den Zugang zum weiß-blau getünchten Haus beschränkte und kam nun mit energischen Schritten auf Stefanie zu. Der Hausherr trug ein hellblaues langärmeliges Hemd und eine dunkle Stoffhose, nur Socken hatte er noch keine angezogen; seine Füße steckten in offenen Sandalen. Eine Sonnenbrille mit großen dunklen Gläsern lockerte seine Haarpracht auf. Kohlrabenschwarzes Haar, stellte Stefanie fest, als sie seinen starken Händedruck erwiderte. Die färbt er sicher regelmäßig nach, ansonsten wären sie von grauen Strähnen durchzogen, mutmaßte sie.

»Kommen Sie doch mit, setzen wir uns in den Garten«, schlug Unger vor, nachdem sie sich vorgestellt hatten.

Kurz danach saß Stefanie auf den harten hölzernen Brettern einer Gartenbank.

»Schön haben Sie es hier.«

Ein Kirschbaum spendete ihnen Schatten. Martin Unger hatte eine Wasserkaraffe und zwei Gläser besorgt. Stefanie ließ ihn zappeln, sie trank in Ruhe von ihrem Wasser und beobachtete, wie ihr Gegenüber mehrmals auf seine Armbanduhr schielte.

»Nach unserem Telefonat habe ich versucht, Maria anzurufen.«

»Haben Sie jemanden erreicht?«

»Nein.«

Stefanie setzte sich aufrecht hin.

Nie war es wirklich leicht, einem nahen Angehörigen zu erklären, dass ein geliebter Mensch einem Verbrechen zum Opfer gefallen war. Bei Martin Unger hatte Stefanie allerdings das Gefühl, sich ihre übliche behutsame Vorgehensweise sparen zu können. Der Bruder hatte keinen engen Kontakt zu seiner Schwester gepflegt, und aller Wahrscheinlichkeit nach neidete er ihr den Bauernhof, oder eher noch die Bevorzugung durch die Eltern, die durch die Überschreibung des Hofes für jeden klar ersichtlich geworden war.

Stefanie ließ sich das Ganze noch einmal durch den Kopf gehen: *Die Schwester bekommt das Anwesen, die beiden Brüder gehen leer aus. Später kann es da dann schon einmal zu einer Eskalation kommen. Obwohl, Martin Unger scheint hier glücklich zu sein. Er lebt in einem Haus, in dem andere bestenfalls alle paar Jahre einen Urlaub verbringen.*

Egal, es musste heraus, es war Zeit, dem Bruder von der Ermordung seiner Schwester zu erzählen. In kurzen Worten informierte Stefanie ihn darüber, was passiert war. Soweit sie es eben bisher nachvollziehen konnte. Währenddessen beobachtete sie jede Reaktion von ihm.

»Das ist ja furchtbar!«, sagte er schließlich. Zuvor hatte er ihr nur mit offenem Mund zugehört, jetzt verschränkte er seine Arme vor dem Oberkörper. »Ich will Ihnen nichts vormachen«, erklärte er. »Maria und ich haben uns über die Jahre entfremdet.« Er seufzte, kratzte sich an den Oberarmen. »Wirklich nahe sind wir uns wohl nie gewesen, nicht so, wie es sich für Geschwister eigentlich gehört. Wir haben uns nur noch zweimal im Jahr gesehen. An den beiden Todestagen von Mutter und Vater in der Kirche. Maria hat dann immer im Chor gesungen. Viel Zeit, sich zu unterhalten, war da auch nicht.«

»Wo haben Sie sich von Freitagnachmittag bis Samstagmorgen aufgehalten?«

»Hier.«

»Kann das jemand bezeugen?«

»Meine Frau.«

»Ist sie da?«

»Nein, sie arbeitet, aber sie wird es Ihnen bestätigen.«

Sicher, dachte Stefanie, das Alibi einer Ehefrau oder Geliebten war für sie immer mit Zweifel behaftet. Aber traute sie Martin Unger den Mord zu? Vielleicht war er dazu fähig, aber ein Motiv konnte sie mittlerweile kaum noch erkennen. Martin Unger lebte hier in einem kleinen Paradies mit seiner Frau zusammen, und er schien einen gut bezahlten Job zu haben. Was sollte er da mit einem alten Bauernhof mitten im Nirgendwo anfangen? Eventuell lag die Situation bei seinem Bruder ja anders.

»Wer erbt eigentlich den Hof?«

»Wahrscheinlich mein Bruder Franz und ich, wenn Maria ihn nicht an die Caritas überschrieben hat.«

»Ihr Bruder hat mich noch nicht zurückgerufen.«

»Nehmen Sie es nicht persönlich, Franz ruft nie jemanden zurück.«

»Wieso nicht?«

»So ist er eben.«

»Wo finde ich ihn?«

»Franz wohnt in Scheibbs, in einer Sozialwohnung, sie können ohne Anmeldung bei ihm aufkreuzen, er arbeitet nicht.«

Stefanie nickte, die Adresse hatte sie bereits erhalten.

»Ich muss gehen«, sagte sie und stand auf. »Danke, dass Sie sich so schnell Zeit genommen haben, und nochmals mein Beileid.«

52

»Wo ist meine Tochter?«

»Mama! Mama!«

Obwohl ich von zwei Seiten angebrüllt wurde, war ich doch immer noch irgendwie erleichtert. Ich hatte es geschafft! In meiner Tasche steckte der Chipsensor und er war mit Heidenreichs Alarmanlage synchronisiert. Damit hatte ich für diesen Tag bereits alles erreicht, was ich mir vorgenommen hatte. Eigentlich konnte nicht mehr viel schiefgehen, hatte ich zumindest geglaubt, als ich endlich bei Heidenreich mit meiner Arbeit fertiggewesen war und mich von dem Mann verabschiedet hatte. Doch nun stand mir Kathis Vater gegenüber. Der alte Herr trug dieselben Klamotten wie bei seinem letzten Besuch. Diesmal hatte er auch meine Schwiegermutter mitgebracht, diese versuchte gerade erfolglos, Sophie zu beruhigen.

»Wo ist Katharina?«, wiederholte er seine Frage.

Lea lehnte mit dem Rücken an der Eingangstür und verfolgte die Szene, ohne sich einzumischen. Ich zuckte mit meinen Achseln. »Kathi ist nur kurz vorbeigekommen und hat mich gebeten, für zwei Tage auf Sophie aufzupassen.«

Ich ging in die Hocke, um mit Sophie auf Augenhöhe zu sein. »Deine Mama ist nur im Urlaub, übermorgen kommt sie wieder nachhause.«

»Morgen?«

»Übermorgen. Noch zwei Tage.«

Ich hielt Zeige- und Mittelfinger in die Höhe, um es meiner Kleinen besser zu veranschaulichen.

»Wo ist sie überhaupt hin?«, wollte die Schwiegermutter wissen.

»Hat sie nicht gesagt.«

»Wieso ruft sie uns nicht zurück?«

»Das fragt ihr sie am besten selber.«

»Warum hat sie Sophie bei dir abgeliefert?«

Ich antwortete ihr nicht mehr, meine Schwiegereltern sollten endlich verschwinden.

»Weil sie mit ihrem neuen Freund allein sein will«, brachte es der Schwiegervater auf den Punkt.

»Mamas Freund?«, fragte nun Sophie.

Ich hätte meine beiden Schwiegereltern am liebsten durch den Fleischwolf gedrückt. Energisch richtete ich mich auf und streckte die Beine durch.

»Ihr geht jetzt besser«, sagte ich zu den beiden Alten. »Sophie weiß noch nichts von ihm.«

»Wie?«

»Wir gehen.« Kathis Mutter packte ihren Mann so unnachgiebig am Arm, dass meinem Schwiegervater nichts anderes übrig blieb, als ihr zu folgen. Erst nachdem sie fünf bis sechs Meter zurückgelegt hatten, drehten sie sich um und winkten ihrer Enkelin zu.

»Bis bald!«

»Mamas Freund?«, wiederholte Sophie, anstatt zurückzuwinken.

53

»Jo, wer is do?«

Dunkle, raue Stimme. Stefanie bereute es bereits jetzt, keine Verstärkung mitgenommen zu haben. Immerhin steckte ihre Dienstwaffe im Schultergurt, das beruhigte sie etwas.

»Kriminalpolizei, Inspektorin Leitner, LKA Niederösterreich.« Zwar hatte Stefanie versucht, ihre Stimme unter Kontrolle zu haben, ein aufmerksamer Zuhörer hätte jedoch trotzdem ein leichtes zusätzliches Vibrieren ihrer Stimmbänder erkannt.

Im Schloss der Erdgeschoßwohnung wurde ein Schlüssel gedreht, die Tür ging auf, vor ihr stand ein Mann in kurzen Hosen und Ruderleiberl. Die einzige Gemeinsamkeit mit seinem Bruder Martin lag darin, dass auch Franz Unger nichts von Socken zu halten schien. Jedenfalls konnte Stefanie nicht umhin, festzustellen, dass der Nagel der linken großen Zehe schon längst geschnitten gehört hätte. Der voluminöse Bauch und das aufgedunsene Gesicht zeugten von regelmäßigen Fressattacken und vor allem von zu viel Alkohol. Stefanies Verdacht wurde durch eine Bierfahne bestätigt, die ihr entgegenwehte, als Franz Unger seinen Mund öffnete.

»Wos woin die Kiwara vo mia?«

Stefanie beschloss, das Wort Kiwara nicht als Beamtenbeleidigung aufzufassen.

»Es geht um Ihre Schwester Maria.«

»Wos soi mit ihr sei?«

»Darf ich kurz reinkommen?«

»Bitte, die gnädige Frau.«

Franz Unger trat zur Seite und machte mit seiner rechten Hand, in der er eine halb leer getrunkene Kaiserbierflasche hielt, eine einladende Bewegung. »Nur hereinspaziert, aber erwarten Sie bitte kein Hauben-Lokal.«

»Ich will nur in Ruhe mit Ihnen reden.« Stefanie zwängte sich durch den engen Spalt zwischen Bauch und Türrahmen. Sie hatte keine Bedenken mehr, dem Bruder der Toten ihren Rücken zuzuwenden, und ging direkt vom Vorraum in die Wohnküche. Auf der Couch lag eine Kellys-Chips-Verpackung. Der Flachbildschirm zeigte den Sportkanal, ein Mann warf gerade Pfeile auf eine Darts-Scheibe.

Auch eine Art, seine Zeit totzuschlagen.

Stefanie setzte sich unaufgefordert neben das Chips-Sackerl.

»Woins a Bia?«

Stefanie schüttelte bedauernd ihren Kopf. »Bin im Dienst.«

»Vo mia erfoat koana wos.«

»Ein Wasser wäre nett.«

»Sofort.«

Franz Unger begutachtete mehrere Gläser, die in der Spüle zwischen anderem benutztem Geschirr zwischenlagerten. Schließlich hielt er eines unter den Wasserhahn, wusch es einmal kurz aus und füllte es dann randvoll an.

»Bitte schön.«

Stefanie nahm das Glas entgegen. Immerhin klebte kein Lippenstift an den Rändern. Trotzdem stellte Stefanie das Wasserglas auf den mit Tageszeitungen überladenen Couchtisch, ohne davon zu trinken.

Franz Unger schien sich nicht daran zu stören, er nahm einen Schluck von seinem Kaiserbier und ließ sich in den gepolsterten Sessel fallen.

»Wos is jetzt mit der Maria?«

»Es tut mir leid, aber ich muss Ihnen mitteilen, dass Ihre Schwester ermordet wurde.«

Stefanie registrierte die Überraschung in Ungers Gesicht, anscheinend hatte ihn der Alkohol so stark benebelt, dass er nicht selbst auf diesen naheliegenden Gedanken nach Stefanies Vorstellung gekommen war. Gierig trank er mehrere Schlucke von seinem Bier, danach hielt er die leere Flasche verkrampft mit seinen Händen fest.

So gut kann sich der nicht verstellen, für den ist die Information sicher neu. Ein derart guter Schauspieler ist er nicht.

Obwohl Franz Unger das Geld aus dem Verkauf des Bauernhofs wahrscheinlich deutlich dringender brauchen konnte als sein Bruder, strich Stefanie ihn von ihrer imaginären Liste der Verdächtigen. Behutsam erzählte sie ihm, wie seine Schwester gefunden worden war. Dann fragte sie ihn der Form halber nach einem Alibi. Franz Unger hatte am besagten Freitag ferngesehen, Sportsendungen, er war alleine gewesen und irgendwann eingeschlafen.

»A Dog wia jeda aundare a«, stellte Unger fest und stand auf. »Sans sicha, dass ned a a Bia woin?«

»Vollkommen sicher.«

Franz Unger öffnete den Kühlschrank.

»I brauch jetzt nu ans.«

Auch Stefanie stand auf, sie hatte genug gesehen. »Hier ist meine Karte, wenn Ihnen jemand einfällt, der Ihrer Schwester etwas antun hätte können, rufen Sie mich an.«

»Moch i, oba wir haum uns kaum mehr gsehn. I woas ned, wos bei da Maria los gwen is.«

Zwei völlig unterschiedliche Brüder, stellte Stefanie in Gedanken fest. Die einzige Gemeinsamkeit ist, dass sie keinen Kontakt zur Schwester hatten.

Und beide keine Socken tragen, korrigierte sie sich, als sie Franz Unger die Hand zum Abschied schüttelte, und dabei wieder dessen überlangen Zehennagel anstatt der Augen anstarrte.

54

Die E-Mail der Entführer ging am späten Nachmittag ein. Ich war erleichtert und gleichzeitig stand ich unter Hochspannung. Bald würde die Entführung Kathis ein Ende finden.

Um Sophie vom Besuch ihrer Großeltern und den dadurch hervorgerufenen Fragen rund um ihre Mama abzulenken, waren Lea und ich mit ihr zum Seewirt marschiert. Ohne ein Gezeter meiner Kleinen würden wir jetzt nicht gleich wieder zurückkehren können. Doch die Angaben der Entführer erforderten ohnehin nicht meinen umgehenden Aufbruch. Vor neunzehn Uhr sollte ich mich nicht blicken lassen. Am Ort der geplanten Übergabe hatte ich mich zwar bisher noch nie aufgehalten, doch gemäß der genauen Wegbeschreibung, die mir übermittelt worden war, lag er in einem kleinen Wäldchen bei Euratsfeld. Der Nachbarort lag nur wenige Kilometer entfernt, daher würde es mir nicht schwerfallen, dort zeitgerecht aufzutauchen.

Aber ich wollte es hinter mich bringen! So bald wie nur möglich.

Während Lea und ich Sophie beobachteten, wie sie die Leiter Stufe für Stufe erklomm, zeigte ich unserer mobilen Mami die E-Mail.

»Bald ist Katharina also wieder zurück«, stellte sie fest, nachdem sie fertiggelesen hatte. In meinen Ohren klang es fast so, als wäre sie davon nicht gerade begeistert.

»Das ist gut für Sophie«, fügte sie hinzu und schaute zu Boden.

Hatte sich Lea erhofft, dass Kathi nicht zurückkommen würde und sie eventuell selbst die Mutterrolle ganz für Sophie übernehmen könnte?

Lea hatte uns in den letzten Tagen so viel geholfen, ohne sie wäre ich verloren gewesen! Ich konnte und wollte ihr daher nichts Bösartiges unterstellen, also verdrängte ich den Gedanken wieder aus meinem Gehirn.

Nachdem meine Kleine auch noch ausgiebig geschaukelt hatte, liefen wir zu einer Entenfamilie, die Sophie am Seeufer entdeckt hatte. Lea riss kleine Stücke aus einem alten Laib Brot, den wir für diesen Zweck mitgenommen hatten, und gab sie Sophie, die begeistert die Mama- und Papa-Enten fütterte.

Rund um uns herum waren die Leute in Feierabend oder gar in Urlaubsstimmung. Es lief Musik, ein Pärchen spielte Federball, eine Frau warf ihrem Hund eine Frisbee zu. Nur ich war mit meinen Gedanken ganz woanders: Würde ich den beschriebenen Platz finden? Eine Art Feldweg, der in ein Wäldchen führte. Nach etwa dreißig Metern im Wald sollte ein Mülleimer an der linken Seite des Weges vor einem der Bäume montiert sein. Dorthinein sollte ich den Chipsensor legen, eingeschweißt in eine Frischhaltefolie. Alles schien ganz einfach zu sein.

Was, wenn es sich um eine Falle handelte?

Ich musste allein hin, durfte niemanden mitnehmen und besaß auch keine Waffe, um mich selbst zu schützen. Nur Lea würde von meinem Unterfangen wissen. Falls ich nicht zurückkam, konnte sie die Polizei über die Hintergründe meines Verschwindens aufklären.

Durfte ich das Risiko überhaupt eingehen? Sophie vermisste schon ihre Mutter so sehr, dass es mir das Herz zerriss. Wie würde es ihr erst ergehen, wenn plötzlich auch noch der Vater nicht mehr greifbar war? Für immer verschwunden blieb?

Ich schüttelte meinen Kopf, um die Zweifel loszuwerden. Mir würde nichts passieren! Die Entführer wollten den Chipsensor, nicht mehr, aber auch nicht weniger. Sie würden dann bei Heidenreich einbrechen, die Gemälde stehlen und danach Kathi freilassen. Damit alles ganz genau so eintreten konnte, musste ich heute alleine in den Wald. Ich würde die Vorgaben erfüllen, würde alles tun, damit Kathi freigelassen wurde!

Basta. Kein Nachgrübeln und keine Unsicherheit mehr.

Sophie gab dem Enterich das letzte Stück Brot, der zog sich auch sogleich zurück ins Wasser. Nur die Mama-Ente hoffte auf noch mehr Futter.

»Kommt, gehen wir!«, forderte ich Sophie und Lea auf. »Ich muss noch etwas Wichtiges erledigen.«

55

Seit ihrer Kindheit hatte Stefanie es geschafft, nie länger als fünf Minuten am Stück in einer Kirche auszuharren. Kurz besichtigen, dann verlassen, das war ihre Devise. Als Kind hatte sie es gehasst, am Sonntagmorgen mit ihrer Mutter die heilige Messe besuchen zu müssen. Ihr Vater hatte die beiden nie begleitet. Der hatte es immer nur zu den Frühschoppen ins Wirtshaus geschafft. Wieso er sich hatte drücken dürfen, sie selbst aber ohne Widerrede hatte mitkommen müssen, verstand Stefanie bis heute nicht.

Bernhards Vater hatte sie deswegen auch nicht kirchlich heiraten wollen. Bei Andreas war es dann etwas anderes gewesen. Für ihn wäre sie freiwillig länger in der Kirche geblieben. Doch das war wiederum ein Ding der Unmöglichkeit gewesen, da er selbst bereits verheiratet gewesen war, als sie sich in ihn verliebt hatte. Stefanie hätte klar sein müssen, dass ihr kein gemeinsames Altwerden mit ihm beschienen war. Doch sie hatte es nicht wahrhaben wollen.

Und da stehe ich jetzt, mitten in der Provinz, weit weg von Wien, neben einer Kirche. Gott sei Dank muss ich da nicht hinein!

Der Bauer Sepp Müller hatte ihr zuvor die Adresse des Hauses genannt, in dem der Kirchenchor probte. Seine Frau Elisabeth hatte sie nämlich nicht mehr am Bauernhof für eine weitere Befragung über ihre ermordete Nachbarin und Freundin angetroffen.

»Ich schufte auf zwei Höfen und sie geht singen«, hatte der Bauer zuerst gemault. »Aber ist schon gut, wenn sie unter Leute kommt. Marias Tod ist ihr sehr nahegegangen. Sie hat heute Nacht kein Auge zubekommen«, zeigte er sich dann doch verständnisvoll und Stefanie hatte erkennen können, wie besorgt er in Wirklichkeit um den Gemütszustand seiner Gattin war.

Er ist ja doch ein guter Kerl.

Stefanie lief mehrere Meter die Straße entlang. Dann musste sie nicht mehr extra die Hausnummern prüfen, denn der Gesang des Chors drang bis zu ihr nach draußen; ein großes weiß getünchtes Haus mit schwarzen Dachziegeln.

Stefanie zog die unverschlossene Eingangstür auf.

Das sind sicher alte Steinwände, so dick wie die Mauern hier angelegt sind. Es ist angenehm kühl.

Im Flur des Hauses befand sich einsam und verlassen ein Kleiderständer. Niemand hatte auch nur ein Jäckchen dort zurückgelassen. *Kein Wunder, bei der Hitze, die immer noch herrscht, erspart man sich den Blazer oder die Jacke.*

Stefanie folgte dem Gesang. Sie klopfte an die Tür, doch verständlicherweise hörte sie im Innern niemand, denn der Chor sang gerade inbrünstig. Das Lied kannte Stefanie nicht, entschlossen drückte sie die Klinke hinunter und öffnete die Tür. Nur zwei, maximal drei Sekunden später verstummte die Musik. Geschätzte zwanzig Augenpaare starrten ihr neugierig entgegen.

»Guten Abend Frau Inspektorin!«

Elisabeth Müller trug ein rot-blaues Dirndl. Trauer sieht anders aus, dachte Stefanie, als sie der Nachbarin des Opfers die Hand schüttelte.

»Wir singen uns den Schock von der Seele«, erklärte ihr Pfarrer Vinzenz, der den Chor leitete, nachdem sich Stefanie vorgestellt hatte. »Manchmal sind Beschäftigung und Ablenkung ganz im Sinne des Herrn.«

Immerhin kommt er mir mit keinem Bibelzitat daher. Nur zu gut wusste Stefanie von den unzähligen Möglichkeiten, die das umfassende Werk seinen Interpreten lieferte.

»Ich hätte mich gerne mit Ihnen allen einzeln unterhalten«, informierte sie die Chorgruppe.

Ein deutlich vernehmbares Gemurmel war das Resultat, Stefanie ignorierte es. »Gibt es eine Mitgliederliste?«, wollte sie vom Pfarrer wissen. Der schaute sie an, als hätte sie danach gefragt, die Beichtgeheimnisse jedes einzelnen seiner Schäfchen zu erfahren.

»Das Mordopfer ist Mitglied im Chor gewesen«, erklärte Stefanie. »Niemand von Ihnen ist explizit verdächtig, es handelt sich um reine Routinefragen.«

Pfarrer Vinzenz drehte sich zu seiner Gemeinde. »Wenn es für euch in Ordnung ist, drucke ich nachher die Liste mit allen Namen plus Telefonnummern für die Frau Inspektorin aus.«

Allgemeines Nicken.

Na, geht doch.

Der Pfarrer wendete sich wieder Stefanie zu. »Wir sind, wie gesagt, mitten in der Probe. Wir üben schon für Marias Begräbnis.«

»Ihr Leichnam ist noch nicht freigegeben.«

Der Satz war Stefanie einfach herausgerutscht, wieder wurde es im Saal unruhig. »Ich meine, ich meine«, stotterte sie. »Es wird noch einige Zeit dauern, bis Sie die Ermordete beerdigen können.«

Jetzt nickte der Pfarrer verständnisvoll, gleichzeitig legte er ihr eine Hand auf ihre Schulter.

Fass mich nicht an!

Entschieden trat Stefanie einen Schritt zurück und streifte so seine Finger wieder ab. Erstmals betrachtete sie Pfarrer Vinzenz genauer. Sie schätzte ihn auf vierzig Jahre, auf den ersten Blickt war er unscheinbar, doch strahlte er eine gewisse Souveränität aus und wirkte sogar auf eine ganz spezielle Weise attraktiv.

Was veranlasste einen Mann wie ihn, dem normalen Leben abzuschwören, sich zu verpflichten, keine Familie zu gründen, nie mit einer Frau zu schlafen? Stefanie konnte es nicht verstehen.

»Wir wollen trotzdem erst noch drei Lieder einstudieren, dann bekommen Sie die Liste«, sagte der Pfarrer. Seine Hände hatte er mittlerweile vor seinem Bauch ineinander verschränkt. Stefanie blies Luft durch ihren Mund hinaus. Was hatte es für einen Sinn auf Konfrontation zu gehen? Keinen, entschied sie. »Gut, ich warte draußen«, lautete daher ihre Antwort.

56

Es dämmerte bereits leicht, sicherheitshalber hatte ich die Taschenlampe mitgenommen, noch brauchte ich sie jedoch nicht. Ich stieg aus meinem Auto und schaute mich um. Weit und breit war niemand zu sehen. Gras wuchs hoch auf dem Feldweg und kitzelte an meinen Waden. Das Bauernhaus, das ich zuvor passiert hatte, lag hinter einem Hügel versteckt. Wenige Meter vor mir reihte sich Fichte an Fichte, nur vereinzelt blitzten die Blätter einer Buche oder auch Lärche hervor.

Noch nie zuvor hatte ich mich so einsam, so verloren gefühlt, wie in diesem Augenblick. Ich atmete die warme Sommerluft ein und warf die Autotür zu. In der einen Hand hielt ich ein Küchenmesser, in der anderen die Taschenlampe. Der Chipsensor steckte in einem Frischhaltebeutel in meiner Hosentasche.

Falls mir jemand begegnete, würde derjenige wegen dem überdimensionalen Messer in meiner Hand eine Heidenangst bekommen, doch das war mir in diesem Augenblick egal. Ich brauchte einfach etwas, das mir Sicherheit vermittelte. Das Messer war dafür zwar nicht perfekt, aber mangels einer

Schusswaffe in meinem Haushalt war es eben die beste Möglichkeit, um mich gegen einen Angreifer möglichst wirksam zu verteidigen. Meine Hoffnung lag darin, dass die lange Klinge möglichst abschreckend wirkte, und ich das Messer daher gar nicht erst verwenden musste.

Ich näherte mich dem Waldrand, der Feldweg wurde schmaler, vereinzelt war er von Wurzeln durchzogen, dunkelgrünes Moos bedeckte den Boden. Links und rechts von mir ragten die Bäume hoch empor. Ich war versucht, die Taschenlampe einzuschalten, so düster war es bereits im Wald, ließ es jedoch bleiben, da ich doch den Boden und die Umgebung noch gut genug erkennen konnte, und nicht gleich von weitem zu sehen sein wollte. Meter für Meter schritt ich voran, irgendwo hämmerte ein Specht auf einen Baumstamm ein, sonst war es still.

Jetzt hatte ich ungefähr die dreißig Meter im Wald zurückgelegt, die mir die Entführer aufgetragen hatten. Fieberhaft suchte ich mit den Augen die linke Seite des Wegrandes ab, doch da war nichts. Vorsichtig ging ich weiter, dann sah ich ihn: Der Blechbehälter war auf einem abgeschnittenen Baumstumpf in Hüfthöhe montiert worden. Die Entführer mussten kurz vor mir hier gewesen sein: Denn keine Plastikflasche, kein Taschentuch, rein gar nichts befand sich in dem Mülleimer.

Ich holte den Beutel hervor und legte ihn mitsamt dem darin befindlichen Chipsensor in den Blechbehälter.

Hinter mir knackte ein Zweig, ich zuckte zusammen, mein Herz überschlug sich förmlich in meiner Brust.

Sei kein Angsthase!, sagte ich mir in Gedanken vor. Verkrampft hielt ich das Küchenmesser in meiner Hand und drehte mich langsam um.

57

»Sie mögen mich nicht besonders.«

Pfarrer Vinzenz erwartete scheinbar keine Antwort von Stefanie, doch Stefanie fühlte sich bemüßigt, etwas zu erwidern. »So würde ich das nicht ausdrücken«, stellte sie fest.

»Wie denn dann?«

Der Geistliche drehte sich nun vom Bildschirm seines Computers weg und schaute sie direkt an. Währenddessen zog der Drucker das erste Stück Papier ein.

Wie konnte ich es nur dazu kommen lassen, fragte sich Stefanie. Ich stelle hier die Fragen, war sie verleitet zu antworten, doch der Pfarrer hätte ihr das sicher als Schwäche ausgelegt. Gegenüber einem Mann, der sein Leben einem sinnlosen Unterfangen geopfert hatte, wollte sie nicht ausweichend antworten.

»Ich kann nur mit Ihrem Beruf nicht viel anfangen.«

»Sie glauben nicht an Gott.«

In seiner Stimme schwang keinerlei Emotion mit. Es war eine Feststellung ohne jegliche Bewertung, und dadurch entwaffnend.

»Ich weiß nicht, was ich glauben soll«, erklärte Stefanie dem Pfarrer. »Als Kind bin ich in die Kirche regelrecht mitgeschleift worden. Ich habe es gehasst.«

Pfarrer Vinzenz nickte. »Ihre Eltern haben es sicher nur gut gemeint, aber sie haben es übertrieben.«

»Meine Mutter, sie hat keine Widerrede zugelassen. Meinem Vater ist es egal gewesen.«

Auch jetzt nickte Vinzenz wieder. »Das ist oft so, auch hier am Land.« Der Pfarrer stand auf. »Obwohl Sie nicht mehr in die Kirche gehen, so halten Sie sich doch an die Zehn Gebote, oder etwa nicht?«

Der Geistliche war im Raum hin und her marschiert. Jetzt blieb er stehen, er befand sich nur einen knappen Meter von Stefanie entfernt. Sein Blick lastete schwer auf ihr.

Du sollst nicht ehebrechen. Du sollst nicht begehren deines nächsten …

Die Stellen des Alten Testaments waren förmlich in ihr Gehirn eingebrannt. Bis heute hatte sie sich nicht verziehen, dass sie dagegen verstoßen hatte. Sie schüttelte ihren Kopf.

Hier geht es nicht um mich, sondern um Maria Unger. Sie ist ermordet worden!

»Du sollst nicht töten!«, sagte Stefanie nun mit der festen Stimme einer Inspektorin, die wieder die Gesprächsführung übernehmen wollte. »Herr Pfarrer, haben Sie gegen dieses Gebot schon einmal verstoßen?«

»Nein, das könnte ich nie tun. Außerdem, wieso hätte ich Maria etwas antun sollen?«

Stefanie zuckte mit ihren Achseln. »Sagen Sie es mir.«

»Du sollst nicht lügen.«

Was soll das jetzt?

»Eines der Zehn Gebote, ich weiß«, sagte Stefanie.

»Das ist das einzige Gebot, gegen das ich hin und wieder verstoße«, gab der Pfarrer zu. »Und glauben Sie mir, darauf bin ich nicht stolz. Wenn ich aber meine Schäfchen nicht hin und wieder komplett vor den Kopf stoßen will, kann ich ihnen nicht immer geradeheraus sagen, was ich mir denke.«

Wer kann das schon, fragte sich Stefanie. Sie selbst sicher nicht, sie würde das aber auch nicht als Lügen im herkömmlichen Sinn bezeichnen. Vielmehr beschützt man seine Mitmenschen, stellte sie fest. Dabei handelte es sich also um eine gute Tat und nicht um einen Verstoß gegen eines der Zehn Gebote.

Stefanie blies Luft durch den Mund aus.

Konzentriere dich, lass dich von ihm nicht ablenken.

»Wo waren Sie von Freitagnachmittag bis zum Samstagmorgen?«

Pfarrer Vinzenz musste nicht nachdenken. »Um neunzehn Uhr habe ich die Messe gelesen«, antwortete er.

»Davor und danach?«

Stefanies Handy meldete sich. Patience, Axel Rose pfiff vor sich hin. Sie nahm das Gespräch an und erkannte Böcks Stimme. Stefanies Magen zog sich zusammen.

Böck will mich nicht. Ich habe Sie mir nicht ausgesucht, hat er gesagt. Das ist eindeutig. Was will er also von mir?

»Wo befinden Sie sich?«, wollte ihr neuer Vorgesetzter wissen.

»In Reinsberg«, krächzte sie. Mit einem Mal fühlte sich ihre Kehle wie ausgetrocknet an.

»Nicht weit entfernt ist ein weiterer Mord passiert. Sie übernehmen den Fall!«, befahl er.

Stefanie notierte in Gedanken die Adresse des Tatorts, die sie in Kürze auch per E-Mail auf ihr Smartphone gesendet bekommen würde. Vergessen war der ausgetrocknete Mund, sie brauchte auch kein Wasser mehr. Mit einem Mal drehten sich ihre Gedanken um ihre neue Aufgabe.

Wer hat diesen Mord begangen?

Hängen die beiden Fälle zusammen?

Jemand hält sich offensichtlich ganz und gar nicht an die Zehn Gebote.

Mittwoch

58

»Wo waren Sie gestern zwischen achtzehn und dreiundzwanzig Uhr?«

Im Geiste sah ich mich durch die Dämmerung fahren. Der Entführer hatte mich gut instruiert. Er hatte wohl sicherstellen wollen, dass nichts mehr schiefgehen konnte. Ich hatte den Chipsensor auch genau dort deponiert, wo mich die Anweisungen hin gelotst hatten. Alles war klar gewesen, ich hatte nicht den geringsten Zweifel daran gehabt, an der richtigen Stelle zu sein.

Nur das Reh hatte mich fast zu Tode erschreckt. Richtiggehend gefürchtet hatte ich mich, als hinter mir plötzlich ein Zweig geknackst hatte. Doch dann war es nur ein Reh gewesen, das mich verstört angestarrt hatte. Nach nicht einmal zwei Sekunden war es davongesprungen, ich war zum Auto zurückgelaufen und nachhause gefahren. Dort hatte Sophie schon im Bettchen friedlich vor sich hingeschlummert. Sie war ohne ihre Eltern eingeschlafen, Sophie musste sehr müde gewesen sein. Lea war wie auch die Nächte zuvor im Ehebett neben meiner Tochter gelegen und hatte ihr die nötige Sicherheit gegeben. Ich hatte die Nacht wieder auf der Couch verbracht.

Alles war also gutgegangen.

Warum saß mir aber dann am Morgen danach eine Inspektorin des LKA Niederösterreichs gegenüber? Hatten die Entführer derart schnell zugeschlagen? Hatten sie schon eingebrochen und hatte Heidenreich die Bullen sofort zu mir geschickt?

»Ich warte auf Ihre Antwort.«

Inspektorin Leitners Augen, die ihr schmales Gesicht dominierten, schienen bis in mein Innerstes zu schauen.

»Ich bin daheim gewesen«, log ich trotzdem.

»Kann das jemand bezeugen?«, fragte die Inspektorin.

Gleichzeitig drehte sie ihren Kopf mit einer schnellen Bewegung seitlich nach oben. Diese Kopfbewegung erinnerte mich an Katharina. Genauso hatte es meine Frau immer zustande gebracht, störrische Haarsträhnen zurück über die Schultern zu befördern. Der rote Haarschopf der Inspektorin war allerdings kurzgeschnitten, daher hatte die Bewegung keinerlei Auswirkung.

»Kann jemand bestätigen, dass Sie zuhause waren?«, wiederholte sie ihre Frage. Sie klang nun schon leicht gereizt.

»Lea, unsere mobile Mami«, antwortete ich möglichst rasch und dankte gleichzeitig Gott für Leas Hartnäckigkeit. Sie hatte ja darauf bestanden, von mir eingeweiht zu werden. Mir war bewusst gewesen, dass nach dem Einbruch bei Heidenreich der Verdacht auf mich fallen würde. Doch so schnell hatte ich nicht damit gerechnet.

»Dieselbe, die gerade im Garten mit dem kleinen Mädchen spielt?«, wollte die Inspektorin wissen.

Ich nickte, durch das Glas der Terrassentür sah ich, wie sich Lea und Sophie abwechselnd den gelben Plastikball zuwarfen.

»Ich rede sofort mit ihr. Sie bleiben hier.«

Die Inspektorin stand auf.

»Bitte erschrecken Sie Sophie nicht. Sie ist noch recht schüchtern«, warf ich ein. *Hoffentlich verlangt sie nicht nach ihrer Mutter. Die Bullen dürfen erst merken, dass etwas nicht stimmt, nachdem Kathi freigekommen ist!*

»Ich halte mich zurück.«

Die Inspektorin ging zur Terrassentür, öffnete sie und schritt zielstrebig in Richtung des Sandkastens, neben dem die beiden ballspielten. Dort angekommen ging sie vor Sophie in die Hocke und redete auf sie ein. Meine Kleine erwiderte etwas, ich konnte aber nichts von dem verstehen, was die beiden zueinander sagten.

Hoffentlich deckte mich Lea wirklich, wie vereinbart. Ich würde es ihr zwar nicht verübeln, wenn sie später einmal mit der Wahrheit herausrückte, aber noch war es dafür eindeutig zu früh. Falls es in einigen Monaten eine Anklage gegen mich gäben würde, wäre Kathi bestimmt schon frei und könnte sich um Sophie kümmern. Einen Meineid vor Gericht musste Lea also nicht leisten. Nur eine Beamtin belügen, mehr verlangte ich ja nicht von ihr.

Die Inspektorin kam zurück ins Wohnzimmer.

»Sagen Sie mir endlich, worum es geht?«

Die Frage hatte ich schon beim Eintreffen der Ermittlerin gestellt, und keine Antwort bekommen. Kurz hatte ich befürchtet, man hätte Kathi gefunden, tot. Doch das hätte sie mir sicher sofort mitgeteilt. Das gebietet der Anstand, dass man den Ehegatten darüber nicht im Ungewissen lässt. So grausam waren unsere Behörden nicht. Da gab es sicher genaue Instruktionen für die Beamten, die keinerlei Spielraum zuließen, wollten sie nicht eine Klage mit darauffolgender Suspendierung riskieren.

Die Inspektorin blieb vor mir stehen. »Okay, das Mädchen bestätigt Ihr Alibi. Vorerst bin ich damit hier fertig.«

»Jetzt müssen Sie mir aber sagen, was los ist!«, beharrte ich und stand auf, um mit ihr auf Augenhöhe zu kommunizieren.

»Müssen tu ich gar nichts.«

Die Frau musterte mich und blies Luft durch den Mund aus.

»Also gut«, sagte sie danach. »Kennen Sie einen Hagenauer?«

»Nein, ja, der Vorgesetzte meiner Frau.«

»Er ist tot.«

Hagenauer tot?

»Seine Frau sagt, er hatte eine Affäre mit Ihrer Frau. Haben Sie davon gewusst?«

»Nein, ja, doch«, gestand ich.

Leugnen hatte hier nun wirklich keinen Sinn. Außerdem war es mehr als nur eine Affäre, denn Fakt war, dass Katharina mich verlassen hatte wollen; für einen anderen Kerl. Ein Arschloch, das nun tot war.

»Die Hagenauer verdächtigt Sie.«

»Ich habe ein Alibi!«

»Stimmt, wir müssen auch mit Ihrer Frau reden. Wissen Sie, wo sie sich aufhält?«

Was sollte ich darauf antworten?

»Wo erreichen wir sie?«

»Kathi brauchte eine Auszeit. Morgen wollte sie zurück sein. Sie muss nachdenken. Über uns«, fügte ich hinzu.

Die Lüge hatte ja auch schon bei Katharinas Eltern funktioniert.

»Wir müssen Ihre Frau unbedingt so schnell wie möglich sprechen. Richten Sie ihr das bitte aus!«

»Ist Katharina in Gefahr?«

Wenn die wüssten!

»Das wissen wir nicht. Im Moment ist alles möglich. Sie könnte auch Hagenauers Mörderin sein«, stellte Inspektorin Leitner trocken fest.

Erst muss Kathi freikommen, dann kläre ich alles auf.

»Das kann ich mir nicht vorstellen«, verteidigte ich meine Frau, während ich die Inspektorin hinausbegleitete.

»Das kann man sich bei kaum jemandem, und doch.«

Die Leitner reichte mir die Hand und verabschiedete sich, ohne weitere Erklärungen abzugeben.

Erleichtert, sie los zu sein, schloss ich die Tür hinter der Inspektorin.

»Sag mir, dass du mit Hagenauers Tod nichts zu tun hast!«

Lea stand zwei Meter entfernt von mir. Sophie hielt sie seitlich an ihre Hüfte gepresst. Wie vereinbart, hatte sie mich gedeckt, an ihrem Blick erkannte ich jedoch deutlich ihr Misstrauen mir gegenüber. Was hatte ich erwartet? Blindes Vertrauen? Nein, ich konnte nur zu gut verstehen, dass sie diese Nachricht verunsichert hatte.

»Ich bin es nicht gewesen! Ich schwöre es!«, beteuerte ich meine Unschuld.

»Komm, wir spielen weiter mit dem Ball«, sagte Lea zu Sophie. Sie drehte mir den Rücken zu und schritt mit meiner Kleinen an ihrer Hüfte davon.

Hatte ich Lea überzeugt?

Ich wusste es nicht.

Es war mir aber auch schon fast egal. In dem Moment zählte nur noch, dass Katharina freikam und wieder bald zuhause sein würde. War meine Frau erst einmal wieder daheim bei unserer Sophie, würde ich zur Polizei gehen und dieser Inspektorin Leitner alles über die Entführung und die Erpressung erzählen. Das schwor ich mir.

59

Das Wageninnere hatte sich in der kurzen Zeit aufgeheizt. Stefanie ließ die Scheiben in den Seitentüren verschwinden. Die Klimaanlage arbeitete bereits auf Hochtouren, während

Stefanie die Seeuferpromenade entlangfuhr. Sie war müde und brauchte entweder Schlaf oder eine hohe Dosis Koffein. Angesichts der Tatsache, gleichzeitig für die Aufklärung von zwei Mordfällen die Verantwortung zu tragen, war an schlafen nicht zu denken, daher parkte sie ihr Fahrzeug vor dem Seewirt.

Im Gastgarten unter den blau-roten Sonnenschirmen rastete nur eine junge Mutter. Langsam schob diese den Kinderwagen neben ihr vor und zurück. Die braucht genauso dringend einige Stunden Schlaf wie ich, schloss Stefanie, als sie einen Blick auf die tiefliegenden Augen der Frau erhaschte.

Stefanie entschied sich für den Tisch, der sich am weitesten entfernt von der müden Mama befand, denn sie würde später telefonieren müssen und wollte das Baby nicht aufwecken. Sicherheitshalber stellte sie ihr Smartphone auf Vibrationsmodus.

Nachdem Stefanie den Kaffee und einen Schinken-Käse-Toast bestellt hatte, ließ sie sich die Ereignisse der vergangenen Nacht nochmals durch den Kopf gehen: Böcks Anruf war der Auslöser für die schlaflose Nacht gewesen. Das Mordopfer, Hagenauer, war in einem Wald in Euratsfeld gefunden worden, und zwar nur kurz nach seiner Ermordung. Ein Rentner war mit seinem Hund Gassi gegangen. Der Köter hatte seinen Herrn auf Hagenauers Leichnam aufmerksam gemacht.

Wenn die beiden nicht mitten in der Nacht unterwegs gewesen wären, hätte es sicher bis heute am Morgen oder sogar noch länger gedauert, bis man ihn gefunden hätte. Ich hätte in Ruhe schlafen können und wäre jetzt fit und ausgerastet, um die beiden Fälle zu lösen!

Stefanie, kein Gejammer – du hast dich für diesen Job entschieden! Diese unmöglichen Arbeitszeiten kommen nicht überraschend für dich!

Die Kellnerin stellte den Kaffee vor Stefanie auf den Tisch. »Toast kommt gleich!«

Stefanie entschloss sich, keinen Zucker und auch keine Milch hinzuzufügen. Sie nippte vorsichtig, der Kaffee schmeckte bitter auf Zunge und Gaumen. Doch schon als sie ihn hinunterschluckte, glaubte sie zu spüren, wie die Energie in ihren Körper zurückkehrte. Sie stellte die Tasse wieder ab und ließ ihren Blick über den See schweifen. Das Wasser glitzerte aufgeregt und reflektierte die Sonnenstrahlen. Stefanie schirmte daher ihre aufgrund des Schlafmangels empfindlichen Augen ab. An der gegenüberliegenden Uferseite erkannte sie das Haus des Verdächtigen.

Das Kindermädchen hat zwar seine Geschichte bestätigt, aber irgendwie habe ich das Gefühl, dass da etwas faul ist. Sie hat mir kaum in die Augen schauen können, hat so getan, als müsse sie sich um die Kleine kümmern und dürfe sich nicht ablenken lassen. Noch lasse ich ihn nicht vom Haken.

Genug gerastet, entschied Stefanie und entsperrte ihr Smartphone. Keine fünf Sekunden später war sie mit Kriminaltechnikerin Elfriede Auer verbunden.

»Sie waren heute am Tatort in Euratsfeld.«

»Ja«, bestätigte Auer.

»Ich brauche möglichst rasch den ballistischen Befund samt einem Abgleich mit den Projektilen im Fall Maria Unger.«

»Wird erledigt«, bestätigte die Kriminaltechnikerin.

Danach ließ sich Stefanie von ihr zu Direktor Böck durchstellen.

»Im Fall Hagenauer gibt es derzeit zwei Verdächtige und eine abgängige Geliebte.« Stefanie Leitner erklärte ihrem Vorgesetzten die Sachlage. »Wir brauchen von der Telekom die Handydaten der betrogenen Ehefrau, vom betrogenen Mann und von der Geliebten. Natürlich auch vom Ermordeten selbst. Dann erfahren wir, wo sie sich gestern am Abend aufgehalten haben. Vielleicht finden wir so auch die abgängige Geliebte des Opfers.«

»Frau Inspektorin Leitner, mir müssen Sie nicht erklären,

wieso wir die Daten brauchen!« Böck schien aufgebracht über die ausführliche Erklärung seiner neuen Mitarbeiterin zu sein.

Sei nicht so empfindlich, tu einfach, was ich dir sage!

Stefanie entgegnete nichts, manchmal war es besser, den Mund zu halten und abzuwarten. Schließlich wollte sie ihren neuen Vorgesetzten nicht schon in der ersten Arbeitswoche gegen sich aufbringen. Einen Vorgesetzten, der sie ohnehin nicht gewollt hatte.

»Okay«, lenkte Böck nach mehreren Sekunden des Schweigens ein. »Es wird nicht leicht, die Datenschützer, Sie wissen schon. Im Ministerium machen sich deswegen alle ins Hemd, aber ich werde alles anfordern.«

Wir brauchen die Daten, Sie schaffen das!

»Neuigkeiten im Fall der Bäuerin?«, fragte Böck.

»Leider nein, aber ich lasse die Projektile abgleichen.«

»Sie denken, die beiden Fälle hängen zusammen?«

»Reine Routine, der Vergleich, noch gibt es keinerlei Anhaltspunkte für einen Zusammenhang«, erklärte Stefanie. »Überhaupt fehlt mir bei der Bäuerin bisher jegliches Tatmotiv«, gestand sie.

»Die beiden Brüder erben doch den Hof!«

Ja, schon, nur der eine, der es nötig hätte, wirkte absolut nicht wie ein Mörder. Der andere hat genug Geld und ein Alibi.

»Ich ermittle in alle Richtungen. Die beiden Brüder stehen derzeit natürlich ganz oben auf der Liste der Verdächtigen«, erklärte Stefanie.

Jede andere Antwort wäre unprofessionell gewesen, gestand sich Stefanie ein. Böck musste nicht über sämtliche ihrer Schlussfolgerungen Bescheid wissen. Auch über die Liste der Kirchenchormitglieder, die ihr Pater Vinzenz ausgehändigt hatte, musste sie ihn noch nicht informieren.

60

»Jetzt bekommst du einen frischen Popo!«, hörte ich Leas Stimme aus dem Badezimmer.

»Keinen frischen Popo, frische Windel!«, korrigierte Sophie ihre mobile Mami.

»Richtig, eine frische Windel bekommst du«, stimmte Lea zu. »Einen frischen Popo, das geht ja gar nicht!«

Sophie gluckste zufrieden. Ich hockte wieder einmal auf dem Drehsessel und starrte auf den Bildschirm meines Computers. Mein E-Mail-Posteingang war geöffnet, ich las zum wiederholten Mal das letzte Schreiben der Entführer. Ich hatte exakt so gehandelt, wie gefordert, und hatte den Chipsensor dort deponiert, wo sie es gewollt hatten. Jetzt hoffte ich, dass eine Nachricht von Kathis Entführern einging, die das auch bestätigte. Noch hatten sie nicht bei Heidenreich eingebrochen, aber es könnte jeden Augenblick so weit sein. Unter Tags war es sogar wahrscheinlicher, dass beide Heidenreichs nicht daheim waren, redete ich mir ein. In Wahrheit wusste ich nicht, wie es die Entführer anstellen wollten, sicherzustellen, niemanden im Haus anzutreffen. Sie hatten zwar von mir den Chipsensor bekommen, aber das war eben nur die halbe Miete. Sie müssten die Zufahrt zur Villa beobachten, anders ginge es nicht. Dadurch könnten sie jedoch auffallen. Zeugen würden sich vielleicht später an sie oder ihr Fahrzeug erinnern und diese Informationen an die Polizei weiterleiten.

Auch Kathi ist eine Zeugin, ging es mir durch den Kopf. Wenn die Entführer befürchteten, Kathi könnte sie identifizieren, bringen sie Kathi vielleicht doch noch um! Ich habe nichts in der Hand, um das zu verhindern. Habe ich einen großen Fehler begangen? Hätte ich gleich zur Polizei gehen sollen? Die Zweifel an meinem Vorgehen waren zurück, doch ich hatte eine Entscheidung getroffen, die ich nun nicht mehr rückgängig machen konnte. Mit meiner Entscheidung würde ich leben müssen, egal wie gut oder schlecht sie war. Im Moment konnte ich nur abwarten und war froh, von der Inspektorin nicht zur Befragung mitgenommen worden zu sein.

Der Liebhaber meiner Frau war ermordet worden!

Da war es nur zu gut nachvollziehbar, dass ich auf der Liste der Verdächtigen ganz oben gelandet war. Mein Name stand sicher neben dem von Hagenauers Frau. Hatte sie ihren Mann selbst aus dem Weg geräumt? Wenn dann hatte sie mir damit einen Gefallen getan. Kathi würde nun nicht mit ihm ein gemeinsames Leben führen. Das hieß natürlich auch nicht, dass sie bei mir bleiben würde. Aber meine Hoffnung auf eine Zukunft als funktionierende Familie lebte wieder.

Würde ich es schaffen, ihr die Affäre zu verzeihen? Wollte ich das überhaupt? Wollte sie mit mir weiterleben? Außerdem gab es da noch ihre demütigenden Worte über mich, die sie an Hagenauer geschrieben hatte. Sie waren vernichtend und verachtend gewesen. Würde ich das jemals vergessen oder verzeihen können? Wenn dann vielleicht verdrängen.

»Wir brauchen Früchte und Pampers!«, verlautbarte Lea und riss mich dadurch aus meinen Gedanken. Lea stand mit Sophie an ihre Hüfte gepresst im Türrahmen. Seit die Inspektorin das Haus verlassen hatte, hatte Sophie ihr keine Verschnaufpause gegönnt. Wir hatten uns daher noch nicht ausgesprochen. Ich hatte ihre Zweifel an mir nicht ausräumen können. Noch immer nagte die Unsicherheit offensichtlich an Lea. Sie musterte mich und biss sich mit den Zähnen in die Unterlippe.

»Gut, fahren wir einkaufen!«, antwortete ich.

Alles war besser, als herumzusitzen und vor mich hinzusinnieren. »Ich muss nur noch eine kurze E-Mail schreiben, dann komme ich«, ließ ich Lea wissen.

Ich klickte auf Antworten und schrieb:

Ich habe meinen Teil erfüllt. Lassen Sie jetzt meine Frau frei.

61

»Kommen Sie bitte noch einmal vorbei.«

Alexandra Hagenauers Stimme klang auch am Telefon rauchig.

»Wieso?«, wollte Stefanie wissen. Sie drückte auf die Fernbedienung und entriegelte damit das Schloss der Fahrertür. Nochmals schirmte sie ihre Augen ab und ließ ihren Blick über den Ausee gleiten. Entlang des Seeuferwegs fuhr ein Audi A4.

Ist das etwa Harald Brunner?

Wieso eigentlich nicht?

Stefanie hatte ihn nicht festgenommen, er hatte auch keinen Hausarrest, sondern konnte sich frei bewegen.

»Ich muss Ihnen unbedingt etwas zeigen. Am Telefon geht das nicht. Es hat vielleicht mit Mathias' Ermordung zu tun.«

Mit einem Mal war Stefanie hellwach. Die Dosis Koffein und nun diese Nachricht beschleunigten ihren Herzschlag. Ein rascher Erfolg als Einstand würde ihre Position im LKA stärken.

»Okay, ich komme sofort«, antwortete sie daher. »Ich bin noch bei den Auseen in Blindenmarkt.«

Als sie wenig später ihr Auto die Landstraße entlang steuerte, die zwischen Getreidefeldern verlief, beachtete sie die Umgebung nicht, da verschiedenste mögliche Szenarien wirr durch ihren Kopf geisterten:

Hat Alexandra Hagenauer einen Drohbrief gefunden? Hat sie herausbekommen, dass ihr Mann in dubiose Geschäfte verwickelt gewesen ist? Hat ihr Mann jemanden erpresst? Oder ist sie gar über die mög-

liche Tatwaffe gestolpert? Hat sie Blut im Haus oder irgendwo anders entdeckt? Hat sie eventuell einen Schlüssel für eine Zweitwohnung gefunden, die Hagenauer für seine Affäre mit Katharina Brunner genutzt hat?

Alles war möglich, denn die Frau des Ermordeten hatte mit keiner Silbe erwähnt, was genau sie Stefanie zeigen wollte.

Vergiss das Spekulieren. Du leidest unter Schlafmangel, deine Fantasie geht mit dir durch! Ich hätte darauf bestehen müssen, zu erfahren, was genau sie mir zeigen will. Stattdessen bin ich einfach losgefahren, wie eine blutjunge Anfängerin, ein Spielball für jedermann und -frau!

Die verbleibende Fahrtstrecke zwang sich Stefanie, sich auf das Lenken ihres Autos zu konzentrieren und der Stimme des Navigationssystems zu lauschen. Als sie vor dem Haus der Hagenauers einparkte, hatte sie sich so weit wieder beruhigt, dass sie die Hausherrin nicht gleich an die eigene Hauswand nageln würde.

Stefanie stieg aus und ging zur Gartentür. Die Witwe rauchte im Garten eine Zigarette, hastig dämpfte sie den Glimmstängel im Aschenbecher aus und kam auf Stefanie zu. »Danke, dass Sie so schnell gekommen sind!«

»Sie haben mir ja keine Wahl gelassen.«

Kein Wort hat sie gesagt darüber, worum es geht.

Stefanies Ärger war nahe dran, wieder an die Oberfläche zu kommen, doch sie schluckte ihn hinunter. Die Hausherrin tat so, als hätte sie den Vorwurf nicht gehört, der in Stefanies Satz mitgeschwungen war.

»Kommen Sie mit, wir müssen ins Haus.«

Erst als Stefanie der Hausherrin folgte, registrierte sie das knallgelbe Shirt und den blauen Rock der Witwe.

Trauerkleidung sieht anders aus! Da war ja das Dirndl, das die Nachbarin von Maria Unger gestern bei der Probe mit dem Kirchenchor getragen hat, harmlos dagegen.

Aber naja, ihr Göttergatte hat die Hagenauer betrogen, er wollte sie sogar verlassen!

Immerhin spielt sie mir nicht die trauernde Witwe vor.

Im Innern des Hauses war es angenehm kühl.

»Hier ist mein Büro, ich arbeite zeitweise von zuhause aus«, erklärte Alexandra Hagenauer. »Ihnen wird es wahrscheinlich nicht aufgefallen sein, aber unser Garten ist kameraüberwacht. Genauer gesagt, sind es Nachtbildkameras. Mathias wollte das so.«

Alexandra Hagenauer betätigte die Maus, anstelle des Bildschirmschoners erschien ein Ordner mit mehreren Fotodateien auf dem Bildschirm.

»Es funktioniert ähnlich wie bei den Wildkameras im Wald«, erklärte die Witwe. »Nur wenn sich was bewegt, kommen die Kameras auch zum Einsatz. Nachdem Sie heute gegangen sind, habe ich die Aufzeichnungen der letzten Tage gesichtet.«

Die Hagenauer klickte eines der Dokumente an. Das Foto sprang Stefanie vom Bildschirm förmlich entgegen. Auch wenn kein Zweifel bestand, konnte sie kaum glauben, was sie da sah.

62

Sophie hielt das Lenkrad mit beiden Händen fest. Ich hoffte, dass sie diesmal genügend Geduld aufbrachte und nicht wie schon bei früheren Gelegenheiten lautstark darauf bestand, sofort weiterzufahren.

Eilig packte ich die Früchtetuben, Stangerl, Feuchttücher und Pampers in das hintere korbförmige Ende des Einkaufswagens.

»Dein Papa muss noch zahlen, dann kannst du weiterfahren«,

erklärte Lea meiner Kleinen, die im vorderen Teil des Wagens saß, der wie ein Auto im Kleinformat ausgeführt war. Die Verkäuferin stellte mir ihre unnötigen Fragen nach Rabattabzügen und meiner Kundenkarte, erst als ich beides verneint hatte, durfte ich endlich den PIN meiner Bankomatkarte eintippen.

»Erledigt!«

Ich beugte mich zu meiner Kleinen hinunter. »Wollen wir noch etwas im Restaurant essen?«, schlug ich vor.

Mir knurrte bereits der Magen und auch Sophie erging es anscheinend ähnlich, denn ihr »Ja!« fiel deutlich lauter aus als sonst. Auch Lea schien nicht abgeneigt zu sein, immerhin würde so keiner von uns beiden kochen müssen. Obwohl es eigentlich eine Schande war, an so einem schönen Sommertag nicht im Freien zu essen. Im Moment ging es aber ohnehin nur darum, Energie zuzuführen, um einigermaßen für die nächsten Stunden gewappnet zu sein, gestand ich mir ein. Was auch immer auf mich zukam, es würde nicht einfach werden.

Lea lief voraus. Seitdem uns die Inspektorin ihre Aufwartung gemacht hatte, war Lea mir gegenüber sehr reserviert – und das war schon vorsichtig ausgedrückt. Unsere mobile Mami hielt nur mehr Sophie zuliebe die Stellung. Wäre ihr die Kleine nicht so ans Herz gewachsen, hätte Lea spätestens heute am Morgen das Weite gesucht und nichts mehr mit mir zu schaffen haben wollen.

Ich schob den Kinderwagen hinter ihr her zur Selbstbedienungstheke.

»Willst du eine Frittatensuppe?«, fragte Lea Sophie, die begeistert zustimmte.

Lea beförderte mit einem Löffel die Einlagen in den Suppenteller, danach goss sie die klare Rindssuppe mit dem Schöpflöffel in den Teller, bis er randvoll gefüllt war, und stellte ihn auf ein Tablett. Vom Koch bekamen wir zwei Putenschnitzel mit Reis. Lea richtete uns noch einen gemischten Salat her und schon schob ich Sophie samt dem Kinderwagen zum Kassabereich des Restaurants. Dort bestellte ich noch zwei nicht zu kalte Apfelsaft-Leitungswasser. Lea legte währenddessen Essbesteck und Servietten für uns drei aufs Tablett. Wir funktionierten schon wie ein altes Ehepaar.

Auch bei einem alten Paar konnte schon durchaus einmal eine Eiszeit herrschen, wie in diesem Moment bei uns beiden.

Rechter Hand türmten sich süße Leckereien in einer Glasvitrine, gerade vor mir befand sich der Terminal, um mittels Bankomatkarte zu bezahlen. Die Kassierin war noch damit beschäftigt, unsere Getränke zuzubereiten, daher schwenkte mein Blick weiter nach links. Dort lagen auf einem Tisch mehrere Magazine zur freien Entnahme. Darunter auch aktuelle Tageszeitungen.

Bäuerin in Reinsberg erschossen!

Ermordete Bäuerin in Reinsberg!

Ich konnte nicht fassen, was da geschrieben stand. Kathi war seit Tagen in den Händen von Entführern. Der Geliebte meiner Frau – der Ehebrecher – war vergangene Nacht ermordet worden. Beides war in meinem engsten Umfeld passiert, und dann wurde noch eine Bäuerin in Reinsberg erschossen! Das kann natürlich auch Zufall sein, versuchte ich mir einzureden.

»Mit Bankomatkarte?«

Ich reagierte nicht sofort, doch schließlich brachte ich doch ein »Ja« heraus. Den Betrag, der am Display angezeigt wurde, registrierte ich nicht, aber ich schaffte es, meine Karte über den Sensor zu halten, bis es piepste.

Wie ferngesteuert rollte ich den Einkaufswagen hinter Lea her, die das volle Tablett trug und einen der freien Tische anvisierte. Meine Gedanken kreisten weiterhin um die Tote in Reinsberg.

Eine Tote.

Nahe an einem Ort, an dem ich mich vor kurzem aufgehalten hatte. Konnte das wirklich Zufall sein?

Unwahrscheinlich.

63

»Ist er da?«

Den Namen von Böcks Sekretärin hatte sich Stefanie nicht gemerkt.

»Da können Sie jetzt nicht rein«, lautete die Antwort.

Türaufreißen, hineinstürmen, Durchsuchungsbefehl anfordern, das war es, was Stefanie Leitner tun wollte. Doch sie war die Neue, sie kannte die Gepflogenheiten noch nicht und konnte daher auch nicht abschätzen, welche Konsequenzen eine solche Vorgehensweise für sie haben würde. Außerdem durfte sie es sich mit Heidi Zank nicht verscherzen. Auf dem Tischschildchen, das Stefanie nun registrierte, stand der Name geschrieben. Darunter prangte in großen Buchstaben die Bezeichnung »Office Manager«. Sehr modern sind wir hier in der Provinz, stellte Stefanie fest. Immerhin half ihr das Schild, Böcks Sekretärin mit ihrem Namen anzusprechen.

»Entschuldigen Sie bitte, Frau Zank, dass ich hier so unangemeldet reinplatze«, begann Stefanie, »aber ich arbeite an zwei Mordfällen, bin neu hier, und habe keinen Partner. Es gibt Fortschritte, die ich unbedingt mit Direktor Böck bereden muss.«

Heidi Zank nickte und fixierte ihren Bildschirm.

»In eineinhalb Stunden kann ich Sie für zehn Minuten reinschieben.« Sie hob ihren Kopf. »Länger geht es beim besten Willen nicht.«

Mir recht! Zu lange beim Chef muss ich mich auch nicht aufhalten.

Stefanie bedankte sich und marschierte davon. In ihrem vereinsamten Büro angekommen, fuhr sie zuerst ihren Rechner hoch und meldete sich im internen System an. Der Abschlussbericht der Gerichtsmedizin zum Fall Maria Unger befand sich in ihrem Posteingang.

Wenn Doktor Heiß keine Ungereimtheiten entdeckt hat, wird ihr Leichnam jetzt freigegeben. Soll ich zu Pater Vinzenz' Trauerfeier gehen und der Beerdigung beiwohnen? Sicher nicht! So gut singt der Chor auch wieder nicht, wegen denen muss ich meine Kirchenabstinenz nicht unterbrechen.

Stefanie las den Bericht und fand keinerlei relevante Neuigkeiten. Maria Unger war zwischen Freitagnachmittag und Samstagmorgen erschossen worden.

Nur warum?

Wen hast du dir zum Feind gemacht, um so zu enden?

Während sie sich die Frage nach dem Motiv wieder einmal stellte, betrachtete Stefanie die Nahaufnahme des Opfers. Sie hielt ein Privatfoto der Toten in ihrer Hand, das im Bauernhaus sichergestellt und dem Akt hinzugefügt worden war. Maria Unger lachte auf dem Foto übermütig und zwinkerte dem Fotografen kokett zu.

Einige gute Jahre hättest du noch gehabt, hast gar nicht so übel ausgesehen.

Auswertung Telekom - Brunner, Brunner, Hagenauer, Hagenauer.

Der Betreff der neuen E-Mail war eindeutig. Stefanie Leitner klickte die Nachricht an und begann zu lesen.

64

Die Bilder, sie zeigten nicht die tote Bäuerin. Der Bauernhof, der sich im Zentrum der meisten Aufnahmen befand, war mir allerdings bekannt. Seit ich die Headlines der Tageszeitungen gelesen hatte, war mir diese Möglichkeit im Kopf herumgegeistert. Jetzt hatte ich die Bestätigung. Nur, was hatte es zu bedeuten? Wieso war Maria U., wie sie der Onlineartikel bezeichnete, ermordet worden? Angeblich tappte die Polizei im Dunkeln.

Hatte die Ermordung der Bäuerin gar etwas mit Kathis Entführung zu tun? Fieberhaft durchforstete ich im Internet sämtliche Einträge, die mit Einbrüchen in Verbindung standen. Nichts deutete jedoch darauf hin, dass die Entführer bereits bei Heidenreich eingestiegen waren. Auch über den Mord an Hagenauer fand ich keinen Eintrag im Netz. Noch hatte die Presse also keinen Wind davon bekommen. Lange konnte es jedoch nicht mehr dauern. Würde dann bald die Meute vor unserem Haus auftauchen, würde man uns belagern?

Falls die Affäre Kathis mit dem ermordeten Hagenauer bekannt wurde, und davon ging ich aus, dann würden die Aasgeier bald bei uns auftauchen. Sie würden nach der Geliebten des Toten Ausschau halten, sie aber nicht antreffen. Unweigerlich würde ich ins Zentrum des medialen Interesses rücken. Die Hagenauer hatte mich schon bei der Polizei angeschwärzt. Sie würde sicher auch nicht davor zurückschrecken, ihren Verdacht, den sie mir gegenüber hegte, der Presse mitzuteilen.

So schlimm die vergangenen Tage auch gewesen waren, die kommenden hatten Potenzial, noch schrecklicher zu werden. Ich schloss den Internet-Explorer und überlegte.

Wieso, wieso musste das ausgerechnet mir passieren? Es war zum Verzweifeln. Ich wusste nicht, wie lange ich noch durchhalten würde. Aber ich musste stark sein, immerhin ging es um meine Tochter und um das Leben meiner Frau!

Reinsberg.

Bisher war Kathi nicht wieder aufgetaucht.

Sollte ich nach Reinsberg fahren?

Nein, ich würde hier bei Sophie und Lea bleiben, ich durfte die beiden jetzt nicht allein lassen!

Ich stand vom Drehsessel in meinem Büro auf, da klingelte es an der Tür. Automatisch zuckte ich zusammen.

Sie haben Kathi gefunden, sie ist frei!

Hoffnung und Angst. Beide Gefühle hielten die Waage. Tatsächlich handelte es sich wieder um Inspektorin Leitner vom Landeskriminalamt. Diesmal hatte sie zur Verstärkung einen uniformierten Polizisten mitgenommen, der grimmig dreinschaute. Ich reichte keinem der beiden die Hand.

»Was kann ich für Sie tun?«, fragte ich.

»Dürfen wir kurz reinkommen?« Der Mann in Uniform hieß Heigl und war von der lokalen Polizeiinspektion Blindenmarkt. Die Inspektorin musterte mich. Das musste der Blick sein, mit dem sie Verdächtige einschüchtern wollte. Am liebsten hätte ich mit einem »Nein!« geantwortet, aber was blieb mir in Wahrheit anderes übrig, als zu kooperieren? Ich würde Leitners Wohlwollen mir gegenüber noch gut brauchen können. Daher machte ich den beiden Beamten Platz, sodass sie in den Vorraum eintreten konnten.

»Ist Ihre mobile Mami auch da?«, wollte Leitner wissen.

»Im Wohnzimmer, bei Sophie.«

»Mit ihr muss ich noch reden«, stellte die Inspektorin fest. »Sie hat nämlich eine Falschaussage gemacht.«

»Falschaussage?«

Ich schluckte. Noch immer standen wir uns im Eingangsbereich gegenüber. Die Leitner schlüpfte aus ihren halbhohen

Stöckelschuhen. »Können wir uns irgendwo in Ruhe unterhalten?«, wollte sie wissen.

»Im Büro.«

65

Der Polizist, den Stefanie Leiter zu ihrem Schutz mitgenommen hatte, blieb im Vorraum zurück. Stefanie hingegen folgte Harald Brunner in den Raum, den seine Frau und er als Büro nutzten. Mehrere Blätter Papier lagen verstreut auf dem Boden, dazu ein roter, ein blauer und ein gelber Buntstift.

»Sophie beginnt gerade zu malen«, erklärte Brunner das Offensichtliche, denn die weißen Blätter waren wirr bekritzelt. Stefanie konnte beim besten Willen nicht erahnen, was die Kleine darstellen hatte wollen.

»Setzen Sie sich doch.«

Die Inspektorin überlegte, ob sie das Angebot annehmen sollte. Immerhin musste sie die taffe Ermittlerin geben und Druck auf den Hausherrn ausüben. Das war Böcks Vorgabe gewesen.

Den Haftbefehl, den Stefanie für Harald Brunner hatte haben wollen, hatte ihr Böck jedoch nicht besorgt. »Was Sie da haben, ist zu wenig. Das reicht nicht«, hatte ihr neuer Vorgesetzter selbstgefällig festgestellt.

Mit einem Seufzer auf den Lippen nahm Stefanie in dem bequemen Lesesessel Platz. Harald Brunner ließ sich auf den Drehsessel vor dem Schreibtisch fallen.

Zu wenig, wenn es nicht so frustrierend für sie wäre, könnte Stefanie sogar über Böcks Aussage schmunzeln. In ihrer früheren Position hatte man ihr regelmäßig Haftbefehle für Kerle ausgestellt, gegen die sie deutlich weniger Indizien gesammelt hatte als diesmal.

Sämtliche Daten sprechen dafür, dass Harald Brunner Mathias Hagenauer ermordet hat. Vergiss das nicht! Auch wenn er jetzt wie ein Lämmchen vor dir sitzt, der Kerl ist brandgefährlich.

Mit einem Griff vergewisserte sich Stefanie, dass ihre Waffe noch unter dem Blazer im Schultergurt steckte.

»Wie kommen Sie darauf, dass Lea einen Meineid geleistet haben soll?«, fragte Brunner.

Gut, er ist ungeduldig, kommt gleich zur Sache. Und er ist nervös.

»Meineid hat sie keinen geleistet, aber eine Falschaussage gemacht.«

Sie genoss es, ihn zappeln zu lassen. Brunner wischte sich mit einer Hand den Schweiß von der Stirn.

»Sie sind nicht die ganze Zeit daheim gewesen.«

»Hat mich jemand gesehen? Vielleicht hat der- und diejenige ja gelogen?«

»Wir haben von der Telekom die Auswertung von Ihrem Handy bekommen. Wir können daher eindeutig nachvollziehen, dass Sie zum Zeitpunkt des Mordes an Mathias Hagenauer nicht zuhause gewesen sind.«

Stefanie musste ja gegenüber ihrem Verdächtigen nicht gleich alle ihre Trümpfe aufdecken.

Brunner nickte, gleichzeitig beugte er sich nach vorne. »Bitte drehen Sie Lea keinen Strick daraus. Sie wollte nur mich und vor allem Sophie schützen.«

»Schlafen Sie mit Lea?«

Brunners Mund klappte auf, langsam schloss er ihn wieder.

»Nein«, beteuerte er und zeigte Stefanie dabei beide Handinnenseiten. »Sie kümmert sich um Sophie, mehr ist da nicht.«

»Wieso, Herr Brunner, deckt Lea Sie denn sonst?«

»Ich weiß es nicht.«

»Das glaube ich Ihnen nicht. Da steckt mehr dahinter!«

»Wir, es war nicht immer leicht«, stammelte Brunner. »Meine Frau ist weg, sie hat mich verlassen. Lea ist unsere Stütze. Das weiß sie auch!«

»Ihre Frau, wo genau ist sie hin?«

»Ich weiß es nicht.«

Stefanie Leitner hielt es nicht mehr in dem bequemen Sessel, sie sprang auf, trat vor Brunner und fuchtelte mit ihrem Zeigefinger vor seinem Gesicht hin und her.

»Sie stehen unter Mordverdacht.« Ihre Stimme klang schrill in ihren eigenen Ohren. »Ich hoffe für Sie, dass zumindest Ihre Gattin bald auftaucht, sonst muss ich Sie wegen Verdacht auf Doppelmord festnehmen!«

Brunner stieß sich mit beiden Beinen vom Boden ab und rollte seinen Drehsessel von Stefanie weg, bis die Rückenlehne an der Schreibtischkante anstand.

»Aber ich bin doch zum Tatzeitpunkt nicht einmal in der Nähe vom Hagenauer gewesen«, argumentierte Brunner.

»Sehen Sie, und genau das stimmt nicht!«

Brunner sah Stefanie Leitner mit ganz großen Augen an, als sie ihm erklärte, dass Hagenauers Leiche in einem kleinen Wäldchen in Euratsfeld gefunden worden war und sich sein Handy für mehrere Minuten in den dort nächstgelegenen Sender der Telekom eingewählt hatte.

»Jemand will mir etwas anhängen!«

»Und das soll ich Ihnen glauben?«

Stefanie Leitner fiel es selbst jetzt noch schwer, es zu verstehen, aber es stimmte: Trotz eindeutiger Indizien, die für Harald Brunner als Täter sprachen, und einem klaren Mordmotiv, stand sie ohne Haftbefehl vor dem Verbrecher. Die Fotos von den Kameras im Garten der Hagenauers hatte sie noch nicht einmal erwähnt.

Brunner antwortete nicht direkt auf Stefanies Frage, stattdessen wendete er sich seinem Computer zu und zeigte ihr seine Rückenansicht. Stefanie sah, wie ihr Verdächtiger mehrere Felder nacheinander anklickte. Sie ließ ihn gewähren, lugte aber neugierig über seine Schulter. Schließlich erkannte sie den Posteingang eines Google-E-Mail-Accounts. Brunner öffnete eine der zuletzt eingegangenen Nachrichten.

»Ich hätte es Ihnen schon viel früher sagen sollen.«

Brunner drehte sich wieder zu Stefanie. »Meine Frau ist entführt worden. Seit Freitag ist sie verschwunden.«

66

Ich übergab die beiden Autoschlüssel und den Haustürschlüssel an Inspektorin Leitner. Diese begann zu telefonieren und verschwand im Hausinneren. Zuvor hatte sie mir noch zugestanden, den Kindersitz aus Kathis Sharan in Leas Polo zu verfrachten und dort festzuschnallen. Unschlüssig standen Lea, Sophie und ich vor unserer Hauseinfahrt.

Jemand wollte mich in Teufels Küche bringen. So viel war mir in den letzten Minuten klargeworden. Hagenauers Leiche war nur wenige Meter von dem Mülleimer entfernt gefunden worden, in dem ich den Chipsensor platzieren hatte müssen. Das alles konnte kein Zufall sein!

Zuerst hatte mich die Inspektorin ungläubig angesehen, aber dann doch die E-Mails der Entführer gelesen. Als sie zu uns gekommen war und an der Tür angeläutet hatte, war sie von meiner Schuld überzeugt gewesen. Die E-Mails hatten sie daran zweifeln lassen, dass tatsächlich ich Hagenauer umgebracht hatte. Nach wie vor war ich allerdings ihr Hauptverdächtiger.

Es grenzte an ein Wunder, dass ich nicht schon längst in Untersuchungshaft saß. Wenn man als gehörnter Ehemann mitten in der Nacht auf einem Foto im Garten des Liebhabers zu sehen ist und man sich dann später auch noch in dem einsamen Wäldchen aufgehalten hatte, in dem die Leiche des Ehebrechers gefunden worden war, dann fragte man sich schon, welchem glücklichen Umstand man es zu verdanken hatte, dass man sich noch frei bewegen durfte. Aber so war es nun einmal, noch lag gegen mich kein Haftbefehl vor. Nachdem mir die Leitner die Fotos präsentiert hatte, die mich im Garten der Hagenauers zeigten, hatte sie mir erklärt, dass es nun nur noch an Alexandra Hagenauer selbst lag, Anzeige gegen mich wegen Hausfriedensbruch oder unbefugtem Betreten zu erstatten. Leitner selbst ging es jedoch darum, den Mord aufzuklären.

Die Inspektorin hatte meinen Computer und beide Autos konfisziert, die Spurensicherung würde in Kürze unser Haus und das Grundstück durchkämmen. Auch wenn die Kriminaltechniker nichts Belastendes finden würden, so würde man mich bald verhaften, wenn nicht ein anderer Verdächtiger auftauchte. Darauf konnte und wollte ich mich nicht verlassen. Eigentlich sollte ich einen Anwalt anrufen, aber mir war klar, ich musste selbst handeln. Und zwar möglichst schnell, denn mir lief die Zeit davon.

»Lea, du musst mir noch einmal einen riesengroßen Gefallen tun«, sagte ich daher zu unserer mobilen Mami. »Kannst du bitte mit Sophie zum Seewirt gehen, hier hast du etwas Geld, kauft euch auch etwas zu essen.«

Ich drückte ihr 30 Euro in die Hand, sie schaffte es, das Geld anzunehmen, mir dabei jedoch nicht in die Augen zu sehen.

»Lea«, fuhr ich fort. »Ich weiß, es ist viel verlangt, und du zweifelst an mir, aber ich muss unbedingt noch etwas erledigen, und dafür brauche ich ein Auto.«

Ohne etwas zu sagen, holte sie mit ihrer Hand den Schlüsselbund aus der Hosentasche ihrer Hotpants.

»Wie lange wird es dauern?«

»Maximal zwei Stunden.«

Ich löste den Autoschlüssel vom restlichen Schlüsselbund und hielt ihr die Schlüssel wieder entgegen. Sie zögerte, griff dann aber zu. Danach gab ich Sophie einen Schmatz auf die Wange.

»Papa muss noch arbeiten, aber ich bin bald wieder zurück.«

Sophies Mundwinkel gingen nach unten, ihre Augen wurden wässrig. »Lea geht mit dir zum Seewirt! Schaukeln, rutschen und essen, ich komme nach!«

Ich strahlte meine Tochter mit einem erzwungenen Lächeln an und hoffte inständig, sie nicht belogen zu haben. Einmal winkte ich ihr noch zu, dann setzte ich mich in Leas Polo. Bevor ich startete, richtete ich mir Sitz und Innenspiegel, danach fuhr ich los. Im Rückspiegel erkannte ich, wie die Eingangstür aufging und mir die Inspektorin nachschaute.

Schon bald war der Weg zur Burgruine Reinsberg beschildert. Die Straße wurde schmäler. Ich erreichte das gleichnamige Örtchen und bog dann von der Hauptstraße ab. Die Sonne stand bereits tief am Firmament, aber es würde für mein Unterfangen noch lang genug hell bleiben. Ich nahm die Zufahrt zu dem Bauernhaus, das ich zuvor im Internet auf mehreren Fotos erkannt hatte. Oder zumindest hatte ich geglaubt, dass es sich dabei um denselben Hof gehandelt hatte, den ich nun ansteuerte.

Im Auto war es heiß und stickig. Ich hatte vergessen, die Klimaanlage einzuschalten, auch das Gebläse war ausgeschaltet. Beides wurde mir erst jetzt bewusst, zu einem Zeitpunkt, an dem meine Nervosität mich zappelig werden ließ. Ich hatte Durst, mein Hals war ausgetrocknet. Ich betätigte die automatischen Fensterheber, um so möglichst rasch frische Luft ins Wageninnere zu bekommen. Gleichzeitig schaltete ich die Klimaanlage ein und stellte die Temperatur auf achtzehn Grad. Ich atmete tief ein und aus. Die kalte Luft blies mir direkt ins Gesicht.

Vor dem Hof parkten keine Einsatzfahrzeuge, auch die Durchfahrt war nicht versperrt. Es handelte sich eindeutig um den Bauernhof, den ich zuvor auf den Fotos im Internet gesehen hatte. Hier war die Bäuerin ermordet worden. Angeblich zwischen Freitagnachmittag und Samstagmorgen. Ich war am Freitag hier vorbeigefahren, bevor ich zu Sophie und Kathi von meiner Geschäftsreise nachhause zurückgekehrt war.

Was hatte das alles zu bedeuten? Ich wurde nicht schlau daraus, aber mir war klar, dass ich meinen Weg fortsetzen musste. Ich musste einfach dorthin, wo ich auch am Freitagnachmittag gewesen war.

Ich lenkte Leas Polo am Bauernhaus vorbei. Der Asphalt endete hier, doch ich fuhr auf dem Schotterweg weiter.

Mit einem Mal riss mich der Klingelton meines Handys aus meiner Konzentration.

Daniel.

Was konnte der jetzt von mir wollen? Ich war versucht, nicht abzuheben, ihn auf die Mobilbox sprechen zu lassen, dann nahm ich das Gespräch doch an.

67

Stefanie schaute dem VW Polo einige Sekunden lang ungläubig nach. Danach trat sie die paar Schritte von der Haustür nach vorne zu Lea und Sophie.

»Sie lassen Harald Brunner mit Ihrem Auto fahren?«

»Ja, wieso denn nicht?«, antwortete Lea. Die mobile Mami blickte der Inspektorin trotzig in die Augen.

»Weil es nicht sein Auto ist. Weil er unter Mordverdacht steht.«

»Mondnacht?«, fragte Sophie. Gleichzeitig klammerte sie sich mit beiden Händen an Leas blasses linkes Bein. Lea griff nach Sophies Händen und ging in die Hocke, sodass sie auf Augenhöhe mit der Kleinen war. »Wir gehen jetzt zum Seewirt.«

»Ja!«

So einfach wollte Stefanie die mobile Mami nicht davonkommen lassen.

»Sie haben mich angelogen«, zischte die Inspektorin und hoffte, dass Sophie ihre Anschuldigung nicht verstand.

»Verhaften Sie mich doch!«

»Haften«, wiederholte Sophie.

»Das wird noch ein Nachspiel haben!«

»Spiel!«

»Komm, wir gehen.«

Lea nahm Sophie in ihre Arme, streckte ihre langen Beine durch, drückte das Mädchen an ihre Hüfte und marschierte mit ihr davon.

»Wohin fährt Brunner?«

»Das weiß ich doch nicht!«, antwortete Lea, ohne sich umzudrehen.

Was fiel dieser jungen Göre ein!

Stefanie war nahe dran, den Polizisten zu rufen und die Babysitterin verhaften zu lassen. Aber was würde dann mit der kleinen Sophic geschehen? Noch immer war deren Mutter nicht aufgetaucht. Wenn Stefanie das eben stattgefundene Gespräch wortwörtlich an die Fürsorge übermittelte, würde Harald Brunners Sorgerecht für die Kleine in Frage gestellt werden. Eine mobile Mami, die nicht wusste, wo zumindest ein Elternteil zu finden war, das war inakzeptabel. Das durfte einfach nicht sein.

Beruhige dich, sagte Stefanie sich vor.

Du weißt nichts über gute Kindererziehung. Du hast selbst bei Bernhard versagt, und so wie es derzeit in deinem Leben läuft, wirst du auch keine weiteren Kinder haben. Der Kleinen geht es gut. Du hast zwei Mordfälle zu klären, kümmere dich darum! Wenn Harald Brunner der Mörder ist, dann wird er sich ohnehin nicht mehr um die Kleine kümmern dürfen. Falls seine Frau nicht zurückkommt, werden neue Sorgeberechtigte bestimmt.

Die arme Kleine!

Stefanie ließ Lea ziehen, und auch Harald Brunner konnte sie nicht mehr folgen. Dafür war er ihr zu weit voraus, und sie wusste nicht, wohin er wollte. Eine Fahndung nach ihm konnte sie auch noch nicht einleiten, nach seiner Frau lief sie ohnehin bereits. Böcks erste Antwort war zwar richtiggehend harsch gewesen, als sie die Fahndung angefordert hatte, aber er hatte es dann doch nicht riskiert, sich zu sträuben und so schuld an ihrem möglichen Tod zu sein.

»Der gehörnte Ehemann schiebt eine Entführung vor! Fallen Sie mir nur ja nicht darauf herein!«

Stefanie hatte noch immer den genauen Wortlaut in ihrem Kopf abgespeichert. »Ich falle nicht auf ihn herein, aber es wäre grob fahrlässig, die Möglichkeit einer Entführung gänzlich außer Acht zu lassen. Wir wollen doch nicht verklagt werden.« Genau mit diesen Worten hatte Stefanie Böcks erst Aussage gekontert, und war damit erfolgreich gewesen.

Jetzt, da sie alleine vor dem Haus der Brunners stand, den Polizisten hatte sie wieder zu seiner Polizeiinspektion geschickt, fühlte sie, wie die Müdigkeit stärker denn je aufbegehrte. In den vergangenen Stunden hatten ihr Koffein und Adrenalin über den Schlafmangel hinweggeholfen. Nun drohten sie die

Strapazen des Tages und der durchgearbeiteten Nacht mit voller Wucht einzuholen.

Brunner wird mich schon nicht wegen Diebstahl anzeigen. Ich brauche dringend einen Kaffee, sonst finden die Kriminaltechniker eine schlafende Beamtin vor, wenn sie eintreffen. Na, das wäre ein Einstand im LKA. Inspektorin schläft in ihrer ersten Dienstwoche im Einsatz ein.

Stefanie betrat wieder das Haus. Innen war es vollkommen still, nur ein Kater beäugte sie misstrauisch, ließ sie dann aber passieren. Die Inspektorin ging in die Wohnküche und suchte nach der Kaffeemaschine.

Die beiden waren einmal glücklich, dachte sie, als Stefanie ein Foto des Ehepaares an der Wand entdeckte.

Auch die Augen haben mitgelächelt, so etwas kann man nicht vortäuschen. Die Zeit ist gnadenlos, sie ändert alles, und selten zum Besseren.

Stefanie dachte an ihr eigenes Leben, das in Scherben lag.

Jammere nicht! Du bist gesund und hast einen gutbezahlten Job – das können bei weitem nicht alle Frauen in Österreich von sich behaupten.

Endlich erspähte sie die Kaffeemaschine in einer unscheinbaren Nische. Kurz danach dampfte der Kaffee heiß aus einer Donald-Duck-Tasse.

Die gehört sicher der Kleinen, aber was soll's!

Stefanie nippte und spürte sofort, wie ihr das dunkle Gebräu neues Leben einhauchte.

68

»Hallo Daniel, Roland ist doch hoffentlich wieder gesund?«

»Ja, fast, er ist vom Krankenhaus entlassen worden und jetzt wieder daheim, aber er soll noch nicht unter Leute, wegen der Ansteckungsgefahr.«

Anhand der Stimme meines Freundes erkannte ich deutlich seine Erleichterung.

»Das freut mich!«

Auch wenn es nur eine Floskel war, so war sie doch ernst von mir gemeint, obwohl ich mir schwertat, mich auf das Telefonat zu konzentrieren. Da ich mit Leas Polo unterwegs war, hatte ich auch nicht auf die Freisprecheinrichtung schalten können. Deswegen hielt ich nun mein Handy in der einen Hand, während ich das Auto über die holprige Schotterstraße durch den Wald bergauf lenkte.

»Harald, mich drückt mein schlechtes Gewissen«, hörte ich Daniel sagen. »Du hättest mich gebraucht.«

»Unsinn! Dein Sohn ist im Krankenhaus gelegen, vergiss es also!«

Wieso rief er mich ausgerechnet jetzt zurück und entschuldigte sich? Ich konnte mir keinen Reim darauf machen.

»Ich weiß, dass dich Kathi verlassen hat«, kam prompt die niederschmetternde Antwort. »Es tut mir so leid! Christine hat es gerade von Barbara gehört.«

Die blöde Kuh hat auch nichts Besseres zu tun, als es jedem auf die Nase zu binden. Der werde ich beim nächsten Aufeinandertreffen die Leviten lesen!

»Du kannst weiterhin auf mich zählen!«, sagte Daniel. »Ich gebe nichts auf Gerüchte, die von Barbara stammen.«

»Welche Gerüchte?«

»Hast du gewusst, dass Barbara bankrott ist? Sie muss Privatkonkurs anmelden.«

Barbara, bankrott?

»Sie hat eine Bürgschaft für ihren letzten Lover übernommen, die schlagend geworden ist. Barbara wird alles verlieren und bis aufs Existenzminimum gepfändet werden.«

»Welche Gerüchte?«

Barbaras Schicksal schien zwar tragisch zu sein, aber mich interessierte deutlich mehr, welche Unwahrheiten sie über mich verzapfte.

Vor mir lichtete sich der Wald. Die Bäume endeten, links und rechts wuchs hohes Gras auf den Wiesen. Alles wirkte genau gleich wie am vergangenen Freitag.

»Dass du Kathi geschlagen hast.«

Ich konnte es nicht fassen. Barbara stempelte mich als Frauenschläger ab. Wenn sich das herumsprach, blieb ich für immer und ewig gebrandmarkt als jemand, der das schwächere Geschlecht misshandelte.

Gebrandmarkt bist du ohnehin, wenn du für den Mord an Hagenauer hinter Gittern landest, sagte ich mir in Gedanken. Wenn meine Mithäftlinge erfahren, dass ich Frauen schlage, wird mein Leben nicht unbedingt leichter werden.

Ich bin unschuldig!

Noch sitze ich auch nicht im Gefängnis.

Barbara hat unglaubliches Glück, dass ich mir geschworen habe, nie wieder eine Frau zu schlagen! Sie wäre jetzt mehr als fällig.

»Du hast Kathi doch nicht geschlagen?«, wollte Daniel von mir die Bestätigung hören.

Einmal.

Einmal habe ich die Beherrschung verloren.

Es ist Jahre her, schon gar nicht mehr wahr.

Ist es überhaupt jemals wirklich passiert?

Oder hat es nur in meiner Fantasie stattgefunden?

»Ich könnte Kathi nie wehtun!«, antwortete ich.

Vor mir tauchte der Bauernhof auf, den ich von meinem verunglückten Cousin Robert erben würde. Wenn ich das Erbe antrat. Kathi hatte davon nichts hören wollen. Ich erinnerte mich noch deutlich an ihre Reaktion, als sie vom möglichen

Erbe erfahren hatte. »Was fangen wir mit einem verfallenen alten Bauernhof an, der auch noch derart abgelegen ist?«, hatte sie mich gefragt.

»Sehen wir ihn uns doch erst einmal an.«

»Wir leben hier in einem Paradies am See und sind gerade erst eingezogen, wir brauchen kein Bauernhaus!«

»Ich sehe mir den Hof an.«

»Kommt nicht in Frage! Der Hof ist verfallen und mit einem Kredit belastet. Das Schreiben vom Notar sagt alles!«

Kathi hatte mich schon fast angeschrien, so laut war sie geworden, dann war sie aus dem Haus in den Garten gestürmt. Natürlich ließ ich mir schon aus Prinzip nichts verbieten, und so hatte ich dem Notar per E-Mail geschrieben, dass ich mir den Hof eben an dem Freitag ansehen würde, an dem ich von meiner zweiwöchigen Geschäftsreise zurückkehren würde. Ich hatte ihn auch um die notwendige Bedenkzeit gebeten, um mich in Ruhe entscheiden zu können, ob ich das Erbe antreten wollte oder nicht.

Der Schlüssel für das Haus war auf einem Fensterbrett deponiert gewesen. Im Innern gab es ohnehin nichts mehr von Wert, daher hatte mich der Nachlassverwalter nicht extra begleiten müssen.

»Falls du jemanden brauchst, ich bin für dich da«, beteuerte nun Daniel.

Ja, aber nur, solange ich bei meiner Version bleibe, Kathi noch nie geschlagen zu haben.

Ich stellte den Motor des Polos ab und zog die Handbremse an, da der Platz zwischen Haus und Garage leicht abschüssig angelegt war.

»Danke, Daniel, das weiß ich zu schätzen.«

Wäre jetzt der richtige Zeitpunkt, ihm zu sagen, dass Kathi entführt worden ist? Ich entschied mich dagegen.

»Daniel, ich muss jetzt Schluss machen«, sagte ich, statt ihm die ganze Geschichte zu erzählen. Nachdem wir uns verabschiedet hatten, stieg ich aus.

Ein seltsam süßlicher Geruch reizte meine Nase.

69

Stefanie setzte sich mit der Tasse Kaffee auf den Drehsessel. Dann tippte sie Brunners Passwort ein und rief wieder den E-Mail-Posteingang auf. Nacheinander las sie die kurzen Nachrichten der Entführer.

Katharina Brunner war am Freitagnachmittag verschwunden. Harald Brunner war am selben Tag von einer zweiwöchigen Überseereise heimgekehrt und hatte seine Frau nicht mehr daheim angetroffen, aber die mobile Mami hatte noch am Freitag Kontakt mit ihr gehabt. So hatten es ihr die beiden geschildert. Erst am Samstagabend war die erste Nachricht von den Entführern eingetroffen.

Brunner hat seine Frau nicht als vermisst gemeldet. Das ist schon sehr bedenklich. Aber hätte er seiner Frau etwas angetan, hätte er dann nicht erst recht die Polizei eingeschaltet, um sich nicht verdächtig zu machen?

Die Entführer haben sich jedenfalls darauf verlassen, dass er nicht sofort zur Polizei geht, aber wieso nur? Was wissen die über Brunner?

Jeder liebende Ehemann hätte doch nach wenigen Stunden Alarm geschlagen. Haben die etwa gewusst, dass mit seiner Ehe einiges nicht stimmt? Seine Frau ist fremdgegangen. Haben die Entführer ihn und sein Haus beobachtet? Dann hätten sie es vielleicht mitbekommen.

Oder es steckt überhaupt jemand aus seinem näheren Umfeld dahinter. Ich brauche Namen, muss mit mehr Leuten reden.

Noch weiß ich zu wenig über die Familie Brunner und deren Freunde. Und Feinde.

Nochmals rief Stefanie eine Nachricht nach der anderen auf. *Die Schreiben sind in einem guten Deutsch verfasst. Also handelt es sich nicht unbedingt um eine ausländische kriminelle Bande, die hier abzocken will.*

Sind die Nachrichten überhaupt echt? Noch kann ich mir nicht sicher sein.

Wo bleiben nur die Kriminaltechniker, wenn man sie braucht?

Stefanies Smartphone spielte wieder Patience.

Nein! Nicht er!

»Leitner.«

»Hallo Stefanie.«

Stefanies Puls beschleunigte sich. Vor ihren Augen sah sie wieder, wie sich der Leiter der COBRA-Einheit vor ihr am Boden krümmte.

Wieso habe ich nur so überreagiert?

»Hallo Lukas.«

»Wir haben Stellung vor Heidenreichs Anwesen bezogen«, meldete der Mayor, dessen COBRA-Einheit offenbar Böck zur Überwachung angefordert hatte.

Sehr professionell und gut reagiert. Kein Wort vom letzten Freitag. Wahrscheinlich hören seine Kollegen mit.

»Heidenreich war ziemlich aufgebracht. Hat etwas von Konsequenzen dahergefaselt. Er zahlt ein Heidengeld für die Alarmanlage, lässt uns nicht ins Haus, hat aber zugestimmt, dass wir uns auf dem Grundstück frei bewegen dürfen.«

Immerhin, die COBRA ist schnell und schon vor Ort. Falls es die Diebe tatsächlich gibt und sie zur Tat schreiten, dann werden sie nicht heil davonkommen.

»Okay«, sagte Stefanie. »Stell sicher, dass ihr nicht zu auffällig seid. Die Diebe können jederzeit auftauchen.«

»Geht klar, niemand sieht uns, alles ist ruhig.«

»Gut. Lukas?«

»Ja?«

»Zwischen uns ist doch alles in Ordnung?«

»Ja, sicher, alles gut.«

Sagt er das nur, um seine Ruhe zu haben, oder ist er mir wirklich nicht böse?

Am Telefon werde ich das nicht rausfinden. Schon gar nicht, wenn sein Team zuhört.

Stefanie beendete das Gespräch.

Noch war bei den Heidenreichs also nicht eingebrochen worden. Brunner hatte ihr zuvor schon erklärt, was es dort seiner Meinung nach zu stehlen gab. *Originale Gemälde bekannter toter Maler. Trotzdem, ein Kunstraub, das würde eher auf eine professionelle Bande schließen lassen. Ohne gute Verbindungen kann man keine gestohlenen Kunstwerke verhökern. Wenn ein Amateur-Dieb sie im Internet anbietet, werden unweigerlich die Handschellen um seine Handgelenke klick machen. Die Kollegen überwachen das Netz rund um die Uhr.*

Profis hätten aber längst zugeschlagen. Profis hätten mit ihrer ersten Nachricht nicht derart lange gewartet.

So sehr sich Stefanie auch den Kopf zermarterte, sie wurde nicht schlau aus der Sache. Sie griff sich wieder ihr Handy und wählte die Nummer, die sie mit dem Festnetz von Elfriede Auers Labor verbinden würde. Der Anruf wurde weitergeleitet.

»Gibt es schon Neuigkeiten zum Abgleich der Projektile aus Reinsberg und Euratsfeld?«

»Tut mir leid, aber ich musste meine Arbeit schon wieder unterbrechen. Bin auf dem Weg zu einem Einsatz in Blindenmarkt.«

Scheiße! Da habe ich mit meiner Anforderung wohl selbst meine eigenen Ermittlungen sabotiert. Auer, als Hansdampf in allen Gassen. Die

Personaldecke beim LKA ist also dünn gesät. Das ist mir nicht bewusst gewesen.

»Gut, dann sehen wir uns ja bald, ich bin schon in Blindenmarkt.« Mit einem Seufzer auf den Lippen drückte Stefanie auf das rote Symbol am Handydisplay.

70

Mein Onkel und meine Tante hatten den Hof als Nebenerwerbsbauern bewirtschaftet. Onkel Franz hatte hauptberuflich für ein Sägewerk gearbeitet. Der Inhaber hatte auch einen Wald samt Eigenjagd besessen und mein Onkel hatte dort regelmäßig Holzfällerarbeiten durchgeführt. Verunglückt war Onkel Franz jedoch im eigenen Wald. Der Ast einer umfallenden Buche hatte ihn derart am Kopf getroffen, dass er sofort tot war. Für meine Tante und meinen Cousin war diese Tatsache ein Trost gewesen, denn sie hatten ihn erst Stunden nach dem Unfall gesucht und dann auch gefunden. Im eigenen Wald hatte Onkel Franz nämlich entgegen sämtlichen Sicherheitsvorschreibungen allein Bäume gefällt.

Mein Cousin war noch zu jung gewesen, und meine Tante hatte den Bergbauernhof nicht allein bewirtschaften können. Die Witwenpension hatte es ihr ermöglicht, in die Stadt in eine kleine Wohnung zu ziehen. Sie war vor zwei Jahren an Krebs gestorben. Mein Cousin hatte nur kurz als Ingenieur gearbeitet, im Sommer war ihm und seinem Motorrad feinkörniger Sand in einer Linkskurve zum Verhängnis geworden.

Jetzt stand ich vor dem Hof, den ich erben sollte. Es handelte sich um keinen der typischen Vierkanthöfe, die in den flacheren Regionen des Mostviertels prägend waren. Haus und Stall waren in einer Reihe aneinandergebaut, wobei der Stall halb in der Erde des Berges verborgen lag. Seitlich bergauf verlief die Zufahrt zum Heustadel, der über dem Stall für die Kühe gebaut worden war, sodass man im Winter einfach das Heu durch eine Futterluke im betonierten Boden nach unten in den Stall fallen lassen konnte. Auch eine große Garage hatte mein Onkel noch für Traktor, Ladewagen, Holzanhänger, Motormäher und Auto gebaut, wenige Jahre bevor er verunglückt war. Diese Garage stand frei, mit circa zehn Metern Abstand zu Haus und Stall. Die Fläche dazwischen war betoniert, sodass man nicht überall Dreck herumschleppte.

Meine Tante hatte es nicht übers Herz gebracht, den Hof zu verkaufen, obwohl sie das Geld gut hätte gebrauchen können.

»Franz würde sich im Grab umdrehen«, hatte sie immer gesagt. »Willst du ihn nicht weiterführen?«

Meine Antwort hatte immer »Nein« gelautet.

Nun stand ich jedoch hier, zum zweiten Mal innerhalb einer Woche. Nur etwas war anders. Hatte mich vergangenen Freitag noch der frische Duft von Gras, Wiesenblumen und Fichtenwald begrüßt, so war die Luft jetzt geschwängert von etwas Süßlichem.

Ich warf die Autotür zu.

»Ist hier jemand?«, rief ich.

Natürlich erhielt ich keine Antwort.

Zuerst schob ich das große metallene Tor der Garage nach oben. Bis auf die Ziegelsteine an der hinteren Wand, die Werkbank mit zwei Werkzeugkoffern und den Stapel Holzpfosten war das Innere leergeräumt.

Mir war klar, wohin mich meine Reise führen würde.

Trotzdem, oder vielleicht auch gerade deswegen, lief ich zuerst nach oben und zog das hölzerne Tor des Heustadels auf. Auch hier hatte sich nichts verändert. Die grüne Kabine des

Heukranes hing an den metallenen Trägern am Dachstuhl. Die dazugehörige Gabel lag auf dem betonierten Boden. Noch immer roch es nach Heu, obwohl nur noch vereinzelte Halme herumlagen.

Ich stieg die Stufen im Dunkeln nach unten. Die Lichtschalter funktionierten klarerweise nicht. Der Strom war schon vor Jahren abgemeldet worden. Unten angelangt tastete ich nach dem Griff der Stalltür. Kurz kam Panik auf, mein Atem beschleunigte sich wieder, die Haut im Nacken juckte, doch dann fand ich den Griff und drückte die Tür auf. Im Stall war es düster, seit Jahren waren die Fenster nicht geputzt worden. Die Melkstände glichen grauen Silhouetten, sie waren mit einer dicken Staubschicht überzogen. Auch hier war alles noch so, wie ich es vergangenen Freitag vorgefunden hatte.

Vom Stall gelangte man über einen Zwischenraum, in dem mein Onkel und meine Tante die Milch gekühlt und das Melkgeschirr gewaschen hatten, in den Vorraum des Wohnhauses. Der Zwischenraum, so war mir mittlerweile klar, hatte auch dazu gedient, den Stallgeruch vom Wohnbereich fernzuhalten.

Ich stand in dem braun gefliesten Zwischenraum und roch wieder den süßlichen Geruch. Wie ich schon zu Beginn vermutet hatte, kam er aus dem Wohnbereich des Bauernhofes. Noch einmal atmete ich tief durch, dann stieß ich die nächste Tür auf. Reflexartig schnellte meine Hand vor Mund und Nase. Ich lief mit großen Schritten vorwärts, musste sehen, was hier derart bestialisch stank, musste wissen, was in meinen Augen brannte. Jeweils zwei Stufen auf einmal nehmend sprintete ich nach oben, denn ich hatte eine genaue Vorstellung davon, wo ich sie finden würde.

Seit ich von dem Mord an der Bäuerin gelesen hatte, war mir klargeworden, dass auch Kathi wahrscheinlich nicht mehr lebte.

Die vorletzte Stufe verpasste ich, stolperte, fiel nach vorne und stützte mich gerade noch mit den Händen ab. Ich richtete mich auf, nahm keuchend die letzten Schritte und stieß die Schlafzimmertür auf.

Katharina.

Sie lag im Ehebett meines Onkels und meiner Tante. Das einzige Möbelstück, das zurückgeblieben war. Ihre hellbraunen langen Haare, ihr schmales Gesicht, es handelte sich bei der Toten eindeutig um Kathi. Sie trug ihr rotes Lieblingsshirt, rechts in Brusthöhe war es rotbraun verfärbt. Die Beine waren in eine graue Decke gewickelt. Fliegen brummten um ihren Kopf, der Gestank war kaum auszuhalten.

Noch immer hielt ich mir die Hand vor Mund und Nase. Ich trat näher, sah eine Made aus ihrem Mund kriechen. Sofort taumelte ich zurück, mein Magen krampfte sich zusammen, ich klammerte mich am Türrahmen fest und übergab mich. Ich spuckte alles aus, was in mir war. Die Magensäure brannte in meinem Hals, ich rang nach Luft. Keuchend und am ganzen Körper zitternd kam ich wieder hoch. Ich musste hier raus, musste weg von dem Ort, der mir das Grauen zeigte, und mir bewies, dass ich versagt hatte.

Schwankend, mit weichen Knien, nahm ich die Stufen nach unten. Die Eingangstür war unverschlossen, ich torkelte wie ein Betrunkener ins Freie und ließ mich auf den Rasen fallen.

Kathi ist tot.

Aus, vorbei.

Alles umsonst.

Ich nahm mein Smartphone, um die Inspektorin anzurufen. Gleichzeitig kullerten Tränen über meine Wangen.

71

Stefanies Handy vibrierte in ihrer Hosentasche, sie hatte es auf Lautlos gestellt, um in Ruhe nachdenken zu können. Wenn die Kriminaltechniker endlich eintrafen, würden sie ohnehin klingeln.

Die Inspektorin ließ ihren Blick noch einmal über den See gleiten. Sie nahm die Idylle in sich auf: Eine Entenfamilie gründelte in Ufernähe, das Schilf wuchs dort mannshoch, vom gegenüberliegenden Seeufer leuchteten ihr die blau-roten Sonnenschirme des Seewirtes entgegen.

Alles nur Schein. Das Böse lauert auch hier.

Sie holte ihr Handy hervor, schaute aber noch nicht nach, wer sie da zu erreichen versucht hatte.

Langsam ging sie zurück in Richtung Terrasse, vorbei am Sandkasten, stieg über den roten Bagger, und gelangte zu den Holzfliesen. Erst jetzt entsperrte sie den Touchscreen. Ungläubig starrte sie auf die Nachricht. Ein entgangener Anruf. Eine Nachricht. Beides von »Hase«.

Der Feigling hatte sich lange nicht mehr bei ihr gemeldet. Nicht einmal zu einer richtigen Aussprache war er fähig gewesen. Er hatte ihr nicht geholfen, hatte sie ins offene Messer laufen lassen. Ihm hatte sie ihre Versetzung zu verdanken. Zuletzt war sie ihm in der Sporthalle gegenübergestanden und hatte sich selbst vorstellen müssen, als sein Sohn gefragt hatte, wer sie denn sei. Eine einzige Demütigung war es gewesen.

Ausgerechnet jetzt rief er sie an. Sie war übermüdet, hatte zwei Mordfälle und eine Entführung aufzuklären, und sie befand sich allein im Haus eines Verdächtigen. Stefanie hätte ihren Ärger über Andreas hinausbrüllen können. Nein, sie würde seine Nachricht nicht abhören, eher würde sie das Smartphone im See versenken!

Die Vergangenheit holt mich ein. Auch hier in Niederösterreich. Zuerst Lukas, nun Andreas. Damit will ich mich jetzt nicht beschäftigen.

Stefanie setzte sich, hin und wieder nippte sie an einem Glas Leitungswasser, das sie zuvor heruntergelassen hatte, ansonsten starrte sie vor sich hin und versuchte nicht an Andreas zu denken.

Die Klingel, schrill, riss Stefanie aus ihrer Lethargie, die nach dem Anruf von Andreas eingesetzt hatte. Endlich sind sie da, dachte sie und ging von der Terrasse ins Wohnzimmer und von dort zur Eingangstür. Immerhin war sie nicht eingeschlafen, der Kaffee der Brunners hatte sie wachgehalten, sodass ihr diese Schmach erspart geblieben war. Sie schloss die Tür auf.

»Wer von Ihnen ist der EDV-Guru?«, fragte sie anstatt einer Begrüßung in die Runde. Vor ihr standen zwei Frauen und ebenso viele Männer.

»Das bin dann wohl ich«, sagte das Milchbubengesicht.

»Inspektorin Leitner«, stellte sie sich jetzt doch vor. »Dann kommen Sie mal mit, ich habe hier einen Rechner, den Sie sofort unter die Lupe nehmen müssen.«

Auch die anderen drei Beamten der Kriminaltechnik folgten ihr.

Zu Elfriede Auer gewandt fuhr Stefanie fort: »Autos und Haus nach Spuren durchsuchen. Übliches Prozedere, es geht um Entführung und Mord.« Sie hielt der Kriminaltechnikerin die beiden Autoschlüssel entgegen.

»Wird erledigt.« Auer nahm die Schlüssel und wandte sich den beiden verbliebenen Kollegen zu.

Stefanie begleitete Milchbubi alias Kriminaltechniker Greisel ins Büro der Brunners.

72

Die Tränen waren versiegt, noch immer hatte ich den Geschmack von Erbrochenem im Mund, das Handy lag neben mir im Gras. Die Inspektorin hatte ich bis jetzt nicht angerufen. Der Leichnam meiner ermordeten Frau befand sich in dem Haus, das ich am vergangenen Freitag besichtigt hatte. Ich war hier gewesen, der Notar wusste darüber Bescheid. Früher oder später würde man Kathi finden und dann würde man sich auf mich als Täter endgültig einschießen. Frau und Liebhaber tot. Wer außer mir sollte denn sonst als Täter in Frage kommen?

Wer kann wirklich der Täter gewesen sein?

Jemand, der gewusst hat, dass ich mir den Hof anschaue.

Ist Kathi dahintergekommen?

Hat sie heimlich meine E-Mails gelesen?

Wem hätte sie sich anvertraut?

Mit einem Mal fiel es mir wie Schuppen von den Augen.

Niemand würde mir glauben! Ich musste der Sache selbst auf dem Grund gehen. Mir blieb nichts anderes übrig, als schnell zu handeln. Noch immer schüttelte es mich bei dem Gedanken, dass Kathi tot im Bett meiner Tante und meines Onkels lag. Nie wieder würde sie lachend Sophie in die Arme schließen. Nie mehr würde ich ihre weiche, warme Haut spüren. Sie riechen, mit ihr reden, mich mit ihr aussprechen. Ich würde keine Gelegenheit haben, sie zu fragen, wieso es so weit gekommen war. Warum sie mich betrogen hatte. Wieso sie derart böse Worte über mich geschrieben hatte. Die Nachricht an Hagenauer, in der Kathi über mich hergezogen war, und ihr verfaulter, stinkender Körper würden für immer die letzten Erinnerungen für mich an meine Kathi bleiben.

Nein, das stimmt nicht, ich habe noch Sophie, und Kathi lebt in Sophie weiter. Sophie wird mich immer an Katharina erinnern. An die

Frau, die ich einmal angebetet habe, die früher auch mich geliebt hat. Dass sie zu Beginn auch in mich verliebt gewesen war, davon war ich noch immer vollkommen überzeugt.

Ich kämpfte mich hoch, streckte die Beine durch, kurz war mir schwindlig, ich schloss die Augen, öffnete sie wieder, die blitzenden Punkte waren verschwunden.

Ich musste handeln, und zwar möglichst bald, bevor die Handschellen klickten! Kathis wahrer Mörder durfte nicht davonkommen, und ich musste frei sein, um mich um Sophie zu kümmern. Ein Leben für meine Kleine bei ihren Großeltern, daran wollte ich nicht einmal denken.

Ich lief zur Garage, das Tor stand noch offen, auch hier drinnen war es finster geworden. Vorsichtig ging ich vorwärts und fand die beiden Werkzeugkoffer bei der Werkbank. Ohne schlechtes Gewissen trug ich die Koffer nach draußen. Jetzt war die Sonne tatsächlich schon fast untergegangen. Lea würde ich bald anrufen, vorher begutachtete ich jedoch die Werkzeuge. Der Dietrich funktionierte noch einwandfrei. Da ich unsere Kunden gut beraten wollte, verstand es sich von selbst, dass ich auch hin und wieder in deren Auftrag Einbrüche simulierte. Eine versperrte Haustür mit dem passenden Werkzeug aufzubrechen, stellte für mich kein Problem dar. Dieses Wissen half mir in meiner jetzigen prekären Lage weiter.

Nachdem ich die beiden Werkzeugkisten im Kofferraum des Polos verstaut hatte, sendete ich eine kurze SMS an Lea: Dauert etwas länger. Alles okay mit Sophie? Harald

Noch bevor ich den Motor startete, kam prompt ihre Antwort: Alles gut, Lea

Ich gab Gas, fuhr zu schnell durch die Ortsgebiete, aber ich durfte keine Zeit verlieren. Sophie brauchte mich, möglichst bald wollte ich bei ihr sein. Mir graute jedoch davor, ihr mitteilen zu müssen, dass ihre Mama nie wieder zurückkommen würde. Dass in Zukunft allein ihr Vater für sie da war, und hoffentlich Lea, aber eben nicht ihre Mutter. Auch vor der Trauerfeier grauste mir, ganz genau vor dem Zeitpunkt, an dem der Sarg endgültig in der freigeschaufelten Grube in der Erde verschwinden würde. Was richtet eine derartige Erfahrung in einem kleinen Mädchen an, fragte ich mich. Verändert sie ihr Leben für immer, oder bekommt Sophie die ganze Tragweite vielleicht doch noch nicht mit?

Wieder einmal parkte ich mich nahe dem Wohngebäude, in dem Barbara lebte, ein. War es wirklich möglich? Konnte uns Barbara das alles wirklich angetan haben? Zwar hasste sie mich, aber Kathi? Es war schwer vorstellbar, aber was tun Menschen nicht alles, wenn sie zu ertrinken drohen, ihnen aber im letzten Moment noch ein rettender Ast hingehalten wird? Barbara war am Ertrinken, da bestand für mich kein Zweifel mehr. Nicht einmal ihren dunkel verfärbten vorderen Schneidezahn hatte sie richten lassen. Allein ihr Anblick hätte mir schon viel früher die Augen öffnen müssen. Die stets adrett gekleidete Barbara war nicht wiederzuerkennen gewesen. Meine eigenen Probleme hatten mich blind gemacht, mich abgelenkt. Erst Daniels Anruf hatte mich wachgerüttelt und mir gezeigt, wer hinter all dem steckte.

73

Stefanie übte Druck aus. Ihr war zwar bewusst, dass Leute unter Stress fehleranfälliger wurden, aber nach wie vor wurde eine Person vermisst und konnte eventuell noch gerettet werden, wenn rasche Erfolge erzielt wurden. Doch die Untersuchungen der beiden Autos verliefen enttäuschend.

»Keinerlei Spuren, die darauf schließen lassen, dass ein Verbrechen begangen worden ist. Kein Blut, kein Sperma, und auch keine Anzeichen, dass mit einem der beiden Fahrzeuge eine Leiche transportiert worden wäre. Gereinigt wurden sie aber schon länger nicht mehr.«

Elfriede Auers Zusammenfassung ließ keine Zweifel zu.

»Okay, nehmt euch jetzt das Haus der Brunners vor. Durchkämmt es von oben nach unten«, ordnete Stefanie an.

Das Kindermädchen tauchte im Blickfeld Stefanies auf. Lea schob den Kinderwagen mit der kleinen Sophie zur Inspektorin, die noch immer neben den beiden Autos stand. Das kleine Mädchen schien am Einschlafen zu sein.

»Wie lange brauchen Sie denn noch?«, wollte Lea wissen.

»Sicher die halbe Nacht.«

»Die Kleine muss schlafen!«

»Geht das nicht woanders?«

»Ich kann sie mit zu mir nehmen, aber ich habe kein Auto hier, und wir bräuchten einen Kindersitz«, erklärte Lea.

Ich muss die Kriminaltechniker in Ruhe arbeiten lassen. Vor allem Milchbubi hat schon einen hochroten Kopf bekommen und mir erklärt, unter meiner Aufsicht ganz sicher zu keinen Ergebnissen zu gelangen!

Stefanie ergriff die willkommene Möglichkeit, Abstand von den Kriminaltechnikern zu bekommen: »Ich kann Sie gerne fahren«, erklärte sie. »Ich habe zwar keinen Kindersitz, aber ich werde die blaue Leuchte am Dach einschalten. Dann passiert uns schon nichts.«

Nach kurzem Zögern stimmte Lea zu. »Ich gebe nur Harald Bescheid.« Das Kindermädchen bückte sich. »Wir fahren jetzt zu mir. Da kannst du noch einmal Tilda Apfelkern im Fernsehen anschauen!«

»Tilda, Molly und Rupi!« Sophie gluckste zufrieden.

Stefanie beobachtete dann, wie Lea eine Kurznachricht tippte und sendete. Danach beförderte sie den zusammenklappbaren Kinderwagen, den Lea als Buggy bezeichnete, in den Kofferraum ihres Dienstautos und öffnete die rechte hintere Autotür. Lea hob zuerst Sophie, die sich sichtlich auf den versprochenen Fernsehabend freute, auf die Rückbank, danach rutschte die mobile Mami selbst neben die Kleine. Mit dem Gurt schnallte sich Lea nun fest und setzte Sophie auf ihren Schoß.

»Jetzt fährst du zum ersten Mal mit einem Polizeiauto!« Stefanie lächelte Sophie an, die das Lächeln tatsächlich erwiderte, zufrieden warf Stefanie daher die hintere Autotür zu und setzte sich auf den Fahrersitz.

»Und sogar mit Blaulicht!«, rief die Inspektorin, als sie startete und die blaue Leuchte einschaltete. Sophie gluckste wieder vor Freude. »Blau!«, schrie sie mit ihrer hellen Kinderstimme begeistert.

Die Sonne war gerade am Untergehen, und so entfaltete das rotierende Licht am Dach des Fahrzeuges eine futuristische Stimmung im Wageninneren. Stefanie ließ sich von Lea zu deren Wohnung lotsen. Die Kriminalistin war wieder hellwach, sie hatte die Müdigkeit übergangen und fühlte sich, als könne sie bis an die Nordsee fahren, ohne eine Pause einzulegen. Natürlich war ihr klar, dass dieses Gefühl sich jederzeit verflüchtigen konnte. Irgendwann in den nächsten Stunden würde der Einbruch kommen. Aber nicht jetzt, nicht wenn sie mit der Kleinen am Rücksitz unterwegs war. Bis zur Wohnung der mobilen Mami würde sie es schaffen.

Stefanie lenkte in die nächste Kurve, ihr Handy vibrierte auf der Auflage der Mittelkonsole, automatisch zuckte sie zusammen und kam kurz auf die linke Fahrbahnseite.

»Scheiße!«

Das entgegenkommende Auto wich auf das Bankett aus, Stefanie verriss das Lenkrad nach rechts. Der Fahrer des anderen

Autos hupte sie trotz des Blaulichts an. Es fehlten nur wenige Zentimeter, aber es kam zu keiner Berührung der Fahrzeuge. Im Rückspiegel sah Stefanie, wie Lea die Lippen aufeinanderbiss und Sophie gegen ihre Brust gepresst festhielt.

»Tut mir leid!«, rief sie nach hinten. »Kommt nicht wieder vor.« Noch immer vibrierte ihr Handy.

Wenn das Andreas ist, werfe ich das Handy auf der Rückfahrt in den See!

»Hier ist es, hier wohne ich.«

Stefanie blieb am Gehsteigrand stehen, notierte in Gedanken die genaue Adresse und tippte Leas Mobilnummer, die ihr die mobile Mami ansagte, während sie mit Sophie ausstieg, in ihr eigenes Smartphone.

Diesmal war es nicht Andreas gewesen, sondern Elfriede Auer hatte auf Stefanies Mobilbox gesprochen.

Wenn ich Auers Nachricht abhöre, dann muss ich zuerst Andreas' Gefasel über mich ergehen lassen. Sogar wenn ich seine Nachricht wegdrücke, werde ich seine Stimme zuvor hören.

Stefanie stieg aus und wählte die Rückruf-Funktion. Anstatt Elfriede Auers Stimme erkannte sie die des Milchbubis, der sich um Brunners Rechner kümmerte.

»Sie werden nicht glauben, was ich rausgefunden habe, kaum waren Sie weg, hat es geklappt!«, erklärte er. »Die Elfriede hat gemeint, ich soll Sie gleich selber anrufen.«

»Wie jetzt? Was haben Sie raugefunden?« Stefanie brüllte die beiden Fragen förmlich ins Telefon.

»Am besten zeige ich es Ihnen in Brunners Büro, aber vorweg, der Brunner hat die erste Nachricht selbst von seinem Computer im Büro abgeschickt.«

»Die erste Nachricht der Entführer ist von Brunners Computer gesendet worden?«, wiederholte Stefanie die Worte ungläubig. »Das glaube ich jetzt nicht.«

»Es ist aber so«, beharrte Milchbubi.

Erst jetzt bemerkte Stefanie, dass Lea sich die Wickeltasche um die Schulter hing und dann Sophie hochhob. Die beiden waren nur einige Meter von ihr entfernt stehen geblieben.

Hat sie mich noch gehört?

Sieht nicht so aus.

Stefanie stieg wieder in ihr Auto. Sie wollte sich möglichst bald im Büro der Brunners selbst ein Bild darüber machen, worauf Milchbubis Schlussfolgerungen basierten.

74

Ich zählte darauf, dass die meisten Leute einfach ihre Ruhe haben wollten und sich nicht um Sachen kümmerten, die sie nichts angingen. In Barbaras Wohnung leuchtete keine der Lampen, alle Fenster lagen im Dunkeln. Soweit ich erkennen konnte, waren keine Vorhänge zugezogen und auch eventuell vorhandene Jalousien waren nicht heruntergelassen worden.

Mein Unterfangen war einfacher durchzuführen, wenn Barbara nicht daheim war. Ich warf einen Blick auf mein Handy. Lea hatte mir eine neue Nachricht geschickt. Sie brachte Sophie zu sich nachhause, alles war okay, meiner Tochter ging es gut. Ich umrundete Leas Polo und nahm aus dem Kofferraum eine der beiden Werkzeugkisten.

Die Eingangstür in das Wohngebäude war verschlossen. Zuerst klingelte ich bei Barbaras Namen. Nichts geschah. Von oben nach unten drückte ich nun nacheinander auf die Taster neben den Namen der restlichen Bewohner, ohne darauf zu achten, wie sie hießen. Nur Sekunden später ertönte ein Summen. Ich zog die Tür auf und trat ein, dann lauschte ich. Niemand schien sich im Stiegenhaus zu befinden, auch keine der Wohnungstüren wurde geöffnet, um zu sehen, wer da um Einlass gebeten hatte. Eine oder einer der Hausbewohner glaubte scheinbar an das Gute im Menschen, oder er oder sie hatte einfach Ruhe haben wollen und daher den Türöffner betätigt.

Im Halbdunkeln stieg ich die Stufen nach oben, bis ich vor Barbaras Wohnungstür stand. Offensichtlich war sie nicht daheim. Sie hatte nicht reagiert, als ich bei ihr geklingelt hatte und Lichtschein drang auch nicht aus dem Eingangsbereich der Wohnung zu mir nach draußen. Ich lauschte an der Tür, hörte aber kein Geräusch aus dem Innern. Ich öffnete die Werkzeugkiste und holte den Dietrich hervor. Kurzentschlossen setzte ich an. Der Lärm, mit dem die Tür aufsprang, hallte laut in meinen Ohren. Rasch räumte ich den Werkzeugkoffer samt dem Dietrich ins Innere und zog die Tür wieder zu. Zwar konnte ich sie nicht mehr ganz verschließen, aber einem nicht zu neugierigen Nachbarn, der auf dem Weg zur eigenen Wohnung vorbeiging, würde hoffentlich nichts Ungewöhnliches auffallen.

Lichtschalter betätigen, oder nicht?

Ohne künstliches Licht konnte ich kaum etwas erkennen und eine Taschenlampe samt Batterien hatte sich in keinem der beiden Werkzeugkoffer befunden. Zuerst zog ich daher die Vorhänge im Wohnzimmer zu, dann schaltete ich das Licht ein. Auch Handschuhe hatte ich keine dabei. Es würde also ein Leichtes sein, mich als Einbrecher zu entlarven. Oberflächlich durchstöberte ich das Zimmer, aber schon bald war mir klar, hier würde ich nicht fündig werden. Ich brauchte einen Computer oder Ordner mit Unterlagen. Irgendetwas, das ich lesen konnte. Texte, die mir erklärten, wie genau Barbara ihren Plan ausgeheckt hatte. Ich musste auch herausfinden, wer ihr Liebhaber war. Immerhin schien der dafür verantwortlich zu sein, dass Barbara bankrott war. Vielleicht steckte der hinter all dem

Bösen, das uns widerfahren war. Ja, der Liebhaber könnte sie zu all dem verleitet haben! Der hätte vielleicht auch dafür gesorgt, dass die Bilder aus Heidenreichs Haus einen passenden Abnehmer gefunden hätten.

Aber den Einbruch hatten sie nicht durchgezogen.

Nur, wieso nicht?

Ich ging in Barbaras Schlafzimmer. Dort befanden sich ein Schreibtisch mit einem Laptop darauf und ein Regal mit jeder Menge Ordner. Vorsichtshalber räumte ich den Dietrich in den Werkzeugkoffer und stellte diesen neben den Schreibtisch. Ich fühlte mich einfach wohler, wenn sich dieser in Griffweite befand. Ich fuhr den Laptop hoch und war überrascht, denn ich brauchte kein Passwort. Zuerst jubilierte ich, doch dann kamen mir Zweifel. Jemand, der etwas derart Grauenvolles tat, würde doch seinen Computer vor fremden Zugriffen schützen wollen, wenn darauf Daten zu finden waren, die einen belasten konnten.

War Barbara wirklich darin verwickelt?

Traute ich ihr das tatsächlich zu?

Hatte ich mich da etwa in etwas verrannt? War ich komplett am Holzweg? In meiner Hosentasche vibrierte das Handy, ich beachtete es nicht, kurz danach ertönte das Geräusch, das mir signalisierte, dass eine neue Nachricht eingegangen war.

Wieder von Lea. War etwas mit Sophie?

Ich tippte die Nachricht an.

»Mörder!«, stand da. »Die erste Nachricht der Entführer stammt von deinem Computer! Stell dich! Ich kümmere mich um Sophie. Lea«

Ich starrte die Nachricht an, mein Gehirn hatte Schwierigkeiten, den Text zu verarbeiten. Ganz entfernt klang ein rhythmisch klapperndes Geräusch an meine Ohren. Ich beachtete es nicht. Das war ein Fehler.

75

Milchbubi hatte ganze Arbeit geleistet. Wenn er sich auch zuerst sehr holprig artikuliert hatte, so hatte Stefanie doch schnell das Ungeheuerliche erfasst: Die erste Nachricht, die Harald Brunner angeblich von den Entführern seiner Frau erhalten hatte, war genau von seinem Rechner aus abgeschickt worden. »Die IP-Adresse ist eindeutig, da gibt es nichts zu rütteln«, hatte Greisel abschließend ganz klare Worte gefunden.

Es war also alles Lug und Trug, was ihr Harald Brunner über die Entführung seiner Frau hatte weismachen wollen. Nur die späteren Nachrichten waren über ein deutlich komplexeres und ausgeklügeltes System von verschiedenen Servern gelaufen. Die Spur dieser Nachrichten konnte Milchbubi nur bis Russland rückverfolgen, dann hatte er keine Möglichkeit mehr gefunden, die dahinterstehende Adresse zu lokalisieren.

Es muss sich natürlich um dieselbe Person gehandelt haben, die schon die erste E-Mail gesendet hat. Warum ist Brunner am Anfang so dilettantisch vorgegangen und dann später wie ein Profi?

Dilettant und Profi, so lautete Milchbubis Einschätzung. Sind die Mails doch von verschiedenen Leuten abgeschickt worden?

Brunner ist mein Täter, ich muss seine Hintergründe durchleuchten lassen.

Wo hat er sich überall aufgehalten, seit seine Frau verschwunden ist? Die Auswertung der Telekom, die hat Böck nur für den Mordzeitpunkt an Hagenauer angefordert, oder er hat nicht mehr bekommen?

Wo genau ist Brunner überhaupt gewesen, als seine Frau verschwunden ist?

Stefanie wählte Böcks Nummer, die Verbindung wurde aufgebaut, es klingelte, einmal, zweimal, beim zehnten Mal legte Stefanie auf. Sie probierte die Nummer von Böcks Office Managerin, doch auch dort nahm niemand das Gespräch an.

»Das gibt's doch nicht!«

Stefanie fluchte innerlich, außer den beiden kannte sie niemanden, der ihr im LKA weiterhelfen konnte. Die Kriminaltechniker waren in Brunners Haus und das COBRA-Team bewachte Heidenreichs Anwesen.

Okay, was mache ich also?

»Ich fahre nochmals zur mobilen Mami«, informierte sie schließlich die vier Kriminaltechniker. »Falls Brunner zurückkommt, rufen Sie mich umgehend an. Der Mann ist wahrscheinlich sehr gefährlich.«

Nur wenige Minuten später betätigte Stefanie die Klingel vor Leas Wohnung.

Die junge Frau ließ sie herein. Sophie schlief auf dem Sofa, eingewickelt in eine Wolldecke. Das Mädchen wirkte so zart, Stefanie hätte sie am liebsten in die Arme geschlossen und an sich gedrückt, so sehr bedauerte sie die Kleine bereits jetzt für die schwere Zukunft, die ihr unweigerlich bevorstand.

»Wer außer den Brunners und Ihnen hat noch Zugang zum Haus?«, flüsterte Stefanie. »Die Brunners haben ja eine Alarmanalage, Harald Brunner selbst ist ein Spezialist für solche Sicherheitssysteme«, fügte sie zur Erklärung hinzu.

Stefanie glaubte, es dem Vater und auch seiner Tochter schuldig zu sein, nicht nur ihn als möglichen Täter in Betracht zu ziehen.

Auch wenn wirklich alles gegen Harald Brunner spricht. Aber ich will nicht blind sein, ich muss weiterhin in alle Richtungen ermitteln! Brunner setzen wir ohnehin fest. Spätestens morgen Früh erreiche ich Böck und bekomme meinen Haftbefehl für ihn.

76

»Mörder!« Leas Anschuldigung, wenn auch nur per SMS geschickt, hatte mich in eine Art Stockstarre versetzt.

»Die erste Nachricht der Entführer stammt von deinem Computer.« Mehrere Sekunden hatte es gedauert, bis mein Gehirn die Information richtig verarbeitet hatte: *Ich bin hier falsch. Barbara hat keinen Schlüssel und sie kann die Alarmanlage nicht deaktivieren. Sie kann die Nachricht nicht geschrieben und dann von meinem Computer aus gesendet haben! Die E-Mail ist eingegangen, als ich bei Barbara in der Wohnung gewesen bin.*

Ich musste weg aus der Wohnung. Leise ging ich in den Vorraum.

»Was machst du hier?«

Barbara stand im Türrahmen und schaute mich fragend an. Noch immer hielt ich mein Handy in der Hand, starrte zuerst Barbara, dann wieder das Handy und schließlich wieder sie an.

»Bei, bei dir ist eingebrochen worden«, stammelte ich. »Ich wollte gerade die Polizei rufen.«

»Was machst du hier?« Barbara schien unschlüssig, sie beäugte mich nach wie vor misstrauisch. Die beste Freundin meiner Frau trug ein rotes Sommerkleid, Stöckelschuhe und Handtasche passten zum Outfit. Anscheinend war eine Verabredung nicht ganz so verlaufen, wie von ihr erhofft, denn sie war allein und früh am Abend zurückgekehrt.

»Hagenauer ist ermordet worden und Kathi ist nirgends zu finden. Ich mache mir große Sorgen!«, erklärte ich. »Weißt du, wo Kathi sich aufhält?«

Da sich der Werkzeugkoffer samt dem Dietrich im Schlafzimmer befand, ging ich ins Wohnzimmer. Barbara folgte mir, wie von mir beabsichtigt.

»Kathis Lover ermordet! Ich fasse es nicht.«

Sie setzte sich auf das Sofa.

»Weißt du, wo sie ist?«

Barbara schüttelte den Kopf.

»Du solltest die Polizei rufen, bei dir ist eingebrochen worden. Ich muss weiter nach Kathi suchen. Wenn sie sich meldet, gib mir bitte Bescheid!«

Sichtlich überwältigt von all den Ereignissen, nickte Barbara. Ich nützte ihre Verwirrung, schloss hinter mir die Wohnzimmertür, holte aus dem Schlafzimmer den Werkzeugkoffer und verließ fluchtartig die Wohnung. Erst als ich wieder in Leas Polo hinter dem Lenkrad saß, beruhigte sich langsam mein Puls.

Die erste Nachricht wurde also von meinem Computer aus abgeschickt. Jemand aus meinem engsten Umfeld hatte Kathi und mir das alles angetan!

Katharina war tot. Daher kamen nur mehr zwei Personen in Frage, die unbeschränkten Zugang zum Haus hatten. Einerseits Lea, doch unsere mobile Mami hatte mich mit ihrer SMS erst darauf hingewiesen. Die junge Frau, die in den letzten Tagen die größte Stütze für mich gewesen war, sah in mir den Mörder Hagenauers und sicher würde sie auch denken, dass ich Kathi ermordet hatte – wenn deren Leiche erst einmal gefunden worden war. Überall am Fundort wäre meine DNA verstreut, sogar übergeben hatte ich mich im Schlafzimmer des Bauernhofs.

Lea schied also definitiv aus, sie hätte auch nicht die Möglichkeit gehabt, Hagenauer zu ermorden, immerhin war sie voll und ganz mit Sophie beschäftigt gewesen. Es blieb daher nur eine Verdächtige übrig. Svetlana, die Putzfrau, eine Russin, natürlich! Wieso war ich nicht schon viel früher darauf gekommen!? Es ging doch um Kunstraub – die Russenmafia hatte es nur so aussehen lassen wollen, als wäre es ein Beziehungsdrama! Svetlana musste Kathis Untreue irgendwie mitbekommen haben, und sie wusste natürlich, dass ich Alarmanlagen an reiche Klienten verkaufte und wartete. Die Russen hatten nur den perfekten Zeitpunkt abgewartet und dann zugeschlagen. Aus mir unbekannten Gründen hatte der Raub bis jetzt nicht stattgefunden, und daher würde ich das alles nicht beweisen können.

Ich werde im Gefängnis vermodern, für einen Mehrfachmord, den ich nicht begangen habe!

Aber so schnell gebe ich nicht auf!

Das bin ich mir, Kathi und vor allem Sophie schuldig.

Ich nahm mein Smartphone zur Hand und tippte »Svetlana Renner« und dazu noch »Blindenmarkt« in die Google-Suchfunktionsmaske.

Svetlana lebte seit zehn Jahren in Blindenmarkt, sie war mit einem Österreicher verheiratet, hatte zwei Kinder und ein einwandfreies Leumundszeugnis vorweisen können. Damit hatte sie Kathis und auch meine Bedenken zerstreut und wir hatten sie als unsere Reinigungskraft eingestellt, kurz nachdem wir in das Haus am See eingezogen waren. Auch einen Schlüssel und den Chipsensor für die Alarmanlage hatte ich ihr ausgehändigt, sodass wir nicht daheim sein mussten, wenn sie ihre Arbeit für uns erledigte. Ein fataler Fehler, wie sich nun herausstellte.

Wie hatten wir nur so gutgläubig sein können?

Google wurde fündig, die Renners hatten einen Festnetzanschluss, ich klickte die Adresse an und verwendete Google Maps, um mich zum Wohnort der Mörder lotsen zu lassen. In wenigen Minuten wäre ich dort.

Ich startete den Polo, schaltete das Abblendlicht ein und fuhr los.

Svetlana wohnte unweit vom Ausee, nur wenige Gehminuten von unserem Haus entfernt. Die perfekte Arbeitsstätte für sie. Nur, wieso hatte ihr das nicht gereicht? Wieso hatte sie uns das angetan? Die Russin hatte ihre Arbeit immer zu unserer Zufriedenheit erledigt. Zwar hatte sie nie gelächelt und ich hatte auch nie ein privates Wort mit ihr gewechselt, sodass ich keine richtige Beziehung zu ihr aufbauen hatte können. Mich wunderte es jetzt sogar, dass mir überhaupt ihr Familienname eingefallen war. Und die Tatsache, dass sie zwei Kinder mit dem Österreicher hatte. Kathi hatte Svetlana immer instruiert, was gerade vorrangig zu tun war und wann sie kommen sollte. Ich konnte sie daher nicht wirklich einschätzen. Stand vielleicht gar ihr Mann, der Österreicher, hinter den Morden? Hatte er die Beziehungen zur russischen Mafia geknüpft? Über ihn wusste ich rein gar nichts! Aber ich würde bald mehr herausfinden. Die Adresse, zu der mich Google lotste, war nämlich kein Wohngebäude, sondern ein Einfamilienhaus. Durch die zugezogenen Vorhänge flackerte unregelmäßiger Lichtschein, ein untrügliches Zeichen dafür, dass die Renners der abendlichen Lieblingsbeschäftigung vieler Österreicher frönten: Sie waren daheim und ließen sich vom Fernseher berieseln. Hoffentlich schliefen die Kinder bereits, denn die sollten es nicht mitbekommen, wenn ich mir ihre Eltern vorknöpfte. Die beiden Kleinen konnten schließlich nichts für die Verbrechen ihrer Eltern, aber in meiner Lage konnte ich es mir nicht leisten, Rücksicht zu nehmen. Egal ob sie schliefen oder nicht, ich musste jetzt zuschlagen.

77

»Wie heißt sie?«

»Svetlana«, flüsterte Lea.

»Wie noch?«, wollte Stefanie wissen.

»Weiß ich nicht.«

Lea strich Sophie beruhigend über die Haare. Die Kleine, die auf der Couch schlief, drehte sich zur Seite.

»Was heißt, Sie wissen es nicht?«

»Ich kenne sie nur unter ihrem Vornamen. Ich bin Svetlana bisher nur einige Male bei den Brunners begegnet, sonst hatte ich keinen Kontakt zu ihr.«

»Sie haben sich nie mit ihr unterhalten?«

»Nein.«

»Wie sieht sie aus?«

»Wie Russinnen halt aussehen. Ziemlich groß, eher schlank, dunkelblonde Haare.«

»Mama.«

Sophie drehte sich auf den Rücken. Lea strich ihr über Stirn und Haare. »Sie glauben doch auch, dass Harald Brunner der Mörder Hagenauers ist. Die erste Nachricht ist doch von seinem Computer gesendet worden.«

Sie hat das Telefonat mit Milchbubi also mitgehört.

Stefanie nickte. »Das stimmt, er könnte gefährlich sein, auch für Sie. Ich werde eine Streife unten an der Straße platzieren lassen.«

»Aber es ist immer noch nicht sicher, dass er es gewesen ist.«

Leas Blick sagte viel mehr als ihre Worte.

Sie ist in ihn verliebt.

»Stimmt, ich ermittle nach wie vor in alle Richtungen.«

»Finden Sie die Russin! Jetzt gehen Sie bitte«, flüsterte Lea und zeigte auf Sophie. »Sie hat viel zu wenig geschlafen.«

So leise, wie es Stefanie möglich war, verließ sie Leas Wohnung.

Wer findet am schnellsten heraus, wer diese Putzfrau ist? Und wo sie wohnt?

Das LKA?

Zu spät, da ist keiner mehr, den ich kenne.

Als Putzfrau für einige Stunden sucht man sich keinen Arbeitgeber, der weit entfernt daheim ist. Außerdem brauche ich einen Streifenwagen vor Leas Haus.

Stefanie setzte sich in ihr Auto und fuhr zur Polizeidienststelle Blindenmarkt.

Hoffentlich ist die um diese Zeit überhaupt besetzt.

78

Im zweiten Werkzeugkoffer befanden sich genau jene Utensilien, die ich für mein Unterfangen benötigte. Ich nahm die Rolle Klebeband heraus und hoffte, dass es auch nach den vielen Jahren, die es zweifellos schon in der Garage vor sich hingegammelt hatte, noch seinen Zweck erfüllte. Ursprünglich sollte es wohl einmal verwendet werden, um bei Malerarbeiten die Übergänge zu den Sesselleisten, Schränken, Fenstern und Türen abzudecken. Die Rolle steckte ich hinten in meinen Hosenbund. Wichtiger war zu Beginn nämlich definitiv das Stanley-Messer, das sich glücklicherweise auch im Werkzeugkasten befand. Ich griff es mir und schob den Schieber ein Stück nach vorne. Die Klinge ragte jetzt einen guten Zentimeter aus dem Schaft. Ich ließ die Werkzeugkoffer im Auto und schloss den Kofferraumdeckel.

Das Haus der Renners war vorne herum eingezäunt. Ein Skoda Fabia parkte davor, links und rechts war das Grundstück von weiteren Einfamilienhäusern umgeben, deren Bewohner schienen allerdings schon zu schlafen oder ausgeflogen zu sein. Ich atmete noch einmal kraftvoll ein und wieder aus, dann stieg ich über den Zaun und marschierte entschlossen zur Haustür.

Nur jetzt nicht mehr viel nachdenken, nicht mehr zweifeln, sondern einfach handeln, befahl ich mir. Die beiden waren gefährlich, ich durfte ihnen keine Chance zur Gegenwehr lassen.

Ich betätigte die Klingel. Im Innern ertönte ein lautes, helles Geräusch. Spätestens jetzt wären die Kinder wieder aufgewacht, auch wenn sie zuvor schon geschlafen hätten.

Stimmen im Haus, dann Schritte, ein Schlüssel wurde im Schloss gedreht, die Tür einen Spaltbreit geöffnet.

»Ja, wer ist da?«, fragte eine Männerstimme.

Energisch stemmte ich mich gegen die Tür und überrumpelte damit den Mann vollkommen. Der schmächtige Kerl torkelte zurück, ich fasste ihn mit meiner linken Hand am Haarschopf und drückte ihm mit der anderen Hand die Klinge gegen den Hals.

»Kein Wort, oder du bist tot.«

»Wer ist es denn?« Svetlanas Stimme erkannte ich sofort. Ihr Mann blieb stumm. Schritt für Schritt zwang ich ihn in Richtung der nächstgelegenen Tür. Mit meinem Fuß stieß ich sie auf.

»Mein Gott!«, schrie Svetlana. »Was ist in dich gefahren?«

Sie sprang auf, stoppte aber sofort ihre schnellen Bewegungen und kam stattdessen ganz langsam auf uns zu. Ich registrierte ihre grellrot gefärbten Zehennägel, die genau zu ihren Fingernägeln passten. Die hellbraunen Haare hatte sie zu einem Pferdeschwanz zusammengebunden. Svetlana wirkte wie eine sprungbereite Katze. Ich drehte mich zur Seite. »Nimm das Klebeband und fixiere damit seine Hände hinter seinem Rücken«, befahl ich ihr. »Und keine Blödheiten, sonst ist er tot.«

Svetlana trat bis auf einen knappen Meter an uns heran, ihr schweres Parfum überlagerte den Schweißgeruch ihres Mannes.

»Was wollen Sie?«, fragte er.

»Später! Hände zusammenbinden«, brüllte ich Svetlana an, gleichzeitig verstärkte ich den Druck mit der Klinge gegen seinen Hals und ritzte damit die Haut auf.

Svetlana sah das Blut, jetzt zögerte sie nicht mehr. Sie nahm das Klebeband und auch ihr Mann hielt artig seine Hände hinter seinem Rücken verschränkt. Svetlana umwickelte mit zitternden Händen die Handgelenke so lange mit dem Klebeband, bis ich ihr befahl, damit aufzuhören.

Rasch schnitt ich das Ende des Klebebandes mit dem Stanley-Messer ab und stieß ihren nun wehrlosen Mann mit voller Wucht gegen die Wand. Danach packte ich die geschockte Svetlana an den Haaren und schlug ihr einmal mit der Faust ins Gesicht. Sie wimmerte, schrie aber nicht. Ohne jeglichen Widerstand ließ sie sich ihre Arme von mir hinter dem Rücken mit Klebeband fixieren. Aus den Augenwinkeln verfolgte ich, wie ihr Mann verzweifelt versuchte, wieder auf die Beine zu kommen. Er war aber derart hart mit seinem Kopf gegen die Wand geprallt, dass er Probleme mit seinem Gleichgewichtssinn hatte.

Ich packte Svetlana im Nacken und zwang sie, mir in die Augen zu sehen. Sie blutete aus der Nase, ihre Unterlippe war aufgeplatzt. Nie wieder, so hatte ich mir vor Jahren geschworen, würde ich eine Frau schlagen, unter keinen Umständen. Doch ich hatte damals nicht ahnen können, was das Schicksal für mich vorgesehen hatte. Welche Dämonen und Teufel meinen Weg kreuzen würden. Vor meinen Augen tanzte der halbverweste Leichnam meiner Frau. Aus ihrem Mund quollen Maden, aus ihren Augen krochen Würmer. Ich glaubte, den Gestank wieder zu riechen.

Ich schaute in Svetlanas zerschundenes Gesicht und schlug noch einmal zu, diesmal mit der flachen Hand. Wieder wimmerte Svetlana, sie schrie aber nicht. Noch immer schaffte es ihr Mann nicht, auf seine Beine zu kommen.

»Was haben wir Ihnen getan?«, hörte ich ihn fragen.

»Das wisst ihr ganz genau!«, schrie ich.

»Wer sind Sie überhaupt?«

»Harald Brunner, ich putze für ihn und seine Frau.« Meinen Namen spuckte Svetlana förmlich aus. Tatsächlich landete Blut auf dem Fußboden vor ihr. »Wieso bist du hier?«, fragte sie.

Ich zerrte Svetlana hinüber zu ihrem Mann. Jetzt hielt ich ihr die Klinge an den Hals. »Gebt es zu, ihr habt Kathi getötet!«

Vollkommenes Unverständnis in seinem Gesicht.

»Katharina, seine Frau«, brachte Svetlana hustend hervor.

»Die kenne ich doch gar nicht.« Mühsam schaffte es der Mann auf seine Beine und stand mir und seiner Frau jetzt aufrecht gegenüber. »Und auch Svetlana könnte doch niemanden umbringen. Wieso auch, uns geht es doch gut!«

»Ihr habt sie entführt, mich aus Geldgier erpresst und dann Kathi trotzdem getötet!«, brüllte ich.

»Mama! Mama!«

Im Türrahmen standen ein Junge und ein Mädchen im Volksschulalter.

»Geht wieder in euer Zimmer«, flehte der Mann, doch die beiden blieben wie festgewurzelt stehen.

»Wann sollen wir Ihre Frau überhaupt entführt haben?«, fragte mich der Mann, als er sah, dass die Kinder das Wohnzimmer nicht verließen.

»Vergangenen Freitag.«

»Da sind wir doch in Sankt Petersburg gewesen, meine Cousine hat geheiratet.« Svetlana ignorierte die Gefahr, die von der Klinge an ihrem Hals ausging, und wand sich aus meinem Griff. Ich ließ es geschehen, denn ihre Worte waren zu irritierend für mich.

»Auf dem Tisch liegt mein Handy. Da sind jede Menge Fotos mit Datum darauf. Am Sonntag sind wir zurückgekommen. Am Montag habe ich wieder bei euch geputzt.«

Ihr zerschundenes Gesicht, die weinenden Kinder, was hatte ich nur angerichtet?

»Tut mir leid!«, stammelte ich.

In Panik lief ich an den beiden Kindern vorbei, hinaus aus dem Haus zu Leas Auto.

Ich riss die Autotür auf und ließ mich in den Fahrersitz plumpsen. Fieberhaft überlegte ich, was ich nun tun sollte, dabei umkrallte ich das Lenkrad mit beiden Händen.

Lea, es blieb eigentlich nur noch Lea als mögliche Täterin, oder eher Komplizin der Entführer und Mörder übrig. Das konnte und wollte ich aber nicht glauben. Lea war ein menschgewordener Engel für mich. Sie kümmerte sich um Sophie, von Anfang an hatte sie mir geholfen, nur auf sie hatte ich mich verlassen können. Sogar ihr Auto hatte sie mir überlassen. Ich startete den Polo.

Hat Lea überhaupt einen Freund?

Sie hat mich das zwar glauben lassen, in ihrer Wohnung hat es aber dafür keinerlei Anzeichen gegeben. Ist etwa alles von langer Hand geplant gewesen?

Wurde Lea extra auf uns angesetzt?

Aber von wem?

Und wieso?

Ich legte den ersten Gang ein und trat aufs Gaspedal. Während ich losfuhr, zermarterte ich mir weiterhin das Gehirn darüber, was ich übersehen haben könnte, doch mir wollte nichts einfallen.

79

Stefanie hatte Glück, die Polizeiinspektion Blindenmarkt war tatsächlich mit zwei Mann besetzt und Wachtmeister Heigl hatte sie schon einmal zu ihrem Schutz zum Einfamilienhaus Brunners begleitet. Ihm brauchte sie sich gar nicht erst vorzustellen, eine kurze Erklärung ihrerseits reichte und er funkte jene Streife an, die an der Bundesstraße Verkehrskontrollen durchführte.

»Schon bald sind die Kollegen vor dem Wohnhaus des Kindermädchens und melden uns, wenn jemand vorbeikommt, dessen Äußeres zur Beschreibung Brunners passt.«

»Danke!«

»In Sankt Georgen wurde gerade ein Einbruch gemeldet, bei uns ist hingegen bisher alles ruhig.«

Stefanie beschloss, später auf den Einbruch zurückzukommen, im Moment hatte die Suche nach der Putzfrau absoluten Vorrang.

Eines der Telefone in der Inspektion schepperte. Der ältere Kollege Heigls nahm das Gespräch an. Stefanie hörte eine aufgeregte Männerstimme, sie verstand jedoch zuerst nicht, was die Person am anderen Ende der Leitung von sich gab. Plötzlich war der Mann jedoch über Lautsprecher zu hören. Heigls Kollege winkte Stefanie zu sich.

»Ich habe Ihre Adresse notiert und verständige jetzt die Rettung. Eine Inspektorin vom LKA hört jetzt mit, bitte erzählen Sie ihr, was passiert ist.«

»Meine Frau Svetlana und ich sind gerade brutal überfallen worden. Der Kerl hat gedacht, wir hätten seine Frau entführt und ermordet. Der ist völlig ausgerastet, hat Svetlana mit der Faust geschlagen und mich mit dem Messer am Hals bedroht.«

»Wo ist er jetzt?«

»Fort, als ihm klargeworden ist, dass wir es nicht gewesen sind, ist er einfach abgehauen.«

Der Polizist hatte sein Gespräch mit der Rettung bereits wieder beendet und schob Stefanie nun seinen Notizzettel zu.

»Ist ganz in der Nähe. In zwei, drei Minuten sind wir bei den Opfern«, flüsterte er.

Auch Wachtmeister Heigl stand bereit für die Abfahrt.

»Okay, wir kommen zu Ihnen«, sagte Stefanie. »Auch die Rettung ist bereits unterwegs.«

Sie beendete das Gespräch.

»Funken Sie bitte noch die Kollegen an, die vor dem Wohngebäude der mobilen Mami Wache schieben«, bat Stefanie Heigl.

»Alles ruhig«, meldete sich einer der Polizisten. »Tote Hose, hier ist nichts los.«

»Passen Sie auf, es scheint, als ob der Vater der Kleinen gerade vollkommen durchdreht!«

»Wir sind bereit.«

Wachtmeister Heigl und sein Kollege fuhren mit dem Streifenwagen los; Stefanie mit ihrem Wagen. Sie raste hinter dem Streifenwagen mit Blaulicht durch enge Gassen hinterher, doch je näher sie dem Ziel vermeintlich kamen, desto mehr wurde ihr bewusst, dass sie unnötig Zeit verplemperte, die sie eigentlich nicht zur Verfügung hatte.

Harald Brunner ist nicht mehr dort.

Er hat Svetlana am Leben gelassen und ist auch nicht zu Lea gefahren. Noch nicht.

Wohin will er?

An der nächsten Kreuzung standen mehrere Wegweiser. Der Streifenwagen fuhr Richtung Amstetten. Stefanie nahm die Abzweigung nach Euratsfeld.

80

Gerade noch rechtzeitig erkannte ich den Streifenwagen, der vor dem Wohngebäude parkte, in dem sich Lea und Sophie befinden sollten.

Ich bog eine Querstraße früher ab und hoffte, dass die beiden Polizisten im Auto ihren Posten nicht verlassen durften. Denn dann würden sie mir auch nicht folgen.

Lea, wer außer ihr könnte noch dahinterstecken?

Noch immer konnte und wollte ich es nicht glauben, dass ausgerechnet unser helfender Engel für den Horror verantwortlich sein sollte.

Ziellos lenkte ich Leas Polo durch dunkle Nebenstraßen entlang von Kornfeldern. Meine Gedanken drehten sich im Kreis: Wer könnte noch hinter all dem Horror stecken? Wer hatte Interesse daran, Kathi und ihren Lover umzubringen? Immer wieder hatte ich mir diese beiden Fragen gestellt, und immer wieder war ich zur selben Antwort gekommen: Nur Lea, Svetlana und ich hatten Zugang zum Haus.

Und dann, mit einem Mal hatte es klick gemacht! Ich war vollkommen blind gewesen, meine Annahmen waren grundlegend falsch! Ich war geblendet gewesen, hatte zu sehr unter Stress gestanden. Jedem meiner Mandanten hätte ich sofort geraten, die Alarmanlage neu einzustellen, alle Codes zurückzusetzen und ich selbst hatte nichts dergleichen getan!

Derjenige, der Katharina entführt und ermordet hatte, hätte auch ins Haus gekonnt, denn er hätte sich ihres Chipsensors für die Alarmanlage bemächtigen können und er hätte auch den Haustürschlüssel gehabt. Damit erweiterte sich die Zahl der möglichen Täter für mich dramatisch. Ja, jeder Gauner, der auch vor Mord nicht zurückschreckte, könnte der Täter sein. Jede kriminelle Organisation, die an Heidenreichs Gemälde oder vielleicht auch an seine Barreserven kommen wollte, könnte theoretisch dahinterstecken.

Nur, wozu der ganze Aufwand?

Warum hatten sie auch Kathis Liebhaber ermordet?

Das ergab keinen Sinn.

Falls eine kriminelle Organisation dahinter stand, konnte ich gleich aufgeben und mich stellen. Nur, daran glaubte ich nicht mehr, denn es gab eine weitere Person, die, ähnlich wie ich, von beiden Ermordeten zutiefst verletzt worden war. Diese Person hatte mir gegenüber sogar gesagt, dass sie ihren Mann am liebsten umbringen würde! Ich hatte damals gedacht, es handle sich nur um einen spontanen Gefühlsausbruch.

Vor mir tauchte die Ortstafel Euratsfeld auf. Instinktiv hatte ich mich für die Richtung entschieden, nachdem mich die Polizeistreife vor Leas Wohngebäude davon abgehalten hatte, unsere mobile Mami zur Rede zu stellen. Ohne Navigationssystem fand ich die richtige Straße. Vor der Hausnummer 17 parkte ihr weißer Renault Megan. Sie war also zuhause. Ich stellte Leas Polo hinter dem Kombi ab, steckte mein Handy und Stanley-Messer in meine Hose, dann holte ich den Dietrich aus dem Kofferraum.

Die Straße war schlecht ausgeleuchtet, die Hecken wuchsen hoch, sodass ich nicht in die Gärten der angrenzenden Häuser spionieren konnte. Aber auch mich konnten die Nachbarn der Hagenauer nicht sehen.

Zielstrebig lief ich zur metallenen Gartentür. Auch diesmal war sie abgeschlossen.

Sollte ich klingeln? Würde sie mir, wie vor wenigen Minuten Svetlanas Mann, die Tür öffnen und mich ins Haus lassen? Eher nicht, denn sie hatte mir die Bullen geschickt, mich als Verdächtigen erst ins Spiel gebracht. Alexandra Hagenauer würde sofort klar sein, dass ich es auf sie abgesehen hatte.

Zum zweiten Mal innerhalb weniger Tage schwang ich mich über die Gartentür. Mein Einbruch würde wieder von den Überwachungskameras aufgenommen werden, doch das musste ich in Kauf nehmen. Mit ihren technischen Hilfsmitteln war mir die Hausherrin mit Sicherheit überlegen. Wenn sie ein Gewehr oder auch nur eine Pistole hatte, würde mir mein Messer diesmal auch nicht viel nützen. Mir blieb nur das Überraschungsmoment und auch das war mir aufgrund der Kameras nicht sicher. Aber ich musste es versuchen, mir blieb gar keine andere Wahl.

Ich hatte einen Plan.

Zwar nicht ganz ausgegoren, aber doch immerhin eine Taktik, die funktionieren konnte.

Ich drückte die Türklinke der Eingangstür hinunter. Sie war verschlossen. Noch einmal nahm ich jetzt mein Smartphone, ich strich über das Display und stellte es auf meinen gewünschten Modus. Dann versperrte ich den Touchscreen wieder, um nicht unbeabsichtigt eine Änderung der Einstellung vorzunehmen. Das Handy steckte ich wieder in meine Hosentasche. Ich setzte den Dietrich an. Nach wenigen Augenblicken schwang die Tür auf. Diesmal störte mich der dadurch entstandene Lärm nicht. Ich wollte möglichst bald Alexandra Hagenauer gegenüberstehen. Den Dietrich ließ ich auf den Boden fallen. In der rechten Hand hielt ich jetzt das Stanley-Messer, mit der linken tastete ich nach dem Lichtschalter. Bevor ich fündig wurde, blendete mich das grelle Licht der Spots, die von der Decke des Vorraums herunterleuchteten.

»Keine Bewegung, Hände hoch, sodass ich sie sehen kann.«

Alexandra Hagenauer stand mir in drei Metern Entfernung gegenüber und zielte mit einer Pistole auf mich. Ich hob beide Hände in Schulterhöhe. Mit kleinen Schritten ging ich auf sie zu und sprach mit möglichst lauter Stimme: »Ist das die

Mordwaffe? Alexandra Hagenauer, hast du damit meine Frau und deinen Mann erschossen?«

Ich hörte den Schuss zuerst, erst dann spürte ich den Schlag und den folgenden Schmerz in meiner Schulter.

»Für wie blöd hältst du mich!«, rief sie.

Die Hagenauer zielte noch immer auf mich. Ich konnte mich kaum auf meinen Beinen halten. Ich presste die linke Hand auf die Wunde, mit der rechten umklammerte ich den Griff des Messers.

»Das ist die offiziell registrierte Waffe von Mathias. Der Idiot hat sich noch eine zweite Pistole am Schwarzmarkt gekauft, mit der habe ich ihn und die Schlampe, deine Frau, erledigt.«

Sie trat näher und zielte auf meinen Kopf. Ihre Hand war vollkommen ruhig, ihr Gesicht zeigte keine Regung. Ich blickte in die Mündung der Waffe, mein Herz hämmerte wild, trotzdem wurde mir schwindlig.

»Wie hast du es angestellt?«

Ich musste Zeit gewinnen, musste sie zum Reden bringen, obwohl meine Kräfte schwanden.

»Hab mich einmal mit deinem Schatz in eurem Haus getroffen, sie dachte wohl, ich will mich aussprechen. Als sie dann eure Kleine wickeln musste, ist es ganz einfach gewesen. Da konnte ich mich in Ruhe umsehen. Ihren und deinen E-Mail-Account zu hacken, war ein Leichtes, ich konnte dann alles von daheim verfolgen, inklusive deiner Termine. Am Freitag habe ich mich dann unter Mathias' Namen mit ihr verabredet. Bumm! Alles lief wie am Schnürchen.«

Sie zielte auf meine Stirn.

»Jetzt brichst du auch noch bei mir ein. Es ist geradezu perfekt.«

Gleich war es vorbei. Verzweifelt suchte ich nach einem Ausweg. Doch mir fiel nichts ein. Hier würde es also enden. Sophie würde glauben, ihr Vater hätte ihre Mutter ermordet. Das durfte nicht sein!

»Polizei, keine Bewegung!«

Eine Frauenstimme hinter mir.

Die Hagenauer schaute verblüfft an mir vorbei. Ich stürmte vorwärts, schlug ihre Schusshand zur Seite, ein lauter Knall ertönte. Mit dem Messer stach ich ihr seitlich in den Bauch, im Fallen klammerte ich mich dann an sie.

Ein zweiter Schuss. Ich landete auf dem Boden, die Hagenauer mit ihrem Rücken auf mir. Ihr Körper erschlaffte. Ich stieß die Pistole mit dem Fuß weg von uns und ließ dann ihren Körper neben mir auf den Boden gleiten.

Ich keuchte. Erst jetzt sah ich das viele Blut auf dem Fußboden. Tote Augen starrten mich an. Auf allen Vieren robbte ich weg vom Leichnam der Mörderin, bis mich zwei Paar Damenschuhe stoppten. Ich schaute nach oben. Inspektorin Leitner zielte mit ihrer Waffe auf mich.

»Nicht schießen.«

Langsam griff ich in meine Hosentasche.

»Nicht bewegen!«

Ich hoffte, dass die Beamtin jetzt nicht die Nerven verlor, denn ich ignorierte ihren Befehl. Millimeter für Millimeter zog ich meine Hand, die nun das Handy hielt, aus meiner Hosentasche. Ich hielt es hoch, sodass die Inspektorin erkennen konnte, was meine Finger umklammerten. Sie senkte ihre Waffe, ich schaffte es, über das Display zu streichen und die Tonaufnahme zu stoppen.

»Hören Sie das ab.«

Rund um mich wurde es schwarz, ich spürte noch, wie mir die Inspektorin das Smartphone aus der Hand nahm.

81

Die Sonnenstrahlen tanzten bereits auf dem Wasser und wärmten auch Stefanies Gesicht, während sie beim Seewirt auf der Terrasse saß. Noch war sie der erste und bisher einzige Gast, denn der Inhaber war so nett gewesen, sie bereits jetzt zu bedienen, obwohl so früh am Morgen noch gar nicht offiziell geöffnet war.

»Sie sehen so aus, als würden Sie dringend einen Kaffee und etwas zu essen brauchen«, hatte der Mann wenig schmeichelhaft gemeint.

»Wenn Sie zwei Tage und Nächte durchgearbeitet hätten, würden Sie auch nicht mehr ganz frisch wirken«, hatte sie erwidert.

Der Mann hatte nicht weiter nachgefragt, sie aber mit schwarzem Kaffee, Spiegeleiern, Toastbrot und Orangensaft versorgt.

Alles in allem war die vergangene Nacht gar nicht so schlecht verlaufen. Okay, räumte Stefanie in Gedanken ein, es hatte noch eine Tote gegeben, und die ging auf ihr Konto. Aber Alexandra Hagenauer hatte drei Menschen ermordet und sie hatte ihre Pistole unmittelbar zuvor noch zweimal abgefeuert. Stefanie hatte zwar ihre Dienstwaffe abgeben müssen, dabei handelte es sich aber um einen reinen Formalakt. Ihr drohten keine Konsequenzen. In den vergangenen Stunden war mithilfe des Gesprächsmitschnittes auf Harald Brunners Handy und mit der Telekomauswertung ein klares Bild entstanden. Auch die Leiche Katharina Brunners war gefunden worden. Alexandra Hagenauer war eindeutig die Mörderin. Durch den Zugang zu Harald Brunners E-Mails hatte sie von seiner Besichtigung des Bauernhofes erfahren und hatte dann dort die Leiche seiner Frau deponiert, wo er sich zum Tatzeitpunkt aufgehalten hatte. Dabei war sie am Hof der ermordeten Bäuerin Maria Unger vorbei gekommen, diese hatte sie gesehen und musste daher sterben, damit es keine unerwünschte Zeugin gab.

Stefanies Handy meldete sich.

»Du hebst noch ab, solltest du nicht schon längst schlafen?«

Stefanie erkannte Lukas Steinkellners Stimme. Der Leiter der COBRA-Einheit, die Heidenreichs Haus bewacht hatte und dann zu Hagenauers Einfamilienhaus geeilt war, als dort die Situation bereits eskaliert war. Der erfahrene Einsatzleiter hatte sofort alle Register gezogen und seine Kontakte spielen lassen. Ihm hatte sie es zu verdanken, dass sie sicher sein konnte, keine Probleme aufgrund des Schusswaffengebrauchs zu bekommen.

»Solange ich nicht weiß, ob er durchkommt, mache ich kein Auge zu.«

»Die Operation ist gut verlaufen. Harald Brunner wird nicht sterben. Ich bin vor seinem Zimmer, ein Wachmann sorgt dafür, dass er nicht abhaut. Vorschrift ist Vorschrift.«

Immerhin, zumindest ihren Vater wird die kleine Sophie nicht für immer verlieren. Auch wenn er für längere Zeit nicht für sie greifbar sein wird, und das nicht nur wegen seiner Verletzung.

»Du kannst dich also beruhigt hinlegen.«

Stefanie dachte an ihr neues Schlafzimmer.

»Du, Lukas?«

»Ja?«

»Ich habe da einen Kleiderkasten in meiner neuen Wohnung, den ich nicht alleine zusammenbauen kann.«

»Ich helfe dir gerne.«

Er hat mir wirklich verziehen.

»Am Wochenende?«

»Versprochen.«

Die beiden beendeten das Gespräch.

Stefanie starrte minutenlang auf den See hinaus.

Zeit, die Nachricht auf der Mobilbox abzuhören.

»Hallo Schatz, ich bin es, Andreas. Bitte sei mir nicht mehr böse. Als ich dich am Samstag gesehen habe, ist mir klargeworden, dass ich dich noch immer liebe! Verzeih mir und melde dich!«

Sei mir nicht böse. Ich liebe dich noch immer. Dass ich nicht lache! Du willst doch nur wieder einmal einen guten Fick!

»Arschloch.«

Stefanie löschte die Nachricht.

Lass mich in Ruhe!, schrieb sie per SMS an Andreas zurück.

Nach zwei durgearbeiteten Nächten ist es zwar sicher kein guter Zeitpunkt … aber der kommt sonst nie.

Zeit, reinen Tisch zu machen.

Stefanie tippte »Schatz« in ihr Handy, wählte Anrufen und hörte nach wenigen Augenblicken zum ersten Mal seit langem die Stimme ihres Sohnes.

Ein Jahr danach

»Brauchst du noch etwas?«

»Nein, danke.«

Daniel würde mir in den nächsten Minuten nicht mehr helfen können. Damit musste ich allein klarkommen.

Er schüttelte mir die Hand, wünschte mir alles Gute und verließ das Haus. Mein bester Freund hatte dafür gesorgt, dass eine Putzfrau saubergemacht hatte. Käse, Wurst, Tomaten und Butter, auch im Kühlschrank befand sich alles, was das Herz begehrte. Natürlich hatte Daniel genügend Milch und vor allem auch Vanillejoghurt besorgt. Die waren besonders wichtig für meinen ersten Besuch, den ich erwartete.

Die Terrassentür quietschte, ich trat hinaus auf die Holzfliesen. Dieser Sommer war deutlich kühler als der vorangegangene, entsprechend hoch wuchs das Gras. Hummeln und Bienen flogen von Blume zu Blume. Ich bückte mich, um einige der Blumen zu pflücken, dabei fiel mein Blick auf die elektronische Fußfessel. Mein erster Tag in Freiheit, und auch wieder nicht. Doch alles war besser als das Gefängnis der letzten Monate.

Meine Richterin war zwar gnädig und verständnisvoll gewesen, aber für meine Taten, die von Einbruch bis zu schwerer Körperverletzung reichten, gab es Mindeststrafen, die sie verhängen hatte müssen.

Katharina.

Die Bilder ihrer Leiche waren in meinem Kopf eingebrannt. Auch ihre E-Mail an Hagenauer bekam ich nicht aus meinem

Hirn. Etwas besser konnte ich es nun zwar verstehen, denn Kathi war schwanger gewesen, von Hagenauer, das hatte die Autopsie ergeben, doch die Möglichkeit einer Aussprache würde mir für immer verwehrt bleiben.

Ich pflückte abwechselnd Löwenzahn und Gänseblümchen. Als ich von jedem vier Stück in der Hand hielt, roch ich daran. Noch nie hatte mich ein kleines Blumensträußchen mit solcher Freude erfüllt, wie in diesem Augenblick. Zugleich war ich jedoch zutiefst verunsichert.

Wie würde sie reagieren? Würde sie mich überhaupt erkennen? Hatte sie überhaupt zugestimmt, mitzukommen?

Hinter mir quietschte die Terrassentür ein weiteres Mal. Ich drehte mich um. Sophie war groß geworden. Sie trug ein rosa gepunktetes weißes Kleidchen. Die Haare hatte sie seitlich zu zwei Zöpfen gebunden. Lea hielt ihre Hand. Meine Kleine, die das vergangene Jahr bei ihren Großeltern verbracht hatte, sah mich unsicher an. In dem Moment musste sie ähnlich fühlen wie ich.

Ich kniete mich ins Gras und streckte meine Arme aus. Von Lea hörte ich ein gewispertes »Los, geh zu deinem Papa«.

Sophie ließ Leas Hand los und kam Schritt für Schritt auf mich zu. Dabei wurde sie immer schneller, dann lief sie. Meine Blumen fielen auf den Rasen. Ich schloss Sophie in die Arme, hob sie hoch und drückte sie an mich. Der Geruch ihrer Haare, die weiche Haut ihrer Wange an meiner, Sophies Hände klammerten sich an mich. Die vergangenen Monate hatte ich nur für diesen Augenblick gelebt.

Danksagung

Ich bedanke mich zuallererst bei Ihnen, liebe Leserin oder lieber Leser, dass Sie sich für meinen Roman entschieden und meinen Figuren Ihre Gedanken und vor allem Ihre Zeit gewidmet haben! Viele Menschen haben mich in der Buchbranche in den vergangenen Jahren unterstützt und herzlich aufgenommen und so zum Erfolg meiner Kriminalromane beigetragen – dafür danke ich Ihnen!

Meiner Familie danke ich für ihre Unterstützung, das Verständnis und ihre Inspiration.

Liebe Grüße aus dem niederösterreichischen Mostviertel,
Helmut Scharner!

Teufelslos

Wachau-Krimi von Lisa Gallauner

Gruppeninspektor Staudingers Hochzeitsfeier in den Wachauer Weinbergen scheint ein rauschendes Fest zu werden. Doch dann geschieht etwas Unaussprechliches, und Meierhofers Welt wird mit einem Mal auf den Kopf gestellt. Um diesen Fall zu lösen, der ihm nahegeht wie keiner zuvor, muss er sich seiner Vergangenheit stellen. Immerhin hängt das Glück seines gesamten Teams davon ab. Wird er das tödliche Spiel, in dem er eine tragende Rolle einnimmt, gewinnen können?

978-3-99074-176-4